www.tredition.de

AF196224

Anna Leonie Kron

Liebe, Leid und andere Umstände

Roman

www.tredition.de

© 2015 Anna Leonie Kron
Umschlag, Illustration: Corina Brandstetter
Lektorat, Korrektorat: Brigitte Gregor

Verlag: tredition GmbH, Hamburg

ISBN
Paperback: 978-3-7323-6079-6
Hardcover: 978-3-7323-6080-2
e-Book: 978-3-7323-6081-9

Printed in Germany

Prolog

Natürlich kriegen sich Prinz und Prinzessin (oder die arme Magd) am Schluss des Märchens. Die Kriege nach dem „Kriegen" fangen dann nach dem Schluss an, jedenfalls im „richtigen" Leben, nämlich die inneren, oft notwendigen, Kämpfe und die fast immer unnötigen äußeren mit dem Partner. Und manchmal ist eine Trennung das bessere Happy End.

Das war vor vierzig Jahren nicht anders als heute. Und darum ist das auch kein Buch über die Ausläufer der Hippie-Bewegung, Studenten-WGs und Alternativkultur in Österreich, sondern eine Geschichte über fünf Jahre aus dem Leben dreier Geschwister – vielleicht mit ein wenig nostalgischem 70-er-Jahre-Feeling.

Die Geschichte könnte in jedem Ort und vielen Menschen geschehen sein. Falls sich also Leser und Leserinnen zu erkennen meinen, so ist das nicht beabsichtigt, sondern purer Zufall, denn die Figuren sind meiner Phantasie entsprungen. Dennoch ist es unvermeidlich, dass Umstände meines eigenen Erlebens in den 70-er Jahren miteinfließen.

Damals gab es noch kein Handy, keine Personal Computer und keine CDs. Downloaden von Musik war nicht vorstellbar. So etwas war nicht einmal Thema in Science Fiction-Romanen. Musik gab es auf Tonband, Schallplatten, oder seit einiger Zeit auf Audio-Kassetten, damals eher Tonbandkassetten genannt. Die Kassettenrekorder verbreiteten sich schnell, obwohl anfangs die Tonqualität eher miserabel war. Aber die Rekorder waren handlich und praktisch.

Susanne Mannhart dachte nach. Lange. Sie hatte die Tonbandkassetten von einer Freundin zum neunzehnten Geburtstag bekommen: „Energetics. Kurs 1, Kassette 1-5". Eine davon hatte sie sich angehört. Sie selber, meinte sie, brauchte so etwas ja nicht. Aber für Christian könnten sie hilfreich sein. Ihre Beziehung zu ihm befriedigte sie seit einiger Zeit nicht mehr. Sie fühlte, dass sie in den letzten Monaten erwachsener geworden war, aber Christian war derselbe geblieben. Dabei war es gerade diese beinahe kindhafte Art gewesen, die sie angezogen hatte. „Kindskopf" dachte sie unwillkürlich, aber nun war keine Zärtlichkeit mehr in ihr. Besonders schlimm war es geworden, seit er vom Bundesheer zurück gekommen war. Der Grundwehrdienst hatte gewisse raue Verhaltensweisen noch verstärkt. Immerhin hatte die monatelange Trennung nicht bewirkt, dass sie einander völlig fremd geworden waren.

Es musste doch möglich sein, in ihm den Wunsch zu wecken, sich weiter zu entwickeln. Die Kassetten schienen ihr geeignet. Sie motivierten dazu, sich ein wenig Allgemeinbildung anzueignen, damit man in einem gehobenen Gespräch mitreden konnte. Der Kurs versprach aber auch, verschiedene Techniken einzuüben, mit denen man in Gesellschaft Hemmungen überwinden und gewandt und gewinnend auftreten würde. So wünschte sie sich ihren Christian. Er war ja ein liebenswerter Kerl, aber oft genierte sie sich für seine ungehobelte Art, vor anderen zu renommieren und den tollen Typen herauszukehren, aber letztlich blamierte er sich mit leeren Reden.

Sie war entschlossen zu handeln.

Christian Weingartner war nicht zu Hause. Sicherlich ging er wieder von einer Bar zur anderen. Da konnte er am sichersten Kunden anwerben und ihnen Versicherungen verkaufen. Susanne wartete lange. Dass Christian diesen Job angenommen hatte, vergrämte sie ebenfalls. Er verdiente zwar nicht schlecht dabei, aber er war immer spät nachts unterwegs. Und da er nur Hauptschulabschluss hatte, waren seine Aufstiegschancen in der Firma schlecht. Außerdem war es zu verlockend, mit den Kunden zu trinken, und er hatte sich da schlecht in der Hand. Oft war Susanne an solchen Abenden frustriert nach Hause in ihre eigene Wohnung gegangen. Diesmal blieb sie, bis er endlich kam. Er war leicht angeheitert, gerade so, dass er aufgekratzt war, und sich Susanne nicht vor ihm ekelte.

Die Stimmung war also günstig. Sie plauderten ein wenig, Susanne unterdrückte die Vorwürfe, die ihr auf der Zunge lagen, um ihr Vorhaben durchzuführen. Er kam ihr sogar entgegen, indem er plötzlich davon sprach, dass er eigentlich gerne etwas Besseres machen würde, als alkoholisierten Kunden Versicherungen anzudrehen, die sie in nüchternem Zustand nicht abgeschlossen hätten, sich aber später schämten, sie rückgängig zu machen. Beinahe wäre Christian melancholisch geworden: „Ich bin halt ein Versager. Ich habe die Handelsakademie abgebrochen. Ich hätte was lernen sollen, aber meine Eltern haben immer meine Geschwister bevorzugt. Ich bin immer der Niemand gewesen."

Bevor er das Lamento steigern konnte, hakte Susanne ein: „Ich hab da was gefunden, das könnte dich interessieren und dich auf eine andere berufliche Spur bringen."

Christian biss noch nicht an: „Mir ist immer alles schief gegangen. Und wenn einmal etwas schief geht, dann ist der Karren verfahren."

Susanne kämpfte gegen den aufsteigenden Unmut und suchte alle Geduld zusammen: „Hör mir einmal zu. Ich hab das ausprobiert. Es funktioniert."

„Was funktioniert?" Endlich wurde er aufmerksam.

„Energetics. Das ist ein Kurs."

„Ein Kurs. Soll ich wieder in die Schule gehen?"

Jetzt hieß es schlau zu sein. Susanne setzte ihr verführerisches Gesicht auf: „Wer redet denn von Schule! So etwas macht man heutzutage gemütlich zu Hause, hört sich eine Kassette an, und dann geht das fast von selbst. Das hat nichts mit In-der-Klasse-Sitzen zu tun."

„Lernen auch nicht?"

Vor Büchern sitzen und lernen war immer Christians Schwachpunkt gewesen. Stundenlang hatte er in seiner Schulzeit vor den Heften gesessen, neben ihm seine Mutter, die ihm gut zuredete, seine Hausaufgaben zu erledigen, damit er dann unbeschwert zum Fußballspielen gehen konnte.

Susanne merkte, dass sie ihn packen konnte: „Da musst du weder lernen noch zu Prüfungen antreten. Du musst dir nur die Kassette anhören."

„Das klingt nicht schlecht. Aber was habe ich davon?"

„Durch das Zuhören werden Fähigkeiten in dir aktiviert, die du in dir hast, aber noch gar nicht kennst."

Sie verschwieg, dass dazu auch Übungen gehörten, die mit Konzentration durchgeführt werden mussten, damit sich ein Erfolg einstellte. Aber dieser Inhalt des Kurses würde sich erst nach und nach offenbaren, hoffentlich zu einer Zeit, in der schon eine Motivation durchzuhalten da war. Wichtig war, dass er überhaupt einmal anfing.

„Ich bin überzeugt, dass in dir Fähigkeiten schlummern, die dich weit über andere hinausheben. Sie müssen nur aktiviert werden."

Ihre Stimme wurde dabei ganz weich, wie das Schnurren einer Katze. Sowohl der zweite Teil ihrer Aussage als auch der Klang ihrer Stimme motivierten Christian zu ganz anderen Aktivitäten. Er umfasste sie und begann sie zu küssen. Sie drehte sich halb zur Seite.

„Wart ein bisschen. Ich möchte noch ein wenig reden. Könntest du dir vorstellen, die Kassetten wenigstens probehalber anzuhören? Aufhören kannst du immer noch."

„Aber ja", sagte er, schon ein wenig abwesend.

„Machst du es mir zuliebe?"

„Sowieso", kam prompt die Antwort. Sie kannte ihn, wenn er ihr nahe sein wollte, sagte er ihr alles zu. Sie wollte aber sicher gehen: „Hier sind die Kassetten. Versprich mir, dass du dir morgen die erste anhörst."

„Ich verspreche es."

„Ich werde morgen Abend nachfragen."

„Tu das."

Um seine Ungeduld nicht zu sehr zu reizen, gab sie nach und kuschelte sich in seine Arme.

Wenn er nicht nach Whiskey gerochen hätte, wäre es noch schöner gewesen. Sie wusste wieder, dass sie ihn nicht verlieren wollte, aber sie wünschte sich so sehr, dass er sich ein wenig änderte. Seufzend rollte sie sich zusammen, dachte noch lange nach und schlief schließlich doch ein. Christian atmete schon tief und gleichmäßig.

Als er erwachte, war sie schon gegangen. Als Volontärin bei einer Tageszeitung musste sie früh raus, um die Polizeiberichte zu holen.

Als er sich anzog, fiel sein Blick auf die Tonband-Kassetten: keine Musik. Was war das für ein Zeug? Bruchstückhaft fiel ihm das nächtliche Gespräch ein. Er hatte etwas versprochen. Ach ja, Kassetten anzuhören. Klang nicht aufregend. Zuerst einmal frühstücken. Er schob die oberste Kassette in die Hosentasche und ging hinunter in die Küche. Da stand noch eine Kanne Kaffee, die seine Mutter gemacht hatte, bevor sie ins Büro gegangen war. Alleine frühstücken ist langweilig, dachte er, als er sich Butter auf den Toast strich. Zu dumm, dass Susanne immer schon am frühen Morgen arbeitete, während er um diese Zeit keine Chance hatte, Kunden zu finden. Er drehte am Radio herum, aber die Musik gefiel ihm nicht. Er erinnerte sich an die Kassette in seiner Hosentasche. Er holte sich den Kassettenrekorder aus dem Wohnzimmer und legte die Kassette ein. Eine muntere Stimme begrüßte ihn. Sie versprach großartige Zukunftsaussichten nach der Absolvierung des Kurses. Ein kurzer Ausblick auf das Programm folgte. Selbstsicherheit, Überzeugungskraft, gewinnende Rede, bewundernswerte Ausstrahlung durch Bildung wurde versprochen – und das alles, indem man einfache Regeln befolgte, die der Erfinder der „Energetics" entwickelt hatte und nun exklusiv vorstellte. Bevor sich bei Christian Zweifel einschleichen konnte, kündigte die samtene Stimme einen Absolventen des Kurses an. Eine andere Stimme stellte sich als Herr Andersen vor. In verhaltener, aber merkbarer Begeisterung schilderte er seine Erfahrungen mit dem Kurs, und wie dieser sein Leben verändert hatte. Von einem untergeordneten, unbeachteten, kleinen Angestellten war er in kürzester Zeit zum Abteilungsleiter aufgestiegen. Er gab das Wort weiter an eine Frau Regine, die meinte, sie sei sehr skeptisch gewesen, denn als Frau habe man es immer schwer, sich in einer Männerwelt zu behaupten, aber dann hörte sie sich doch die Kassetten an und fand, dass sie den Kurs einfach neben ihrer Hausarbeit machen konnte. Und siehe da, der Erfolg trat ein. Sie gewann an Mut sich durchzusetzen und begann die Erfolgsleiter hinaufzusteigen. Sie fügte hinzu, dass absehbar sei, dass ihre Karriere noch weitere Höhenflüge haben werde. Ein dritter Kursteilnehmer sprach, dass für ihn vor allem wichtig gewesen war, Sicherheit im Umgang mit Kunden zu gewinnen, und zwar durch verblüffend einfache Tricks, denen das Gegenüber nicht widerstehen konnte, sodass er neue Geschäftspartner gewinnen konnte, ohne dass diese das Gefühl hatten übervorteilt worden zu sein. Er habe sie von den Vorzügen der Zusammenarbeit überzeugen können. So gewann er laufend neue Kunden hinzu.

Das war ein Stichwort, das Christian aufhorchen ließ. Genau das wollte er. Im Grunde war er überzeugt, dass seine Firma gute Produkte anbot, aber die Art und Weise, sich in Bars anzubiedern, verursachte ihm doch immer wieder ein ungutes Gefühl. Wenn es also möglich war, Geschäfte anzubahnen und dabei reell zu bleiben, musste das helfen, die Kunden zu erhalten und neue anzuwerben.

Eine weitere Tasse Kaffee lang hörte er zu. Die samtene Stimme sprach wieder. Der erste Abschnitt begann. Es schien nicht schwierig. Und es war interessant. Christian hatte so etwas noch nie gehört. Er fühlte, dass er Neues beginnen konnte. Die erste Seite der Kassette war zu Ende, er drehte sie um und hörte immer gebannter zu. Nachdem er die erste Kassette gehört hatte, lief er die Treppen hinauf, um die anderen Kassetten zu holen. Der Vormittag verging, und er verspürte nun große Lust sich weiterzubilden, und damit ein neuer und attraktiverer Mensch zu werden. Das war ja ganz einfach! Wenn er mit dem Kurs weitermachte und auch den nächsten bestellte, dann klappte es ganz sicherlich. Ja, so war Bildung interessant. Susanne sei Dank, dass er sich auf neuen Wegen bewegen konnte.

Ach, Susanne, was für ein Mädchen! Klein, zierlich, gerade richtig gebaut, energisch und dabei so anschmiegsam. Sie wusste, im Gegensatz zu ihm, immer was sie wollte. Sie hatte ein Ziel. Sie wollte Redakteurin werden und kämpfte sich durch die unliebsamen Tätigkeiten, die einer Volontärin aufgebürdet wurden. Aber sie machte es mit Freude, denn hin und wieder durfte sie doch Interviews führen, wenn auch nur zu nebensächlichen Themen. Aber ihre Berichte wurden immer öfter angenommen und veröffentlicht.

Susanne und er waren fast gleich alt. Sie hatten sogar im selben Monat Geburtstag. Susanne hatte in diesem Jahr die Matura geschafft. Diese Tatsache hatte in ihm für Minderwertigkeitskomplexe gesorgt, denn obwohl sie ihm versichert hatte, dass zwischen ihnen alles gleich bleiben würde, hatte sie sich doch verändert. Das wurmte ihn und er hatte versucht, seinerseits mit Wissen aufzutrumpfen und sich ihr überlegen zu zeigen. Aber so ein Gehabe hatte bei Susanne noch nie verfangen. Die Dinge, die er besser wusste, interessierten sie nicht, auch wenn sie es ihn nicht spüren lassen wollte. Er ahnte es doch und reagierte erst recht mit Großspurigkeit, die aber lächerlich wirkte. Er merkte es und genierte sich heimlich.

Hatte er nun etwas gefunden, das ihm ein Mittel in die Hand gab, das ihn überlegen machte? Er musste sich die anderen Kassetten besorgen, ohne dass Susanne es merkte.

Als Susanne am Abend kam, war er schon zu Hause. Wie nebenbei fragte sie, ob er schon Zeit gehabt hatte, sich eine Kassette anzuhören. Im selben unbeteiligten Ton antwortete er: „Hab ein wenig hineingehört. Ist ganz interessant. Könnte ich mir weiter anhören." Susanne fragte nicht weiter nach. Sie kannte ihn.

In den folgenden Tagen teilte Christian sich die Treffen mit seinen Kunden so ein, dass ihm genügend Zeit blieb, sich den Kassetten zu widmen. Die Kassetten, die er zusätzlich bestellt hatte, trafen prompt ein, und er vertiefte sich in ihren Inhalt. Jede Kassette war so gestaltet, dass ihm das jeweilige Ende den Mund auf die nächste Folge wässrig machte. Unmerklich veränderte sich sein Stil, mit anderen Menschen zu sprechen. Erfreut merkte er, dass es für ihn leichter wurde, mit den Kunden umzugehen. Natürlich merkte auch Susanne die Veränderung und beglückwünschte sich heimlich zu ihrer Idee. Sie meinte, es sei nun an der Zeit, zum nächsten Schritt von Christians kultureller Bildung anzusetzen.

„Hast du Lust mit mir in ein Konzert der Image Brothers zu gehen?" fragte sie.

„Was für ein Konzert?"

„Image Brothers, das ist eine neue Gruppe. Die machen tolle Musik."

„Hm."

Susanne deutete das als halbe Zusage. „Ich kann morgen Karten besorgen. Ich lade dich ein."

„Wann ist denn das Konzert?" Sein Interesse schien sich zu steigern.

„Am Samstag um acht."

Samstag. Das war echt blöd. Da erreichte er die meisten Kunden. Sein ohnehin magerer Enthusiasmus ließ sofort nach. Susanne hakte schnell nach: „Ich weiß schon, für dich ist der Samstag nicht so gut. Aber wir könnten ja nach dem Konzert noch in den City-Keller gehen."

Es störte ihn zwar, wenn Susanne bei seinen Werbetouren dabei war, aber er konnte ihr den Wunsch nicht wirklich abschlagen.

„Na gut, am Samstag also."

Das Konzert fand im großen Saal eines bekannten Gasthauses statt. Der Saal eignete sich gut für solche Veranstaltungen, weil die Besucher an Tischen sitzen konnten und keine steife Konzertsaal-Atmosphäre herrschte. So legte sich bei Christian die anfängliche Beklommenheit, die ihn ergriffen hatte, als er das Wort Konzert hörte. Vor allem steckte ihn die gute Laune Susannes an. Sie war ganz in ihrem Element. Die Musik putschte auf, und Susannes Übermut übertrug sich bald auf Christian.

In der Pause traf sie einige ihrer Kollegen und unterhielt sich prächtig. Das wurmte Christian, der sich überflüssig vorkam. Verschiedentlich richteten Susannes Freunde das Wort an ihn, aber deren Themen waren ihm fremd. Es ging hauptsächlich um Ereignisse aus der Redaktion. Susanne hatte ihm zwar immer wieder etwas erzählt, aber das war an ihm vorbei geplätschert und hatte ihn nicht wirklich interessiert. So verstand er jetzt auch kaum die Hälfte der Insider-Gespräche. Susannes Kollegen gaben es auf ihn einzubeziehen, und Susanne selbst achtete gar nicht darauf, dass Christian immer verlegener und schließlich wütend wurde. Es fehlte nicht viel und er wäre gegangen. Zum Glück rettete ihn das Ende der Pause und die Musik glättete die Wogen.

Am Ende des Konzerts verzichtete Susanne darauf, wieder mit ihren Kollegen zu plaudern. Christian war aber auch die Lust vergangen, noch im City-Keller auf Kunden zu lauern, daher war er für Susannes Vorschlag, zu ihr nach Hause zu gehen, sofort zu haben. Ihre Zuneigung und Zärtlichkeit entschädigten ihn für den Frust, den er verspürt hatte, und ließ von dem Abend nur die angenehmen Erinnerungen zurück.

Am nächsten Tag hatte er es eilig, sich wieder den Kassetten zu widmen. Er war bei Nummer acht angelangt. Allmählich merkte er, dass die Anforderungen höher wurden. Mehr Engagement von seiner Seite war gefragt, die Übungen wurden anspruchsvoller. Es genügte nicht mehr, einfach nur zuzuhören. Es ging nun auch um Inhalte der Allgemeinbildung. Bei Christian schlich sich der Verdacht ein, dass Susanne „Energetics" gezielt ausgewählt hatte, um ihn auf eine Art bürgerliche Bildungsstufe zu heben. Das löste einige Verstimmung in ihm aus. War er ihr nicht gut genug, so, wie er war? Schämte sie sich seiner wegen seiner mangelnden Bildung? Was war schon ihre Matura wert – ein Fetzen Papier, der ihr auch nicht mehr erlaubte, als für die Redaktion Polizeiberichte zu holen und den besser gestellten Kollegen Kaffee zu machen.

Sein Elan ließ spürbar nach. Von „Energetics" kamen zwar noch die letzten bestellten Kassetten, aber er hörte sie gar nicht mehr an. Als Susanne nach einigen Wochen nachfragte, gab er ihr nur ein unbestimmtes Gemurmel zur Antwort.

„Haben dir die Kassetten nicht gefallen?" fragte sie harmlos.

„Ach Quatsch", sagte er ärgerlich „was da drauf ist, habe ich im kleinen Finger. Das ist alles völlig unnötig für mich."

Dass diese Kassetten bestenfalls ein bestimmtes äußerliches Verhalten antrainieren konnten, aber kein Mittel darstellen, einen Menschen von Grund auf zu ändern, war beiden nicht bewusst, aber Christian fühlte wohl, dass ihm eine eingelernte Technik nicht wirklich weiterhalf, wenn es um mehr ging, als ein Produkt zu verkaufen. Und wenn er ehrlich zu sich selbst war, schämte er sich manchmal für seine Verkaufsstrategien. Aber das konnte er Susanne nicht sagen, einerseits fehlten ihm dafür die Worte, andererseits spürte er, dass sie sich etwas von den Kassetten erwartet hatte, was er ihr weder mit dem Training noch ohne es geben konnte.

Susanne war enttäuscht, aber wenn Christian so griesgrämig war, ließ sie ihn besser in Ruhe. Sie spürte, dass sie an ihn nicht herankam.

Die Idee mit den Kassetten hatte offensichtlich nicht funktioniert. Sie wusste, Christian war intelligent, phantasiebegabt und hatte erstaunliche technische Fähigkeiten, gedanklich und auch handwerklich. Sie war aber ganz anders veranlagt. Ihre Stärken lagen in der Kommunikation mit anderen Menschen, was sie natürlich in ihrem angestrebten Beruf als Journalistin gut gebrauchen konnte. Ihre Interessen verteilten sich auf verschiedene kulturelle Gebiete, vor allem Musik und Theater. Für Kultur konnte sie Christian aber überhaupt nicht begeistern, auch wenn er eine natürliche Musikalität hatte und eine Zeitlang sogar in einer Band Gitarre gespielt hatte. Konzertbesuche waren aber gar nicht seine Sache. Theater noch weniger, auch wenn es progressive Stücke waren, die in kleinen Kellertheatern aufgeführt wurden. Gerade solchen experimentellen und alternativen Stücken gehörte Susannes ganze Begeisterung.

Das führte zwangsläufig dazu, dass sie immer weniger Freizeit miteinander teilten. Überdies begann Christian an einer Tankstelle in der angeschlossenen Autowerkstatt zu arbeiten. Da machte er sich zwar die Hände schmutzig und hatte immer öfter nicht nur ölige sondern auch zerkratzte Haut, aber es machte ihm wesentlich mehr Spaß als Kunden, die nicht wussten, wie ihnen geschah, von den Vorteilen einer neuen Hausratsversicherung vorzuschwindeln. Der Besitzer der Werkstatt merkte bald, dass er da zwar einen ungelernten, aber sehr fähigen Mechaniker an Land gezogen hatte, und er bezahlte gut. So kündigte Christian schließlich bei der ungeliebten Versicherungsfirma.

Susanne schnappte innerlich nach Luft, als er ihr davon erzählte. Versicherungsmakler zu sein, erschien ihr immerhin noch intellektueller als unter Motorhauben zu kriechen und Zündkerzen auszuwechseln. Die Verwirklichung ihres Traums von einem bildungsmäßig ebenbürtigen Partner rückte in noch weitere Ferne.

Bei ihr lief es mittlerweile in der Redaktion auch nicht gerade nach Wunsch. Sie war immer noch Volontärin und bekam keine interessanten Aufträge, denn die blieben den Kollegen vorbehalten, die an der Uni studiert hatten oder schon länger dabei waren. Die Chance, sich durch Fleiß hochzuarbeiten, war gering. Das musste sie schließlich einsehen. Ein Studium der Journalistik schien ihr aber zu lang und außerdem langweilig. Es war aber auch an der Zeit, sich ihren Lebensunterhalt zu verdienen, denn ihre Mutter war nicht bereit, sie noch Jahre lang durchzufüttern, ohne dass sich abzeichnete, wann sie von ihrem Beruf selbständig leben konnte oder einen reichen Mann heiratete, der sie erhalten konnte. Letzteres hätte ihrer Mutter gefallen, aber Susanne hielt nichts davon. Sie fand das altmodisch, ihrer Meinung nach war es Zeit, dass sich Mädchen emanzipierten und auf eigenen Beinen standen. Sie wollte zwar keine sein, die man abwertend „Emanze" schimpfte, aber dem Feminismus konnte sie Vieles abgewinnen. Sie las die einschlägigen Bücher darüber und kam zu dem Schluss, dass die Welt besser aussehen würde, wenn man die Frauen ans Ruder ließe. Selber hatte sie ja keine Lust, in die Politik zu gehen, allenfalls würde sie gerne Artikel zu politischen Themen, vor allem zur Frauen-Emanzipation schreiben, aber das war ihr eben noch verwehrt. Sie beschloss also, eine Ausbildung zu machen, die nicht so lange wie ein Universitätsstudium dauern würde, und sichere Berufschancen bot. Bei der Zeitung wollte sie aber auch bleiben.

So begann sie also im Herbst eine Ausbildung zur Physiotherapeutin. Diese würde nicht lange dauern, die Berufsaussichten waren gut, denn Leute mit schmerzenden Gliedern würde es immer geben.

Für Christian ergab sich auch etwas Neues, was Susanne wieder ein wenig mit seiner Berufswahl versöhnte. Sein Chef war nämlich Freiwilliger beim Roten Kreuz und schwärmte Christian von dieser Tätigkeit vor. Christian fing sofort Feuer: Rettungswagen fahren, mit Blaulicht und Folgetonhorn unterwegs sein, Menschen retten – das war etwas für ihn. Er überlegte nicht lange, bewarb sich und wurde aufgenommen. Das bedeutete Nacht- und Wochenenddienste. Das machte ihm aber nichts aus, denn die Faszination für diese Tätigkeit hielt nicht nur an, sondern steigerte sich.

Leider hatten Susanne und Christian nun noch weniger Zeit füreinander. Für ihn genügte es, wenn sie gemeinsam Abende miteinander verbrachten und das Bett teilten. Susanne war es aber zu wenig. Sie sehnte sich nach interessanten Gesprächen und gemeinsamen Konzert- und Theaterbesuchen. Die ersten Ansätze diesbezüglich waren wenig vielversprechend gewesen, und nun gab es in dieser Richtung gar nichts mehr. Die Zeit war knapp, und Christians Interesse ohnehin unter dem Nullpunkt. Er war glücklich tagsüber als Mechaniker und in den Nächten und Sonntagen, in denen er als Sanka-Fahrer eingeteilt war. Er erzählte von den Einsätzen und seinen Großtaten als Helfer, und merkte gar nicht, dass Susanne nur mit halbem Ohr zuhörte. Ein paar Mal setzte sie an, um ihm von ihren Fortschritten im Kurs und ihren Erfahrungen beim Tagblatt zu berichten, aber dafür waren seine Ohren taub.

In ihr reifte der Entschluss zur Trennung. Vielleicht kam der entscheidende Anstoß dazu ja auch von Christian, denn er musste ja auch merken, dass sie beide nichts mehr gemeinsam hatten.

Sie versuchte vorsichtig das Gespräch auf ihre Verschiedenheit zu bringen: „Sag, ist dir nicht aufgefallen, dass wir uns in letzter Zeit seltener gesehen haben?"

„Ja, schon, aber du hast ja so wenig Zeit, seit du im Kurs bist."

„Und deine Nachtdienste? Du bist ja nur noch müde, wenn du schon einmal zu Hause bist."

„Jetzt bin ich da. Komm her, machen wir ein bisschen … Dann schläft man besser."

„Ich will aber kein Schlafmittel sein. Ich will mit dir reden!"

„Dann red halt", meinte er ein wenig gedämpft.

Sie setzt erneut an: „Ich meine, ich würde gerne öfter mit dir fortgehen – du weißt schon, Konzerte und Theater, Freunde treffen und so."

Christian stützte sich abrupt im Bett auf – ihre Freunde waren seit dem Konzert der Image Brothers ein rotes Tuch für ihn. „Das sind doch lauter eingebildete Schnösel. Und du amüsierst dich noch mit ihnen." Das Gespräch entwickelte sich in Richtung Eifersucht. Das war nicht das, was sie beabsichtigte. Sie wollte keinen Streit mehr, sie wollte Trennung. Für sie war nichts mehr zu reparieren.

„Schau, was tun wir denn überhaupt noch miteinander?" begann sie noch einmal.

„Rück näher zu mir, dann zeige ich es dir", sagte er lockend. Aber sie reagierte schon nicht mehr darauf. Es würgte sie in der Kehle, sie wusste nicht recht, ob es Ärger oder Trauer war. „Ich gehe", sagte sie einfach.

„Na, dann geh halt, wenn du schlechter Laune bist." Christian verstand ihre Ankündigung nicht. Er war in den letzten Wochen mit sich und der Welt zufrieden gewesen. Sein Beruf und die Tätigkeit als Freiwilliger waren nicht zu vergleichen mit all den miesen Jobs, die er in den letzten Jahren jeweils für kurze Zeit ausgeübt hatte. Er fühlte sich endlich auf dem richtigen Platz. Und wenn er sich mit Susanne traf, war das eine schöne Draufgabe. Sie hatte eine eigene Wohnung, und er eine sturmfreie Bude im Dachgeschoss des Hauses, in dem seine Eltern und Schwestern wohnten. Das Haus hatte zwei Wohnungen, neben der Garage im Erdgeschoss eine kleine Wohnung, in der ursprünglich die Großeltern gewohnt hatten und die jetzt an einen Studenten vermietet war, und die größere Wohnung im ersten Stock. Dort wohnten seine Eltern und seine Schwestern Monika und Silvia. Christian hauste in der Mansarde. Er hatte für sich eine eigene Klingel installiert. So konnte Besuch für ihn meist unbemerkt von den anderen Familienmitgliedern gleich von der Eingangstür die Treppe hinauf gehen, sodass sie beide immer ungestört sein konnten. Ihm fehlte es an nichts. So war er immer noch ahnungslos, was Susanne in Wahrheit andeuten wollte.

Als er am nächsten Tag an ihrer Wohnungstür klingelte, war er fassungslos, dass sie ihn nicht einließ und nur knapp sagte: „Es ist vorbei. Ich habe es dir doch schon gesagt."

„Du hast doch gar nichts …"

Das hörte sie schon nicht mehr, die Tür war zu.

Zunächst dachte er, es sei nur eine ihrer vielen Aktionen, die ihm immer schon unverständlich gewesen waren, aber als sie immer sofort den Telefonhörer auflegte, wenn er versuchte sie anzurufen, sickerte es schließlich in sein Bewusstsein, dass sie tatsächlich Schluss gemacht hatte. Er verlor völlig den Boden unter den Füßen.

Seine erste Handlung, nachdem er begriffen hatte, dass Susanne es ernst mit der Trennung meinte, war, die „Energetics"-Kassetten unter dem Bett hervorzukramen und auf den Boden zu werfen. Wütend trampelte er darauf herum und kickte die Splitter von einer Ecke in die andere. Das brachte keine Erleichterung, vergrößerte nur die Unordnung in seinem Zimmer.

Stundenlang hockte er in der Küche bei seiner Mutter und jammerte über die Ungerechtigkeit des Schicksals im Allgemeinen und die Schlechtigkeit der Frauen im Besonderen.

„Ihr habt halt nicht zusammen gepasst", meinte seine Mutter hilflos und zog an ihrer Zigarette. Sie rauchte immer, wenn sie das Geschirr abwusch. Da hatte sie eine eigene Geschicklichkeit entwickelt, auch während des Spülens die Zigarette nicht abzulegen.

„Gib mir auch eine", verlangte er.

„Ich dachte, du hättest aufgehört zu rauchen", sagte seine Mutter vorwurfsvoll.

„Ich fange eben wieder an", erwiderte er und widmete sich wieder seinem ersten Thema: „Ich liebe diese Frau", sagte er auf Hochdeutsch. Bisher war das Gespräch im regionalen Dialekt verlaufen. Hochdeutsch klang bedeutungsvoller.

„Ihr seid ja noch so jung", versuchte seine Mutter einen neuen Trost, „das konnte doch nicht von Dauer sein. Du findest sicher ein Mädchen, das besser zu dir passt."

„Aber nie mehr so eine wie die Susi", bockte er.

„Aber eine, die dich eher versteht", beharrte seine Mutter, „und so hübsch ist sie doch auch nicht."

Diese Bemerkung ging daneben.

„Davon verstehst du nichts. Sie ist viel hübscher als die Silvia und die Moni."

Auf ihre Töchter wollte Frau Weingartner nichts kommen lassen: „Das kann man nicht vergleichen. Silvia und Monika sind erstens ein ganz anderer Typ und außerdem sind sie sehr hübsch."

Beinahe wären sie vom Thema abgekommen. Aber Christian begann sofort wieder: „Ich bin ein Versager. Ich kann nichts und hab nichts gelernt. Hätte ich die Schule nicht geschmissen, dann hätte Susi mich nicht verlassen. Ich hätte einen anständigeren Beruf und sie tät sich nicht mit mir genieren."

„Du hast einen anständigen Beruf. Und Freiwilliger beim Roten Kreuz zu sein ist etwas ganz Besonderes."

Er überhörte das. „Am besten, ich bringe mich um. Ich gehe fort, ich gehe in den Süden."

Nun bekam Mechthild Weingartner doch ein wenig Angst. Er hatte schon als Kind oft gedroht fortzulaufen, wenn er etwas nicht bekam, das er haben wollte, aber seine Androhung nur ein einziges Mal halbherzig in die Tat umgesetzt. Er war nur ein paar Stunden im nahe gelegenen Park herumgeirrt und dann hungrig wieder nach Hause gekommen. Sein bester Freund war da schon erfolgreicher gewesen, er war per Autostopp 300 km weit zu seinem großen Bruder getrampt. Diese Aktion hatte Mechthild womöglich mehr erschreckt als die Eltern des Ausreißers. Wenn Christian nun wirklich einfach davonging? Wenn er sich was antat?

Da legte er auch schon nach: „Ich spring von der Brücke. Ich fahre mit dem Auto gegen eine Felswand." Mechthild beschloss im Stillen, ihrem Mann eine Andeutung zu machen, dass er den Autoschlüssel nicht herumliegen ließ.

„Da, nimm dir noch eine", sagte sie, indem sie Christian die Zigarettenpackung hinhielt. Der Abwasch war inzwischen fertig. „Weißt du was, fahr mit mir einkaufen. Papa hat das Auto da gelassen."

Christian stand auf. Im Haushalt helfen war nicht seine Sache, aber Chauffeur spielen tat er immer gerne. Seine Mutter hatte keinen Führerschein und war beim Einkaufen auf Helfer angewiesen. Sie zogen also los. Mechthild war froh, für den Moment eine Ablenkung gefunden zu haben. Christians Verzweiflung musste sich mit der Zeit geben.

Als sie durch den Supermarkt schlenderten, merkte sie besorgt, dass er immer wieder kleine Frauen mit kurzen blonden Haaren anstarrte, alle Frauen und Mädchen, die ihn auch nur entfernt an Susanne erinnerten. ‚Hässliche Zwerginnen', dachte sie verächtlich, Susanne war nie der Typ Mädchen gewesen, den sie für ihren einzigen Sohn ausgesucht hätte.

Aber ihre beiden Töchter hatten ihrer Meinung nach auch falsch gewählt. Sie war überzeugt, dass keiner der Partner in die Familie passte. Silvia trieb sich mit wilden Bergsteigern herum, dabei wären doch unter den Studenten ihrer Fachrichtung sicherlich passendere Männer gewesen. Allerdings wusste Mechthild nicht genau, ob Silvia mit einem dieser Bergfexe überhaupt liiert war. Silvia teilte sich diesbezüglich nicht mit. Da war die jüngere Tochter, Monika, schon zutraulicher. Aber der Mann, den sie sich ausgesucht hatte! Ein einfacher Arbeiter ohne höhere Schulbildung, der sich zwar zum Verkaufsleiter emporgearbeitet hatte, aber überhaupt keine Manieren hatte. Und seine Sprache! Lauter oberösterreichische Ös und ländliche Ausdrücke, die sie nicht verstand. Mechthild hatte zeitlebens darauf geachtet, Dialekt zu vermeiden und auch ihre Kinder zum Gebrauch der Hochsprache zu erziehen. Das war ihr auch beinahe gelungen. In ihrer Gegenwart bemühten sie sich, die Umgangssprache, die sie mit Freunden sprachen, abzumildern. Nur wenn sie ihre Mutter ärgern wollten, verfielen sie in den örtlichen Dialekt. Und nun schleppte ihre Lieblingstochter einen Mann an, dem Hochdeutsch offensichtlich völlig fremd war. Aber Monika war vernarrt in ihn und hatte schon mit sechzehn Jahren erklärt, sie würde Robby heiraten. Robby – schon der Name war Mechthild widerlich. Sie hoffte, dass Moni sich das noch überlegte, schließlich war Streiten bei den beiden an der Tagesordnung, und Streit war in Mechthilds Augen ein absolutes Ehehindernis. Sie war stolz darauf, nie mit ihrem Mann zu streiten, eine Tatsache, die ihre ältere Tochter trocken kommentierte: „Ihr redet ja auch nicht miteinander. Da schafft man ja nicht einmal einen Streit." Mechthild überhörte das geflissentlich.

Mechthilds größte Sorge galt seit seiner Babyzeit ihrem Sohn. Er hatte ihr immer wieder Kummer und Ängste bereitet. Wie oft hatte er sich verletzt, und dann die seltsamen Anfälle, die er als Kleinkind hatte: er war mitten in der Nacht aufgewacht und hatte zu schreien begonnen, sich vor Gegenständen gefürchtet, die gar nicht da waren. In Panik hatte er zum Beispiel auf den Kleiderschrank gedeutet und geschrien: „Gib den Topf da weg!"

Der Angst verursachende Topf war nur für ihn sehen. Das Kind war kaum zu beruhigen gewesen. Der erfahrene Hausarzt hatte nur lächelnd gesagt: „Das gibt sich wieder."

Er hatte Recht behalten, die Anfälle traten bald nicht mehr auf, aber war wirklich nichts zurück geblieben? Mechthild wandte sich wieder dem Einkauf zu. Die Spirituosenabteilung fehlte noch. Eine unbewusste Abwehr hätte sie beinahe schon zur Kassa gezogen, aber Christian lenkte den Einkaufswagen automatisch in die Koje mit den alkoholischen Getränken. Er kannte schließlich die Prozedur. Seine Mutter kaufte immer große Mengen Bier und Whiskey, weil sie hoffte, ihren Mann daran zu hindern, die Nächte in Bars zu verbringen. Wenn genug Alkohol zu Hause war, würde er vielleicht daheim bleiben. Christian wusste, dass diese Hoffnung vergeblich war, denn dann trank sein Vater eben in Bars und zu Hause. Christian war es egal, und nun war ihm sowieso danach, seinem Vater beim Trinken Gesellschaft zu leisten.

Wieder zuckte er zusammen – da war ein Mädchen, das Susanne zum Verwechseln ähnlich sah. Nein, sie war es nicht. Er legte noch eine Flasche Whiskey in den Wagen und schob diesen dann zur Kassa.

An diesem Abend tranken er und sein Vater gemeinsam. So etwas wie eine Vater-und-Sohn-Stimmung stellte sich ein. Gemeinsam lamentierten sie über die Veränderungen, die sich in der Gesellschaft abspielten. Dankbar nahm Heinz Weingartner das Thema auf und setzte sofort zu einem Monolog an: „Wenn die Frauen wüssten, was sie sich und uns mit dieser Emanzipation antun! Und dann wundern sie sich, wenn ihnen niemand mehr die Tür aufhält und in den Mantel hilft!"

Das war nicht wirklich Christians erste Sorge, aber er hielt tapfer mit: „Frauen wollen nur das eine von uns Männern: sie wollen dich im Bett haben und dann gehen sie einfach wieder weg. Wir Männer sind nur Anhängsel von den Frauen."

Das wiederum verstand Heinz nicht und spann seinen Gedanken weiter: „Da studieren sie und denken, dass sie soooo gescheit sind, dabei wissen sie gar nichts, gahr nichs, gah nichs wischen schie." Seine Stimme begann verwaschen zu klingen, und er fand die Fortsetzung seines Gedankens nicht.

Heinz hatte schon vor seiner Heimkehr Einiges getrunken, Christian war noch etwas klarer, auch wenn ihm seine Zunge ebenfalls nicht mehr ganz gehorchte. „Du gehsch jetz ins Bett. Sschteh auff. Dort iss dein Ssimmer. Hoppauf!"

Er zog seinen Vater hoch und lenkte ihn ins Schlafzimmer, wo er ihm noch aus der Hose half, denn Heinz verhedderte sich in seinen Hosenträgern. Er trug nie Gürtel, aber ein solcher wäre wahrscheinlich in seinem momentanen Zustand genauso ein Problem gewesen.

Er fiel in die Waagrechte und tastete gewohnheitsmäßig nach Mechthild. Die war noch wach gewesen und erstarrte, als sie seine Hand an ihrem Leib spürte. Sie ekelte sich, aber sie wehrte sich nicht. Er wollte doch nicht etwa ... Er war zu betrunken, seine Hand rutschte herab und schon fing er an zu schnarchen.

***

Monika stellte sich in Position. Unsicher blickte sie um sich. Jetzt nicht noch einmal einen Fehler machen. Vorhin hatte sie den Aufschlag verpatzt und böse Blicke der Mitspielerinnen geerntet. Eigentlich war Volleyball nie ihre Stärke gewesen, aber Susanne hatte sie überredet, dem Verein beizutreten, weil da so tolle Leute waren und Volleyball so ein elegantes Spiel war. Dabei war Susanne gar nicht oft bei Training und Spielen anwesend, und nun, da sie ihre Ausbildung am WIFI begonnen hatte, kam sie gar nicht mehr. Aber Monika hatte Gefallen an dem Spiel gefunden, obwohl sie sich nicht sonderlich geschickt anstellte. Vor allem der Aufschlag bereitete ihr Probleme. Blaue Flecken waren an der Tagesordnung. Wenn da nicht Robby gewesen wäre! Hier hatte sie ihn kennen gelernt, und ihm zuliebe blieb sie im Verein. Sie hielt sich wacker, sie patzte nicht. Sie war erleichtert. Dennoch, das Beste an so einem Trainingsabend war, dass man hinterher gemeinsam im nächsten Beisl seinen Durst stillte.

Heute war das Beisl ziemlich voll. Es gab keinen freien Tisch mehr, also verteilten sich die Vereinsmitglieder teils an der Bar, teils an anderen Tischen, wo die Gäste bereit waren zusammenzurücken. Monika und Robby setzten sich an die Bar. Nach einiger Zeit fiel ihr ein zierliches Mädchen auf, das in Begleitung eines langhaarigen Mannes hereingekommen war. Eben waren Plätze neben Moni frei geworden und das Paar setzte sich. Die beiden bestellten, aber sprachen nicht miteinander. Es schien dicke Luft zu geben. Moni war in heiterer Laune und es war ihr unangenehm, dass neben ihr Missmut verbreitet wurde.

„He du, dich habe ich hier noch nie gesehen. Ich bin die Moni, wie heißt du?" fragte sie das Mädchen. Die Angesprochene schien zu überlegen, ob sie antworten sollte oder weiter Trübsal blasen. Sie entschloss sich, ihren Partner zu ignorieren und wandte sich Moni zu: „Ich heiße Trixi. Ich bin zum ersten Mal in diesem Lokal. Gehst du da öfter her?"

Damit war schon einmal ein Gesprächsthema gegeben. Monika erzählte vom Volleyball-Verein und dass sie manchmal nach dem Training hierher kamen, weil es das nächstgelegene Lokal war.

„Volleyball? Da muss man doch viel springen?" fragte Trixi, nur um das Gespräch in Gang zu halten, denn in Wahrheit waren ihr Ballspiele völlig egal. Moni spürte das Desinteresse, aber sie schilderte trotzdem ihre Erfahrungen, weil ihr im Moment nichts Besseres einfiel. Trixis Freund merkte, dass er keine Aufmerksamkeit bekam und zupfte sie am Kleid. Unwillig stieß sie ihn mit dem Ellbogen zurück: „Lass mich. Gib Ruh!" zischte sie und wandte sich wieder Moni zu. Sich die Regeln von Volleyball erklären zu lassen war offensichtlich interessanter als ihr rüder Begleiter. Der murmelte vor sich hin und brummte schließlich: „Na dann eben nicht, du dumme Gans."

Er legte einen Zwanzig-Schillingschein auf die Theke und verzog sich. Trixi blickte ihm leicht verstört nach und meinte: „Wie komme ich jetzt nach Hause?"

„Wo wohnst du denn?"

„Außerhalb der Stadt, in der Nähe von Steindorf, und jetzt fährt kein Bus mehr."

„Das ist nicht gerade in der Nähe. Robby, können wir Trixi heimbringen?"

Robert meinte: „Sicher", ohne zu fragen, wohin er fahren sollte. Da er aber schon eingewilligt hatte, blieb ihm nichts anderes übrig.

Nachdem Trixi ausgestiegen war, streichelte Moni Robbys Arm und sagte schmeichelnd: „Jetzt haben wir eine hübsche, lange, gemeinsame Heimfahrt."

Damit beugte sie seinem Missmut vor, der sich angesichts des langen Umwegs einschleichen wollte. Also schluckte er eine unwirsche Bemerkung hinunter und gab Gas.

„Weißt du was" begann Monika nachdenklich, „diese Trixi …"

„Wer?"

„Das Mädchen, das wir gerade abgeliefert haben!"

„Ach so, Trixi heißt die. Was ist mit der?"

„Sie erinnert mich an Susanne."

„An wen?"

„An Christians Freundin. Sie hat ungefähr ihre Größe und Körperhaltung und dieselbe Frisur. Vielleicht haben sie denselben Friseur. Aber sie ist viel schlanker. Sie ist schon sehr schlank, beinahe krankhaft dünn. Vielleicht hat sie nichts mehr gegessen, weil es mit diesem Freund nicht klappt."

Robert gab keine Antwort. Er hatte Trixi gar nicht richtig angesehen. Nun, vielleicht, weil sie so dünn war.

In der Folge sahen sie Trixi öfter. Einmal wartete sie nach dem Training auf sie, um sich ihnen anzuschließen, wenn sie ins Lokal gingen, oder sie war schon an der Bar, wenn sie kamen. Moni lud sie ein, zum nächsten Freundschaftsspiel zu kommen und vielleicht noch ein paar Freunde oder Freundinnen mitzubringen. Der Verein konnte Zuschauer gebrauchen. Das tat Trixi dann auch. Sie war in Begleitung einer Freundin.

Zu Monikas Überraschung war auch ihr Bruder Christian im Publikum. Er hatte wohl gehofft, dass er hier Susanne treffen konnte. Er wusste ja nicht, dass sie schon seit einiger Zeit nicht mehr mitspielte.

Da er Susanne nicht antraf, wurde er wieder von seinem Weltschmerz heimgesucht, aber nun konnte er nicht mehr weggehen, da seine Schwester im schon zugewinkt hatte. Also blieb er und applaudierte höflich, wenn ein guter Wurf gelungen war. Die Spieler laut anzufeuern hatte er keine Lust.

Monika und Robbys Team gewann knapp.

Christian wartete beim Ausgang. Auch Trixi und ihre Freundin standen da. Christians Blick fiel auf Trixi, und sein Herzschlag setzte für eine Sekunde aus. „Susi", sagte er mit schwacher Stimme.

Trixi wandte sich ihm zu: „Ich heiße Trixi."

Christian antwortete nicht, er hatte damit zu tun, seinen Irrtum zu verarbeiten. Trixi musterte ihn. Sie fand, dass er einen zweiten Satz wert war: „Trixi kommt von Beatrix, aber so haben nur die Lehrer in der Schule gesagt."

„Bist du nicht mehr in der Schule?" fragte er. Ganz so dumm war die Frage gar nicht, denn Trixi war nicht nur sehr dünn, sie sah auch noch ziemlich schulmädchenhaft aus.

„Ich bin fast zwanzig. Ich bin schon lange aus der Schule heraußen." Trixi war sich nicht sicher, ob sie geschmeichelt oder beleidigt sein sollte, weil sie für jünger gehalten wurde.

„Was arbeitest du?" fragte Christian.

„Ich bin in der Schokoladenfabrik. Und was machst du?"

Die Unterhaltung fand eine kurze Unterbrechung, denn Moni und Robby waren nun umgezogen aus der Garderobe gekommen, und nun gingen sie gemeinsam in ihr Stammlokal. Alle waren in gehobener Stimmung, sogar Christian taute ein wenig auf: „Hast du vorhin Schokoladenfabrik gesagt? Dürft ihr da auch Schokolade essen?"

„Wir können jede Woche Schokobruch mitnehmen."

„Du siehst aber nicht so aus, als würdest du viel davon essen."

Trixi entschied sich, diese Bemerkung als Kompliment zu werten und antwortete: „Schokolade ist nicht meine Leibspeise. Ab und zu koste ich. Ich bringe das, was ich nehmen darf, Freunden und meinem Bruder mit."

Das Gespräch schien den Faden zu verlieren. Sie fügte hinzu: „Du willst nicht zufällig jetzt mit mir tanzen? Sie spielen gerade ein Stück, das mir gefällt."

Christian war verblüfft, dass sie ihn so unverblümt aufforderte, und stand auf, um sie zur Tanzfläche zu geleiten. Sie schmiegte sich an ihn und ignorierte, dass er nicht darauf einging.

Inzwischen langweilte sich Trixis Freundin und gab ihr ein Zeichen, dass sie heimfahren wollte. Trixi folgte ihr. Auch die anderen brachen nun auf.

Ein paar Tage später stand Trixi am Abend vor Christians Tür. Sie hatte sich bei Monika nach seiner Adresse und seinen Arbeitszeiten erkundigt. Christian war auf Besuch gar nicht eingestellt. Auf den ersten Blick erschrak er wieder, weil Trixi ihn wieder an Susanne erinnerte.

„Was ist?" fragte Trixi, „darf ich dich besuchen? Ich war gerade zufällig in der Nähe. Heute haben wir wieder Kekse und Schokobruch bekommen. Magst du was?"

Sie drückte ihm, dem noch immer die Sprache fehlte, einen zerknitterten Papiersack in die Hand und machte einen Schritt vorwärts. Christian trat zur Seite. Erst jetzt fiel ihm auf, wie unordentlich sein Zimmer war. Trixi sah sich kurz um und schob dann das Bettzeug zur Seite, um sich zu setzen. Andere Sitzgelegenheiten gab es in dem Zimmer nicht. Einen Kasten gab es dagegen sehr wohl, aber die Gegenstände und Kleidungsstücke hatten den Weg dorthin nicht gefunden. Pro forma hob Christian ein paar Wäschestücke auf und legte sie auf den Tisch. Für ein zerknülltes Taschentuch fand sich noch ein wenig Platz im Papierkorb.

„Mama kommt selten da herauf", sagte er schließlich entschuldigend.

Trixi schluckte einen Vorwurf hinunter und deutete auf den Platz neben sich. „Komm her, erzähl mir was", forderte sie ihn auf.

„Was soll ich dir denn erzählen? Bei mir gibt es nichts zu erzählen." Das letztere klang schon sehr verdrossen. Trixi fuhr munter fort: „Du hast mir gar nichts von deinem Beruf erzählt, du hast immer nur mich reden lassen."

Mit dem Wort „Beruf" hatte sie das Eis gebrochen. Christian fielen sofort ein paar Anekdoten aus der Werkstätte ein. Es handelte sich meist um Schabernack, den er angeblich Kunden gespielt hatte. So erzählte er von einem Kunden, der für die Autobatterie destilliertes Wasser verlangte. ‚Wollen Sie einfach oder doppelt destilliertes Wasser?' Der Kunde war verwirrt und fragte nach dem Unterschied. ‚Doppelt destilliertes Wasser ist zwar teurer, aber es ist besser und hält länger.' ‚Dann geben Sie mir doppelt destilliertes Wasser.' Der Kunde zahlte anstandslos den überhöhten Preis.

Christian lachte bei der Pointe, Trixi schaute etwas verwirrt drein, ihr Bildungsstand erlaubte ihr nicht, Christians Gedankengang zu folgen. Christian klärte sie auf: „Es gibt gar kein doppelt destilliertes Wasser."

„Ach so!" Befreit brach sie in schallendes Gelächter aus. Sie stellte sich den genarrten Kunden vor und amüsierte sich im Nachhinein bestens. Das ermutigte Christian zu neuen Geschichten.

Es blieb beim Geschichten-Erzählen. Aber Trixi war sicher, dass ihre Zeit noch kommen würde. Christian gefiel ihr, er war viel intelligenter als ihr letzter Freund, und dass er nicht versuchte, ihr zu nahe zu kommen, sprach für ihn. Sie spürte in sich ein Gefühl, das sie noch bei keinem anderen Mann gehabt hatte, einen gewissen Aufruhr im Inneren, eine Spannung, aber auch ein Zuhause-Sein. Einerseits war es beruhigend, dass er sie nicht bedrängte, andererseits reizte es sie aber auch. Wieso war er so zurückhaltend? Sie hatte schon einige Bekannte gehabt, und die waren jeweils schnell bei der Sache gewesen. Eines wusste sie: das durfte nicht das letzte Beisammensein gewesen sein.

Sie war überrascht, dass so viel Zeit vergangen war, aber sie musste aufbrechen, um nicht den letzten Bus zu versäumen. Christian war ebenfalls unruhig geworden, denn er hatte an diesem Abend Nachtdienst. Er konnte sich keinen neuen Rüffel wegen Zuspät-Kommens mehr leisten, sonst würde man beim Roten Kreuz auf seine Dienste verzichten.

So verabredeten sie sich für den späten Nachmittag Mitte nächster Woche, wenn er seinen freien Tag hatte.

Christian hatte nicht viel Zeit, über den überraschenden Besuch nachzudenken, da er an diesem Abend in der Einserpartie eingeteilt war, was bedeutete, dass er dauernd unterwegs war und alle Transporte, die anfielen, übernehmen musste. Die Zweierpartie konnte so lange pausieren, bis mehrere Transporte auf einmal nötig waren, oder ein Notfall eintrat.

Erst am nächsten Tag stand ihm das Bild Trixis wieder vor Augen. Trixi? Oder war es Susanne? Seine Erinnerung konnte die Gesichter nicht voneinander trennen. Er spürte, dass trotz der äußerlichen Ähnlichkeit nicht viele Gemeinsamkeiten vorhanden waren. Sofort bekam er wieder Herzstechen, wenn er an Susanne dachte. Ihr Lachen tauchte vor ihm auf, ihre Schlagfertigkeit und ihr Witz. In der Erinnerung wurde die Zeit mit ihr immer großartiger. Ein tiefer Seufzer entrang sich ihm. Es konnte nicht aus sein! Hatten ihr diese zwei Jahre nichts bedeutet? Oder hatte das Studium sie so verändert? Hatten die Kollegen in der Redaktion sie beeinflusst? Ein anderer Mann – das musste es sein. Vielleicht einer, der die Bildung und den Schliff hatte, Dinge, die sie ihm mit den „Energetics" beibringen wollte.

Hilfloser Zorn gegen den Unbekannten stieg in ihm auf. Darin mischte sich ein leiser Groll gegen Susanne selbst, dass sie versucht hatte, ihn umzuformen. Ein Hemd in die Ecke zu feuern half nicht, seine ohnmächtige Wut zu besänftigen. Er brauchte einen anderen Blitzableiter. Er ging in die Wohnung seiner Eltern hinunter. Hunger hatte er sowieso auch. Im ersten Stock traf er lediglich seine ältere Schwester Silvia. Die werkte gerade mit dem Besen in der Küche. Bevor er seine „Essensbestellung" aufgeben konnte, stellte sie ihm den Mülleimer vor die Füße und murrte: „Tu auch einmal was. Trag das runter."

Silvia hatte mindestens so schlechte Laune wie er selbst. Die Ursache war ihm zwar unbekannt, aber als Punchingball kam sie ihm gerade recht.

„Sonst noch was!" sagte er daher laut und bockig. Offensichtlich hatte Silvia ebenfalls auf einen Streitpartner gewartet und fuhr ihn sofort an: „Du glaubst, nur weil du da oben ein eigenes Zimmer hast, kannst du tun und lassen, was du willst und dich vor jeder Arbeit drücken. Mama-Schatzi! Bei mir spielst du das nicht!"

„Und du glaubst, du kannst dich hier als Chefin aufspielen und Arbeit einteilen!"

Zorn kochte in beiden auf, sodass ihnen die gegenseitigen Anschuldigungen immer weniger wortgewandt über die Zunge kamen. Silvia war schließlich so geladen, dass sie auf Christian losfuhr und ihn biss und kratzte. Er versuchte sie festzuhalten und knallte ihr schließlich die Hand auf den Oberschenkel. Sie schrie auf, denn das tat ordentlich weh. Sie lief in ihr Zimmer und besah sich den Hand-Abdruck auf ihrem Bein. Alle fünf Finger waren deutlich zu sehen. Immerhin hatte der Schmerz ihre Wut abgekühlt.

Christian knallte die Tür hinter sich zu und betrank sich in seinem Stammbeisl.

Silvias Wut hatte sich inzwischen in Traurigkeit gewandelt, sie sperrte die Zimmertür ab und begann zu weinen. Nichts klappte in ihrem Leben. Der Professor für Neuere Geschichte hatte sie vor allen Kollegen wegen ihrer angeblichen Unfähigkeit angeschrien und schließlich aus dem Seminar geworfen. Der Assistent war ihr zwar nachgeeilt und hatte ihr versichert, dass der Professor es nicht so gemeint habe und sie bestimmt weiter machen könne, aber sie glaubte ihm nicht. Der Rauswurf bedeutete den Verlust eines ganzen Semesters, denn das war für ihren Studiengang eine Pflichtveranstaltung gewesen, und nun musste sie im nächsten Semester erneut inskribieren. Am liebsten hätte sie das Fach ganz geschmissen und etwas ganz anderes begonnen. Aber was? Das einzige, was sie wusste, war, dass das Studieren ihr nicht lag, aber sie hatte keine Ahnung, was sie sonst hätte machen können. Noch schlimmer war, dass sie in diesem Seminar einen Kollegen kennengelernt und sich verliebt hatte, aber nach kurzer Zeit feststellen musste, dass sie für ihn nur ein Zeitvertreib gewesen war. Ihre romantischen Vorstellungen von Liebe waren in Sekundenschnelle wie unter einer Lawine begraben worden. Sie weinte immer noch, als es längst dunkel geworden war. Ihre Katze Kasperl strich um sie herum, ließ sich aber nicht als Trostpflaster verwenden. Silvia legte sich, wie sie war, aufs Bett und lauschte. Ihre Mutter rumorte im Badezimmer und ging dann ins Schlafzimmer. Monika würde heute nicht nach Hause kommen. Sie übernachtete wieder einmal bei Robby. Seltsam, dass Mama in dieser Sache ihren Mann belog. Warum sollte der nicht wissen, dass seine jüngste Tochter einen Freund hatte und bei ihm schlief? Mama behauptete ihm gegenüber, dass sie bei einer Freundin sei. Womöglich merkte Papa ja gar nicht, ob jemand von den Familienmitgliedern fehlte, denn er kam ja selber erst weit nach Mitternacht nach Hause. An diesem Tag fehlten drei von der Familie. Christian war nämlich auch noch nicht da. Wenn es so spät war, dann waren er und der Vater sicherlich schon betrunken. Silvia wusste, dass ihr Vater mit dem Auto unterwegs war. Sie machte sich Sorgen. Beim letzten Mal hatte er bei der Heimfahrt einen Laternenmast beschädigt. Das Auto hatte sowieso schon mehrere Dellen, die abwechselnd Christian und Papa gemacht hatten. Einen Blechschaden hatte auch Silvia selbst verursacht, aber heimlich reparieren lassen, sodass Papa nie etwas gemerkt hatte.

Jetzt war es still. Aber Silvia kam nicht zur Ruhe, solange nicht ihr Bruder und ihr Vater heimgekommen waren. Da waren Schritte auf der Treppe. Sie führten an der Wohnungstür vorbei in die Mansarde. Sie hörte die Tür gehen. Christian war also ohne Unfall sicher nach Hause gekommen.

Sie entkleidete sich und legte sich wieder ins Bett und lauschte weiter in die Nacht. Gepolter auf der Treppe kündigte die Heimkehr ihres Vaters an. Wie immer, wenn er mitten in der Nacht heimkam, zog er sich im Zimmer neben dem ihren aus und ging dann in der Unterwäsche ins Schlafzimmer. Den Gang ins Badezimmer sparte er sich.

Silvia drehte sich zur Wand. Der Schlaf war stärker als ihr Weltschmerz.

Am nächsten Morgen war Silvia die letzte, die aufstand. Ihre Mutter war schon im Büro, Papa ebenfalls, Christian saß beim Frühstück und kaute lustlos an einem Stück Toast herum. Es roch nach Kaffee, aber Silvia mochte keinen. Sie machte sich Tee, aber sie hatte den Eindruck, dass sie nur heißes Wasser trank. Christian tat, als bemerke er sie nicht, als sie sich zu ihm an den Tisch setzte. Besser so, dachte sie, und schweigend nahmen sie ihr Frühstück zu sich.

Christian ging grußlos. Silvia blieb zurück. Sie hatte keine Lust, zu Vorlesungen zu gehen. Sie verzog sich wieder in ihr Zimmer. Ungemütlich war es da. Seit ihre Eltern das Haus gekauft hatten, waren nur wenige Möbel angeschafft worden. Das Geld reichte nicht dafür, denn die Raten für den Kredit waren hoch. Die Wohnung, die sie vorher bewohnt hatten, war nach amerikanischer Manier mit Einbaumöbeln ausgestattet gewesen, so hatten sie keine Kleiderschränke gebraucht. Einige Jahre lang gab es in der ganzen Wohnung nur einen einzigen, dreiteiligen Schrank, und der stand im Schlafzimmer der Eltern. Silvia behalf sich lange Zeit mit ein paar Kleiderhängern, die sie an den Fensterriegeln aufhängte. Sie hatte ein kleines altes Regal gefunden, auf dem sie ihre Wäsche stapelte. Die Bücher waren auf dem Boden aufgereiht. Der Rest des Mobiliars bestand aus einem eisernen Bett, das vielleicht einmal in einem Krankenhaus gestanden war, und ein paar hölzernen Obstkisten. Das Bettgestell, die Obstkisten und einen alten Sessel hatte sie rot lackiert. Der Sessel stand bei einem alten Küchentisch, auf dem die ausrangierte Schreibmaschine ihres Vaters stand. Silvia war stolz auf ihre Lackierkünste, aber richtig heimelig machten sie das Zimmer nicht.

Als erste hatte nach der Übersiedlung Monika Möbel bekommen. Ihr lag Improvisation nicht so wie Silvia. Sie hätte keinen Spaß daran gehabt, Müll zu lackieren, wie sie sich ausdrückte. Insgeheim fragte sich Silvia, wozu Monika Möbel brauchte, da sie ohnehin kaum zu Hause war. Da schwang wohl auch ein wenig Neid mit, denn Moni war mit Robby schon über ein Jahr zusammen. Silvia, obwohl älter, hatte erst einen einzigen festen Freund gehabt, und den nur ein paar Wochen lang, eben diesen Kollegen, der die Ursache für ihren augenblicklichen Liebeskummer war. Sie hatte wohl kein Glück mit den Männern. Ihr ging es meist so, dass derjenige, der ihr gefiel, nichts von ihr wissen wollte, und umgekehrt interessierten sie die Männer nicht, die ihr den Hof machten. Was bildeten sich diese ungehobelten Kerle eigentlich ein, ihr schöne Augen zu machen und zu schmeicheln? Merkten die nicht, dass sie Welten trennten? In die bildungsmäßigen Untiefen dieser Männer wollte sie sich keinesfalls begeben.

Wenn sie an all das dachte, kamen ihr wieder die Tränen. Sie wollte aber nicht weinen, es würgte sie in der Kehle, es wurde immer enger, bis es schmerzte. Sie versuchte sich abzulenken, indem sie an ihrer Seminararbeit für Kunstgeschichte weiterschrieb. Dabei fiel ihr der Zettelkasten hinunter und nun war alles durcheinander. Sie setzte sich auf den Boden und begann alles von neuem zu sortieren. Der Ärger war jetzt wenigstens handfest und lenkte sie von der unnennbaren Wut, die in ihr kochte, ab.

Als sie die Zettel wieder eingeordnet hatte, verließ sie die Wohnung und fuhr ziellos mit dem Fahrrad durch die Gegend. Wenn nur schon wieder das Wochenende käme und sie mit ihren Bergkameraden klettern gehen konnte. Bisher hatte aber niemand angerufen und Vorschläge gemacht. Das war für sie wieder ein Grund, im Seelenschmerz zu versinken. Was, wenn niemand sie einlud mitzukommen? Dann würde sie den ganzen Sonntag zu Hause sitzen und sich langweilen.

Automatisch lenkte sie zur Uni. Ihr Blick fiel auf ein Plakat. Es kündigte „Freies Malen nach Musik" an. Eingeladen waren alle Interessierten, Kursgebühr: keine. Mitzubringen: Papier, Pinsel und Farben. Besser als zu Hause rumsitzen, dachte sie. Die erste Kurseinheit war schon gewesen, aber sie beschloss trotzdem hinzugehen. Sie fuhr nach Hause, holte ihre Malsachen und ging in den Raum, in dem der Kurs stattfand. Es war kein Problem noch mitzutun. Sanfte Musik war zu hören, und mehrere Kollegen waren in ihre Malerei vertieft. Silvia setzte sich dazu und begann ebenfalls spontan, wie der Kursleiter es anregte, zu malen. Die Teilnehmer sollten das, was sie in der Musik hörten, ohne nachzudenken, in Farbe und Formen ausdrücken. Silvia versuchte es, aber sie fand es grässlich, was sie da kleckste. Ihre Stimmung sank wieder auf den Nullpunkt. Frustriert ging sie nach Hause.

Sie erwartete dasselbe Drama wie in so vielen Nächten. Aber diesmal war ausnahmsweise die Familie vollständig. Mehr als das, auch Trixi war da. Silvia sah sie zum ersten Mal. Christian hat sich aber schnell getröstet, dachte sie.

„Sieht sie nicht ein bisschen wie Susanne aus?" flüsterte ihr Monika zu.

„Kommt mir nicht so vor. Das macht doch nur die Frisur. Die ist doch ein ganz anderer Typ", flüsterte sie zurück.

Essen stand auf dem Tisch. Offensichtlich hatte ihre Mutter Trixi zum Mitessen aufgefordert. Das hat die auch nötig, dachte Silvia grimmig.

Christian und Trixi verzogen sich bald in sein Revier im oberen Stockwerk. Für die anderen schien es, als gehöre Trixi schon zur Familie. Viel geredet hatte sie nicht. Dazu war sie zu schüchtern.

In Christians Zimmer taute sie hingegen wieder auf.

„Deine Mutter ist nett", begann sie, „Aber Silvia mag mich nicht."

„Denk nicht daran", erwiderte er, „wir hatten Streit, aber das soll uns egal sein."

Durch das vorangegangene familiäre Beisammensein ermutigt, rückte sie näher heran und begann seine Hand zu streicheln. Christians Hände waren rau und rot, weil er sie lange geschrubbt hatte, um das Schmieröl loszuwerden. „Du solltest deine Hände eincremen. Morgen bringe ich dir eine Salbe mit. Meine Mutter arbeitet in einer Drogerie." Ihre Finger krabbelten seinen Unterarm entlang.

Er rückte etwas von ihr ab. „Ich muss dir etwas sagen."

„Du hast schon eine Freundin?"

„Ja, nein, ich…, wir haben uns zerkracht."

Sie schwiegen eine Weile. Trixi wartete auf eine Fortsetzung. Sie kam nicht. Also sagte sie: „Schon länger? Ist es endgültig oder glaubst du, dass ihr euch wieder versöhnen könnt?"

„Ich weiß nicht."

„Kenne ich sie? Wie heißt sie?"

„Susanne Mannhart. Ich glaube nicht, dass du sie kennst."

Sie kannte sie nicht.

Wieder schwiegen sie. Trixi wusste nicht, was sie davon halten sollte. Warum hatte er sie mitgenommen, wenn er offensichtlich in eine andere verliebt war? Sie beschloss, nicht nachzugeben: „Wir könnten aber doch inzwischen miteinander unseren Spaß haben, dann wirst du sehen, ob es mit Susanne weitergeht oder nicht."

Ihrer Logik konnte er nicht ganz folgen, aber „Spaß haben" klang nicht schlecht. Susanne sollte nur sehen, dass er nicht auf sie angewiesen war. Er ließ es also zu, dass Trixis Finger weiterwanderten. Plötzlich fasste er ihre Hände und fragte erschrocken: „Du nimmst doch die Pille, oder?"

„Ja, natürlich", antwortete sie.

(AIDS war damals noch unbekannt, also bot er nicht an, ein Kondom zu benutzen.)

Damit war alles gesagt, und so zog er sie an sich.

Am folgenden Tag ging Silvia wieder nicht zu den Vorlesungen, aber am Abend zum Malkurs. Wieder kleckste sie sinnlos herum. Einfach aus der Phantasie und aus der Stimmung heraus zu malen, gelang ihr nicht. Oder die Farbpatzerei, die sie produzierte, war eben ein Ausdruck ihres gegenwärtigen verstörten Inneren.

Sie kam mit anderen ins Gespräch. Alles, was sie beschäftigte, drängte an die Oberfläche, wollte ausgesprochen werden. Sie fand zu ihrem Glück geduldige Zuhörer. Eine davon hieß Verena. Sie hörte nicht nur zu, sie hatte auch einen praktischen Vorschlag für Silvia: „Ich glaube, ich habe was für dich. Wenn du zurzeit nicht auf die Uni gehen magst, dann könntest du doch etwas arbeiten."

„Arbeiten? Was denn, ich kann doch nichts."

Verena ließ sich nicht beirren: „Ich habe einen Arbeitsplatz in einem Büro. Eigentlich ist es keine richtige Arbeit. Ich muss nur im Büro sein, wenn der Chef nicht da ist, Telefonanrufe notieren und die Post entgegennehmen. Ich will damit aufhören, weil ich demnächst heirate, und der Chef braucht Ersatz für mich. Möchtest du, dass ich dich vorstelle?"

„Probieren kann ich es ja", meinte Silvia.

Und so war es beschlossen, dass sie am nächsten Tag mit Verena mit ins Büro ging.

Etwas hoffnungsvoller ging sie nach Hause. Das Malen ließ ihr keine Ruhe. Sie spürte in sich den Drang etwas zu gestalten, ihr war aber nicht danach, abstrakt etwas aus dem Gefühl heraus zu malen. Sie brauchte eine Vorlage oder wenigstens eine Vorstellung von etwas Gegenständlichem, eine Landschaft, Figuren oder eine Handlung. Sie nahm sich das abstrakte Gekleckse des Abends noch einmal vor und begann mit einem Kohlestift die Farbflächen zu konturieren, sodass sie einer Landschaft ähnelten. Es entstanden Bäume, Blumen, Gräser und ein Hintergrund mit Bergen. Sie arbeitete ohne bewusstes Ziel, überließ sich dem Zeichnen, griff noch einmal zu den Farben und setzte bunte Flächen,

so, wie ihr danach war. Sie hatte das Gefühl, sich in einem anderen Be-
wusstseinszustand zu befinden, aber wacher und kontrollierter denn je
zu sein. Sie betrachtete das Bild, das fertig zu sein schien. Sie fand es
sehr poetisch, eine Art Märchenwald. Sie konnte sich vorstellen, wie
diese Landschaft von Feen, Elfen und Zwergen bewohnt wurde. Befrie-
digt ging sie zu Bett, konnte aber lange nicht einschlafen, denn einerseits
beschäftigte sie Verenas Vorschlag, andererseits hätte sie gerne zu dem
eben gemalten Bild eine Geschichte verfasst. Aber die Vernunft gebot
ihr, schlafen zu gehen, damit sie für das Gespräch mit Verenas Chef am
nächsten Tag fit war.

Alle Besorgnis diesbezüglich war unnötig gewesen. Verenas Chef
war sofort einverstanden, und so gab es einen nahtlosen Übergang. Silvia
hatte tatsächlich nichts anderes zu tun, als das, was Verena geschildert
hatte.

Sie ging also jeden Tag für vier Stunden ins Büro, meldete sich am
Telefon mit „Büro Doktor Franzen, guten Tag" und notierte sich die diversen Anliegen, während ihr Chef, ein Anwalt, zu Verhandlungen am
Gericht war. Gegen elf Uhr kam der Briefträger, und sie übernahm die
umfangreiche Post. Sie verstand nicht alles, was ihr am Telefon erzählt
wurde, und schon gar nicht fand sie Unterlagen, wenn Klienten nach etwas fragten. Aber es wurde auch nicht von ihr verlangt, dass sie sich mit
den Aktenordnern befasste.

Wenn Dr. Franzen kam, las sie ihm die Telefonnotizen vor, machte
Kaffee und verabschiedete sich. Am Nachmittag kam eine ältere Frau,
nahm die Klienten in Empfang und erledigte die anfallenden Schreibar-
beiten.

Nach ein paar Tagen fragte Dr. Franzen Silvia, ob ihr denn nicht die
meiste Zeit langweilig sei. Was sie denn zwischen den paar Anrufen mache?

„Nun ja, lesen. Ich schaue mir die Mitschriften der Vorlesungen
an." Sie beschäftigte sich nun doch wieder mit ihrem Studium. Dr. Franzen sagte: „Ich habe nichts dagegen, wenn Sie diese Schreibmaschine da
benutzen und Ihre Seminararbeiten schreiben."

„Darf ich das?"

„Ja, selbstverständlich. Für das bisschen Gehalt, das ich bezahle,
kann ich von Ihnen nicht mehr an Büroarbeit verlangen. Also widmen

Sie sich Ihrem Studium. Ich habe nur eine Bitte: wenn Sie das nächste Mal Kaffee machen, dann nehmen Sie doppelt so viel Kaffeepulver!" Silvia versprach beides. Sie schämte sich, dass sie ihrem Chef den Kaffee nicht richtig gemacht hatte. Aber sie war nun einmal keine Kaffeeliebhaberin.

Da sie in den nächsten Monaten gezwungen war, regelmäßig im Büro zu erscheinen und sich dort die Zeit sinnvoll zu vertreiben, holte sie einen Teil der verlorenen Lehrveranstaltungen nach. Ihr Studium war nun in einer Phase, in der sie nicht so viele Vorlesungen besuchen musste, beziehungsweise besorgte sie sich Kopien von Mitschriften oder Skripten. Sie startete bei dem Professor, der sie so schlimm behandelt hatte, einen neuerlichen Versuch. Sie konnte ihm nicht ausweichen, da der Besuch seiner Vorlesungen und Seminare Pflicht im Studiengang waren. Also musste sie es noch einmal versuchen. Das Seminar war am Nachmittag, also ergab sich kein Problem mit ihrer Anwesenheitspflicht. Diesmal wollte sie sich keine Blöße geben. Sie bereitete sich detailliert auf jede Stunde vor und recherchierte ihre schriftliche Arbeit gründlich. Der Professor zog zwar die Stirne kraus, als er sie nun schon zum dritten Mal in seinem Seminar vorfand, aber es war an ihrer Arbeit kaum etwas auszusetzen. Diesmal musste er sie nicht nur in der Veranstaltung behalten, er musste auch ihre Arbeit positiv bewerten.

Das gab ihr wieder Aufschwung. Eine Arbeit nach der anderen gelang ihr. Keine Rede mehr davon, das Studium aufzugeben. Dr. Franzen vertraute ihr völlig und übertrug ihr auch die Aufsicht über den Praktikanten, den er vor einiger Zeit aufgenommen hatte. Er sollte bestimmte Akten sortieren, verbrachte aber den größten Teil des Vormittags damit, darüber nachzudenken, wie er das am effektivsten und zeitsparendsten anstellen konnte. Dr. Franzen ahnte, dass bei der Arbeit nichts weiterging und fragte Silvia, die wiederum ausweichend antwortete, aber Dr. Franzen verstand. Er ermahnte sie, dem Praktikanten auf die Finger zu sehen und ihn ein wenig anzutreiben.

***

Das Leben der Familie Weingartner verlief nun in etwas ruhigeren Bahnen. Christian schien Susanne allmählich zu vergessen, denn Trixis Anwesenheit beruhigte ihn. Monika hatte ein Praktikum in einem Hotel begonnen, und so war nun Mechthilds Ausrede ihrem Mann gegenüber plausibler, wenn Moni nicht nach Hause kam. Silvia hatte ihr Studium wieder in den Griff bekommen, und trotz der Arbeit im Anwaltsbüro noch Zeit für neue Interessen gefunden. Eine Bekannte hatte eine Galerie aufgemacht und Silvia verbrachte viele Stunden mit ihr und wurde auch zu Vernissagen eingeladen, wo sie interessante Künstler kennenlernte. Das animierte sie, sich immer wieder dem Zeichnen und Malen zu widmen. Zu ihrem Zauberwald schrieb sie eine kurze Geschichte und entwarf noch ein paar Zeichnungen. Und wenn sie zeichnete, stellte sich wieder der seltsame Zustand des Entrücktseins bei gleichzeitig gesteigertem Bewusstsein ein. Da wusste sie dann immer ganz genau, wie sie etwas zeichnen sollte, auch wenn vorher nur eine vage Vorstellung vorhanden gewesen war.

Noch ein Märchen fiel ihr ein. Sie tippte es gleich in die Maschine, und in jeder freien Minute zeichnete sie Illustrationen dazu. Sie wagte es aber nicht, ihre Geschichten und Zeichnungen jemandem zu zeigen.

Für das Bergsteigen blieb auch noch genug Zeit. Im Verein gab es neue Mitglieder.

Der Sommer nahte, und Silvia fragte vorsorglich ihren Chef, ob sie wohl Urlaub haben könnte. Sie hatten keinen regelrechten Arbeitsvertrag gemacht, und so hätte sie eigentlich jederzeit gehen können. Aber sie vereinbarten, dass sie in den Sommerferien nicht kommen musste, denn da gab es für Dr. Franzen bei Gericht ohnehin weniger zu tun, sodass er selber öfter im Büro sein konnte. Silvias Sommerfahrt mit den neuen Bergkameraden war gesichert.

Auch Christian plante, das heißt, eigentlich plante Trixi. Er hatte sich irgendwie an sie gewöhnt, aber er dachte nie über den Tag hinaus. Mit Susanne hatte er sich eine Art Zukunft ausgemalt, dass sie gemeinsam ins Ausland fahren würden, in ein paar Jahren heiraten würden, dass sie Kinder haben würden, Susanne dann zu Hause blieb und er für die Familie sorgte. Mit ihrem Abgang gab es für ihn keine Zukunft mehr. Auch nicht mit Trixi. Die war einfach da, aber sie gehörte trotzdem nicht in sein Leben. Daher war er sehr überrascht, als sie ihn nach einem gemeinsamen Urlaub fragte. Sie tat es auf ihre Art, ohne lange Einleitung: „Was machen wir denn im Urlaub?"

„Haa?" Mehr fiel ihm im Augenblick nicht ein.

„Wieso Urlaub?" fragte er schließlich.

Sie wurde deutlicher: „Wann ist denn dein Urlaub? Sag es mir, damit ich meinen danach richten kann."

Christian hatte nicht einmal daran gedacht, seinen Chef in der Werkstatt um Urlaub zu bitten, auch beim Roten Kreuz war davon keine Rede gewesen. Trixi drängte weiter: „Weißt du, am besten wäre es im August. Frag gleich morgen, ob das geht. Ich habe mir schon etwas für den Urlaub ausgedacht. Wir könnten uns ein Campingauto mieten oder ein billiges kaufen und nach Spanien fahren. Was sagst du dazu?"

Ein solches Auto konnte er leicht auftreiben, sicher wusste sein Chef, wo eines günstig zu haben war. Beinahe hätte er angebissen, da fiel ihm Susanne ein. Die war doch seine Freundin! Es war doch nicht lange her, dass er Susanne zum letzten Mal gesehen hatte. Vielleicht änderte sie im Sommer ihre Meinung und sie kamen wieder zusammen. Was also verlangte Trixi da von ihm? Wieso verfügte sie über seine Zeit? Hatte sie denn nicht begriffen, dass er nicht ihr gehörte?

„Ich mag nicht auf Urlaub fahren", sagte er schließlich.

„Warum nicht? Du musst doch einmal raus!" erwiderte sie und zupfte an seinem Ärmel. Sie zupft immer an etwas herum, dachte er und schob ihr ein Kissen hin. Automatisch nahm sie es und begann mit den Fingern durch den Bezug hindurch die Federkiele der Füllung zu zerbrechen. Gut, dass so ein Polster eine Menge Federn hat, sie hatte ihn schon tüchtig in der Arbeit gehabt. Das Knacken der Federkiele beruhigte sie wie immer und half beim Nachdenken. Ihr schwante etwas: „Oder ist es so, dass du nicht mit mir fahren willst?"

Überrumpelt sagte er: „Äh, ja."

Trixi schluckte, fing sich aber gleich wieder. Das war ja nicht wirklich eine Überraschung gewesen. Sie hatte es immer geahnt, dass sie nur eine Art Stellvertretung für Susanne war. Sie gab aber ihren Plan nicht auf. „Ich weiß schon", sagte sie geradeheraus, „du denkst immer noch an Susanne. Stimmt's?"

„Ja", gab er zu.

Mehr sagte er nicht. Trixi fuhr fort: „Aber ein Urlaub würde dir nicht schaden. Wäre es so schlimm, mit mir nach Spanien zu fahren?" „Aber geh, doch nicht schlimm! So darfst du nicht denken."

Es war ihm doch peinlich zuzugeben, dass er zwar seit Monaten mit ihr schlief, aber immer noch an Susanne dachte.

„Ich mag schon mit dir in den Urlaub fahren. Aber du darfst nicht denken, dass das mit uns was wird."

Das war ihm jetzt so rausgerutscht, und er hätte den letzten Satz gerne wieder hinuntergeschluckt, denn Trixi in der Nähe war angenehmer als eine unerreichbare Susanne. Für Trixi war das natürlich ein Schlag in die Magengrube, aber eigentlich nicht unerwartet. Sie dachte: immer noch besser mit einem gleichgültigen Mann auf Urlaub fahren, als drei Wochen alleine daheim herumsitzen und sich womöglich noch über den sommerlichen Schnürlregen ärgern. Nach einigen weiteren zerbrochenen Federkielen sagte sie: „Na gut, frag morgen, wann du frei kriegst, alles andere mache ich."

Das war ihm nur zu angenehm, denn nichts war ihm mehr zuwider als Reiseplanung. Sie warf das Kissen aufs Bett, stand auf und ging, bevor er gewisse Wünsche andeuten konnte, denn danach war ihr nach seiner Aussage von vorhin wirklich nicht zumute.

Christian machte einen Ansatz, sie zur Tür zu begleiten, aber da war sie schon draußen, und die Türe schloss sich vor seiner Nase.

Er hatte nicht vor, in der Werkstatt und beim Roten Kreuz um Urlaub zu bitten, aber seine Chefs redeten ihn von sich aus an, als die Urlaubsplanung in den Betrieben anstand. Da er nur mit den Achseln zuckte, wurde er zu einer Zeit eingeteilt, wo er voraussichtlich am wenigsten abging. Für ihn hatte sich wieder einmal eine unangenehme Aufgabe von selbst erledigt.

Trixi war hocherfreut und ging ans Organisieren.

Der Sommer kam, und die diversen Urlaubspläne wurden in die Tat umgesetzt. Das heißt, Silvia hatte wie immer keine Pläne, sie schloss sich ihren Bergkameraden an, deren Pläne sich darauf beschränkten zu wissen, in welches Gebirge sie fahren wollten und die halbwegs fahrtüchtigen Vehikel aufzutanken. Eventuell war noch ein Campingzelt dabei, meist bestand die Unterkunft aus einem Heustadel, manchmal biwakierte man auch auf einem Sandstrand, in einer Wiese oder auf einem steinigen Parkplatz. Silvia hätte es oft gerne etwas bequemer gehabt, aber ihre Freunde hatten einerseits zu wenig Geld, um auch nur eine Campinggebühr zu bezahlen, andere waren schlichtweg Abenteuern zugeneigt. So scharrte sie staubiges Heu zusammen, zog den Reißverschluss ihres Schlafsackes zu und hoffte, ein wenig Schlaf zu bekommen. In der Früh munterte man sich gegenseitig auf und eilte, oft ohne Frühstück, weiter.

In diesem Jahr hatte die wilde Meute beschlossen, die Berge Korsikas heimzusuchen. Mit einem alten VW-Bus, der nur in der ersten Reihe originale Sitze hatte, fuhr man nach Genua. Hinter dem Fahrersitz brachte man noch zwei Küchenstühle unter, auf denen man immerhin halbwegs sitzen konnte, solange man sich an einer Reepschnur, die auf dem Dach befestigt war, festhielt. Die Reepschnur konnte dort festgemacht werden, weil es sowieso keinen „Himmel" mehr gab, nur das blanke Blech war noch da. Silvia hatte nur einen Platz auf dem Boden ergattert. Sie setzte sich auf ihren Kletterhelm. Erst, als ihr vor Reisekrankheit speiübel war, überließ man ihr den Platz neben dem Fahrer.

So erreichten sie Genua, wo sie zum Glück am selben Tag einen Platz auf der Fähre bekamen. Das Wetter war prachtvoll, so konnten sie an Deck bleiben, wo sie ihre Schlafsäcke ausrollten.

Am nächsten Tag erreichten sie Bastia. Sie besichtigten die Stadt, fuhren zum Strand, wo sie sich erst einmal häuslich niederließen. Einer der Bergsteiger hatte eine Taucherbrille und Schnorchel mit, die sie reihum benützten. Silvia sah zum ersten Mal die Wunderwelt unter Wasser und vergaß die anstrengende Anreise. Lichtstrahlen durchdrangen die Meeresoberfläche und beleuchteten die großen Felsblöcke und die bunten Fische. Bis zu diesem Zeitpunkt kannte sie nur die Seen ihrer Heimat, wo ein kurzer Tauchgang im Halbdunkel bestenfalls Kieselsteine und grau-silbrige Fische zeigte. Und nun schwebte sie in einer lichtdurchfluteten Märchenwelt, haschte nach den Fischen, die näher schienen, als sie waren.

In der Nacht schliefen die Freunde im Sand. Zwei von ihnen fanden sich am Morgen im Wasser wieder, da sie nicht an die Flut gedacht hatten.

Sie packten zusammen, kauften sich in der Stadt Brot, Käse und Wein, was für die nächsten Tage so ziemlich die ganze Speisekarte sein würde. An einem Brunnen gab es noch Gelegenheit sich ein wenig vom Salzwasser zu befreien und sich die Zähne zu putzen.

Dann ging es ins Gebirge. Hier zeigte sich Korsika von der noch wilderen Seite. Die Straßen waren eng und gewunden und die Korsen verwegene Autofahrer. Sie fuhren hauptsächlich mit Vollgas, hupten am Scheitelpunkt der Kurven, sodass der entgegenkommende Autofahrer abrupt abbremsen musste, denn zwei Autos hatten selten nebeneinander Platz. Besorgt sah Silvia in den Abhängen Autowracks liegen. Waren das Relikte von Unfällen oder die Art, wie man hierzulande schrottreife Wagen entsorgte? Auch die Verkehrszeichen erinnerten wenig an die Ordnung zu Hause: die meisten waren als Zielscheibe für Gewehre benützt worden. Silvia erinnerte sich an Berichte, dass es in Korsika Bestrebungen zur Autonomie gab. So sah das also vor Ort aus. Touristen sollten aber doch unbehelligt bleiben. Sie waren bisher nur freundlichen Einheimischen begegnet, obwohl die Verständigung schwierig war, da nur eine in der Bergsteigertruppe Französisch konnte, was im Gebirge aber auch nicht viel half, weil dort ein eigener Dialekt beziehungsweise Sprache verwendet wurde. Vielleicht stießen aber auch die Wünsche der Reisenden auf Befremden, weil es in den Dörfern weder Apotheken noch Toiletten gab und somit auch keine Antwort auf die Fragen danach.

Die Biwakplätze waren im Reiseführer angegeben, und man musste sich daran halten, denn die Macchia erlaubte kein Eindringen in unvorbereitete Areale. Dort, wo immer wieder Bergsteiger Halt machten, gab es Gras, auf dem man sich ausbreiten konnte und einen Bachlauf, der gutes Wasser lieferte.

Sie erreichten den Cirque de la solitude, den Ausgangspunkt für die Klettertouren. Inzwischen war aber nur mehr die Hälfte der Insassen des altersschwachen VW-Busses fit genug zum Klettern. Während drei Seilschaften in die Felswände einstiegen, spazierten Silvia und zwei andere in der Nähe des Busses und genossen die atemberaubende Berglandschaft. Sie wuschen sich im Bach die Reste des Salzwassers ab und ließen sich von der Sonne trocknen.

Silvia hatte keine Kamera mitgenommen, aber ein kleines Notizheft, das sie als eine Art Tage- oder Tourenbuch benutzte. Sie skizzierte auch die wunderschöne Landschaft. Das machte ihr mehr Spaß als das

Klettern. Letzteres überließ sie den anderen, die ohnehin kräftiger und ausdauernder waren als sie selbst.

Am Abend gab es Brot, Wein und Käse, und dann zogen sie zum nächsten Biwakplatz weiter.

Nach zwei Tagen verließen sie die Gebirgsstraßen und fuhren die Westküste entlang nach Süden bis Bonifacio. Sie besichtigten die Stadt Napoleons und suchten sich in Küstennähe einen Lagerplatz. Hier war es aber wenig bequem, die Macchia abweisender als in anderen Gebieten, der Strand nicht wie erwartet mit feinem Sand sondern mit getrocknetem Tang bedeckt.

Am nächsten Tag ging es zurück nach Norden, diesmal die Ostküste entlang.

Hier gab es nur wenig Gelegenheit zum Baden, die Küsten waren steil, und die Wellen schlugen unsanft an die Felsen. Sie versuchten noch einmal zu schnorcheln, aber der Schnorchel wurde undicht und die Taucherbrille lief in dem unruhigen Wellengang immer wieder voll Wasser. Silvia rutschte auf einem Felsen aus und machte unangenehme Bekanntschaft mit Seepocken.

Dass sie keinen Bach mehr zum Waschen fanden, beeinträchtigte die Stimmung der Reisenden zusätzlich, denn das Salzwasser machte die Haut unangenehm klebrig.

So erreichten sie Bastia und die Fähre zurück nach Genua. Wieder hatten sie nur Plätze auf dem Außendeck, aber auch diesmal hatten sie Glück mit dem Wetter. Und noch mehr: es gab Duschkabinen an Bord! Endlich konnten sie das Salzwasser abwaschen, wenn das Duschen in einem schwankenden Schiff auch eine ungewohnte Angelegenheit ist.

Christian und Trixi waren bequemer unterwegs. Trixis angekündigte Reiseplanung beschränkte sich aufs Kofferpacken und darauf, Christian zu erinnern, seinen Reisepass zu suchen. Christian selbst fand schnell das gewünschte Fahrzeug. Zwar war der Campingbus nur knapp dem Verschrotten entronnen, dafür bewohnten sie ihn nur zu zweit und fanden auch immer wieder günstige und angenehme Campingplätze. Mit ihrem Bus waren sie unabhängig von einer bestimmten Reiseroute, und so fuhren sie drauflos, verschmähten jeden Reiseführer und blieben dort, wo es ihnen gerade gefiel. Wenn sie später nach der Reise gefragt wurden, ob sie denn in Spanien diese und jene Attraktion gesehen hätten, etwa den Escorial oder die Alhambra, oder augenzwinkernd, ob ihnen etwa Don Quichote begegnet sei, dann lächelten sie verlegen bis vielsagend, denn möglicherweise waren sie zufällig auf einige dieser Sehenswürdigkeiten gestoßen, ohne sie jedoch nennen zu können.

Christian verglich heimlich die Art und Weise, wie sie unterwegs waren, mit einer Kulturreise, wie sie Susanne arrangiert haben könnte: sie wäre mit dem Reiseführer neben ihm gesessen, hätte ihm die Beschreibungen der altehrwürdigen Gebäude vorgelesen, und sie wären sicherlich durch viele Museen gewandelt. Zum ersten Mal fiel ein Vergleich zwischen Susanne und Trixi positiv aus.

Ohne Zweifel war es eine schöne Reise, und sie verstanden sich gut. Streit gab es nicht. So gewöhnten sie sich aneinander. Trixi machte Christian das Zusammenleben so angenehm und entspannt, wie er es noch nicht gekannt hatte. Da er für gutes Essen schwärmte, langte auch sie gerne zu und nahm auch ein wenig an Gewicht zu, was ihr gut stand. Christian begann auf seine Begleitung stolz zu werden, nannte sie „meine kleine Maus".

Für Moni und Robby war es ebenfalls der erste gemeinsame Urlaub. Sie gestalteten ihn als Radtour. Das Radfahren war zu der Zeit „in". Es gab die ersten Radrouten, der alte Treppelweg entlang der Donau war als Radweg ausgebaut worden, und genau diese Route nahmen Moni und Robby. Sie planten den Donauradweg ab Linz bis in die Wachau zu fahren. Sie packten die Fahrräder in den Zug und fuhren zunächst mit der Bahn nach Linz. Davor bangte Moni ein wenig, denn dort hatte Robby ihre erste Begegnung als Paar mit seinen Eltern eingeplant.

Vom Bahnhof war es nicht weit zum Hauptplatz. In einer der engen Gassen in der Nähe des Hauptplatzes wohnten Robbys Eltern. Moni atmete auf, denn der Empfang war überaus herzlich. Robbys Mutter umarmte sie sofort, und so war Moni in die Familie aufgenommen, und ihre Scheu verringerte sich ein wenig.

Am Abend kam auch Robbys Vater, der sie lange musterte. Wie hübsch sie war, sah er sofort, die langen blonden Haare, die schlanke Gestalt, die hellblauen Augen. Der zweite Blick zeigte ihm, dass sie noch sehr jung war. Was hatte Robert am Telefon gesagt? Siebzehn? Konnte er gestatten, dass die beiden in einem Zimmer schliefen? Die Wohnung war nicht groß genug, dass jeder ein eigenes Schlafzimmer bekam. Er musste mit seiner Frau reden.

Zunächst gab es einmal Abendessen. Robbys Mutter war eine gute Köchin. Sie ließ sich Zeit, aber was dann auf den Tisch kam, konnte sich mit einem Diner in einem Restaurant der gehobenen Klasse messen.

Monika brachte anfangs vor lauter Schüchternheit und Aufregung kaum etwas hinunter, sie musste jeden Bissen mit einem Schluck Wasser hinunterspülen, denn sie hatte das Gefühl, die Speise wachse ihr im Mund. Erst als der Veltliner ein wenig Wirkung zeigte, kam auch der Appetit. Sie war Alkohol nicht gewöhnt, aber Robbys Mutter bestand darauf, dass zu einem guten Essen auch ein Schluck Wein gehöre. Die Männer bevorzugten allerdings Bier.

Nach dem Essen half Moni Frau Schinagl beim Abräumen, und soweit sie sich in der winzigen Küche nicht auf die Zehen traten, auch beim Abwaschen.

Als die Männer unter sich waren, fragte Roberts Vater vorsichtig, „wie weit" sie denn schon seien. Robby verstand anfangs nicht. Sein Vater hakte nach: „Habt ihr beide in deinem ehemaligen Zimmer Platz, oder soll dir die Mutter die Couch im Wohnzimmer für die Nacht herrichten?"

„Ach so, äh, das passt schon. Ich möchte in meinem Zimmer sein."

Dann, nach einer kurzen Pause: „Die Moni nimmt eh die Pille, du verstehst?"

Sein Vater nickte und schenkte für beide Bier nach. Ein anderes Problem, als etwa eine verfrühte Schwangerschaft, stellte das Verhältnis der beiden jungen Leute nicht dar.

Ein ähnliches Gespräch gab es auch in der Küche. Moni war es unendlich peinlich, aber Robbys Mutter fand es ganz selbstverständlich, dass ein verliebtes Paar auch das Bett teilte. Sie dachte nur mit einem innerlichen Seufzer daran, dass es heute die Mädchen durch die Pille leichter hatten. Ihr jetziger Mann hatte seinerzeit „aufpassen" müssen, um zu vermeiden, dass das eintrat, was man damals „Schande" nannte. Sie fand, dass es ein Glück war, dass diese bösen Zeiten vorbei waren.

Moni und Robby verbrachten also eine Nacht in Linz, und dann ging es los, die Donau entlang Richtung Osten. Der ursprüngliche Plan war gewesen, bis Melk mit der Bahn zu fahren und bis Linz zu radeln, Robbys Eltern zu besuchen und von dort mit der Bahn nach Hause zu fahren. Aber es war anzunehmen, dass sie dann immer gegen den Wind fahren müssten, da doch hauptsächlich mit Westwind zu rechnen war. Andererseits war es für Moni eine Erleichterung, die aufregende Begegnung mit den zukünftigen Schwiegereltern hinter sich zu haben und dann die Radtour zu genießen.

Das Wetter war gut, die Gasthäuser, die sie nach jeder Tagesetappe ansteuerten, manierlich in Komfort und Preis. Man fragte nicht nach Monis Alter, so bekamen sie anstandslos überall ein Doppelzimmer, und da sie nur jeweils eine Nacht blieben, ersparte man sich und ihnen meist das Ausfüllen der Gästekarte.

Robby erwies sich als kompetenter Reiseleiter, und Moni war einfach nur glücklich.

Da alle drei Geschwister nahezu gleichzeitig unterwegs waren, fiel die Leere der Wohnung nach einigen Tagen sogar Heinz Weingartner auf, als er einmal früher nach Hause kam.

„Wo sind die Kinder?" fragte er schließlich seine Frau.

„Unterwegs", war Mechthilds knappe Antwort.

„Was heißt unterwegs?"

„Na, auf Urlaub", sagte seine Frau in einem Ton, wie man einem begriffsstutzigen Kind etwas erklärt.

„Wie, auf Urlaub – miteinander?" Heinz hatte noch die paar Familienurlaube in Erinnerung, als alle fünf in den VW gepackt wurden, möglichst sparsam mit dem Gepäck, denn viel Platz war nicht im Kofferraum, und dann so billig wie möglich von einem Ort zum anderen, teils mit einem Viererzelt auf Campingplätzen, teils in billigen Pensionen. Nach kurzem Nachdenken bequemte sich Mechthild, eine paar Einzelheiten preiszugeben: „Also, Silvia ist in den Dolomiten mit ihren Bergfreunden."

Hier nickte Heinz zustimmend, Bergsteigen imponierte ihm, da er früher selbst geklettert war. Dass die Dolomiten nicht in Korsika liegen, ignorierte Mechthild, für sie waren alle auswärtigen Gebirge „Dolomiten".

„Christian ist mit seiner Freundin mit dem Campingbus in Spanien, und die Moni ist mit ihrem Freund auf einer Radtour. Sie haben gestern angerufen, es ist alles in Ordnung."

Sie dachte, mit einer Kurzfassung der Situation würde sie bei ihrem Mann am wenigsten einen Gewittersturm auslösen. Es dauerte tatsächlich eine Weile, bis Heinz begriffen hatte, was in den beiden Sätzen alles an Neuigkeiten verpackt war. Die Worte „Freundin" und „Freund" sickerten allmählich in sein Bewusstsein. Was Christian betraf, war es ihm egal, ob er zusammen mit einem Mädchen auf Tour war, bei Moni war das für ihn nicht so selbstverständlich. Zorn keimte in ihm auf.

„Wieso sagen sie das dir und nicht mir?" war seine erste Reaktion. Der Ärger, dass er nichts von den Verhältnissen seiner Kinder wusste, war stärker als die Sorge, dass etwas, was auch immer, auf diesen Unternehmungen passieren könnte.

Nun wurde auch Mechthild ärgerlich. All der Groll und die Verbitterung, dass sie über die Jahre mit der Erziehung der Kinder und all den Sorgen allein gelassen worden war, stiegen in ihr hoch und verbanden sich mit der aktuellen Situation. Sie dachte vor allem an die Nöte, die sie mit Christian erlebt hatte, die Unfälle, die kleinen Diebereien und die Raufereien, in die er verwickelt gewesen war, die peinlichen Elternsprechtage an der Schule, Monis Schüchternheit, die ihr gute Noten in der Schule verbaut hatte, Silvias Verschlossenheit, die sie so oft zur Weißglut gebracht hatte, und niemand, an den sie sich mit ihren Sorgen hatte wenden können. Sie war keine Frau, die ihren Gefühlen Ausdruck verleihen konnte, sie versuchte auch jetzt, den Sturm, der in ihr tobte, zu verbergen. Mühsam beherrscht fragte sie zurück: „Hast du je deine Kinder gefragt, was sie machen und was sie brauchen? Sie sind keine Kinder mehr, und sie gehen ihre eigenen Wege."

„Aber Monika", erwiderte er schwach, „die ist doch noch keine achtzehn, oder?" fragte er unsicher.

„Nein", sagte Mechthild, „sie wird erst im April achtzehn."

Sie gewann wieder Oberhand. In ihrer Stimme schwang etwas mit, das klang wie: Du weißt ja nicht einmal, wie alt deine Kinder sind. Heinz spürte es, ging schweigend zum Kühlschrank und nahm sich eine Bierflasche heraus.

„Wir müssen einkaufen gehen", murmelte er, und damit war die Diskussion vorerst beendet. Er trank aus der Flasche, weil er nicht wusste, wo die Gläser waren und er jedem weiteren Eingeständnis seiner Unwissenheit in Sachen Haushalt und Familie entgehen wollte. Im Stillen nahm er sich vor, zu Schulbeginn genauer auf seine Jüngste zu achten. Immerhin hatte er sie seit Jahren im Auto zur Schule mitgenommen, aber sie hatten dabei nie ein einziges Wort miteinander gesprochen.

Nacheinander trudelten die Urlauber braun gebrannt und mit Erlebnissen angefüllt zu Hause ein. Herr Weingartner, der sich vorgenommen hatte, mit seinen Kindern über ihre Aktivitäten zu sprechen, hatte bereits darauf vergessen, und so ging alles wieder seinen gewohnten Gang. Nur Mechthild fiel auf, dass Trixi besser aussah als vor dem Urlaub und sie und Christian vertrauter miteinander umgingen. So fragte sie Christian vorsichtig: „Nimmt sie eh die Pille?"

„Was glaubst du denn", war die ungehaltene Antwort. Mechthild nahm das für ein Ja und beruhigte sich ein wenig. Trotzdem hakte sie nach: „Wie alt ist sie eigentlich?"

„Weiß nicht, kannst sie ja fragen." Er hatte das erste Gespräch mit Trixi schon vergessen.

„Wenn du mit ihr auf Urlaub fährst und ihr miteinander, also, da oben allein seid, dann solltest du darüber schon Bescheid wissen", setzte sie vorwurfsvoll hinzu, aber Christian gab keine Antwort.

Den besten Draht hatte Mechthild zu Moni. Die erzählte gerne und ausführlich, wie die Radtour verlaufen war. Am meisten interessierte sich ihre Mutter für die Begegnung mit Roberts Eltern. Moni beschrieb gerade die Kochkünste von Robbys Mutter, aber ihre eigene Mutter hatte andere Interessen: „Wie sieht sie denn aus? Ist sie dick?"

„Nein, sie ist ganz schlank und blond. Aber sein Vater ist dick."

„Na hoffentlich wird dann Robert nicht wie sein Vater."

„Aber geh, der ist doch so sportlich. Es war nicht leicht, das Tempo beim Radfahren mitzuhalten. Aber dann hat er Probleme mit dem Bein gekriegt, und da sind wir dann langsamer gefahren."

„Ich bin früher viel Rad gefahren. Ich musste es praktisch tun, denn es gab keine anderen Verkehrsmittel, da wo ich wohnte. Es war oft so windig und ich musste immer über mehrere Hügel fahren."

Mechthild sah die Gegend vor sich, und fast spürte sie den Wind, gegen den sie so oft gekämpft hatte. Sie kehrte zurück in die Gegenwart: „Und wie sind sie so, ich meine, Roberts Eltern, was machen sie beruflich?"

„Beide arbeiten bei der VOEST, aber was genau, weiß ich nicht."

„Arbeiter oder Angestellte?"

„Ich habe nicht gefragt, ich weiß es nicht."

„Das ist aber schon wichtig. Wenn du und Robert zusammenbleibt und heiraten wollt, dann solltest du nicht in eine andere soziale Schicht hineinheiraten."

„Aber Mama, das spielt doch keine Rolle! Hauptsache, wir verstehen uns."

„Das ist nicht die Hauptsache! Wichtig sind die Herkunft und die Bildung. Wenn da ein zu großer Unterschied ist, dann gibt es früher oder später Probleme. Schau, dein Vater und ich haben denselben Hintergrund. Da siehst du, wie wichtig das ist."

Moni verstand gerade das nicht, denn sie hatte noch nie bemerkt, dass zwischen ihren Eltern ein besonderes Einvernehmen herrschte. Mechthild schien nicht zu bemerken, dass sie da eher von Wunschdenken als von Tatsachen geleitet wurde, was ihre eigene Ehe betraf.

Im September arbeitete Silvia wieder bei Dr. Franzen. Das Semester begann erst im Oktober, also hatte sie noch relativ viel Freizeit. Christian arbeitete wieder in der Tankstelle und als Freiwilliger beim Roten Kreuz. Monika war im Maturajahr und hatte sehr viel zu tun. Sie konnte Robby jetzt nicht mehr so oft sehen. Herr Weingartner fuhr sie wie in den vergangenen Jahren mit dem Auto in die Schule, da die Schule auf dem Weg zum Finanzamt lag, wo er arbeitete. Hin und wieder dachte er daran, sie zu fragen, was da mit Robert sei, aber dann wusste er nicht, wie er es anfangen sollte und ließ es bleiben. Vielleicht würde sie ja von selber reden? Er gedachte, ihr einen Hinweis zu geben:

„Na, und was gibt es Neues bei dir?"

Monika war verblüfft, dass er das Wort an sie richtete.

„Nichts", sagte sie. Ihr fiel auch tatsächlich nichts ein, schon gar nicht, dass er vielleicht etwas über Robby wissen wollte.

Heinz dachte angestrengt nach, wie er das Gespräch in Gang halten könnte, aber brauchte zu lange, sie waren schon an Monis Schule angelangt.

„Alsdann, behüt' dich Gott", sagte er.

„Tschüss, Papa."

Das war mehr an Worten, als in den vergangenen Jahren zusammen.

Die jährliche „Krampustour" von Silvias Bergsteigergruppe wurde vorbereitet. Die Namen der Mitglieder wurden auf Zettelchen geschrieben, die Mädchen zogen einen Zettel mit einem Burschennamen und die Burschen einen Mädchennamen. Für den ausgelosten Partner machte man ein Packerl und wer konnte, schrieb auch ein Gedicht. Zwei PKWs und der VW-Bus, der die sommerliche Fahrt überstanden hatte, wurden bepackt mit Proviant für ein Wochenende, der Schiausrüstung und einer Gitarre. Dazwischen platzierten sich die Gruppenmitglieder. Sie peilten eine unbewirtschaftete Hütte in den Bergen an. Vom Auto-Abstellplatz war es noch eine gute Stunde zu Fuß durch tiefen Schnee.

Kurz nach Sonnenuntergang erreichten sie die Hütte. Die Spezialisten fürs Feuermachen bemühten sich um den Ofen, der hauptsächlich qualmte, und als das Feuer endlich brannte, konnte man es aus allen undichten Ritzen des Öfchens sehen. Die ersten Tafeln Schokolade wurden schnell verzehrt, damit man die Ritzen mit dem Stanniolpapier ausstopfen konnte. Man bildete sich zumindest ein, dass der Ofen nun besser brannte. Hauptsache warm.

Nach dem Essen kam der erwartete Höhepunkt. Gerhard, der Gruppenleiter, verkleidete sich als Nikolo und verteilte die bereit gestellten Packerl. Er verlas auch die Gedichte. Auch Silvia bekam ein Gedicht. Sie war überrascht, wie gut sie da jemand kannte. Wer konnte das Gedicht geschrieben haben? Es musste jemand sein, der in Korsika mit war, denn einige Erlebnisse von dieser Reise waren darin verarbeitet. Sie musterte die Männer, die dabei gewesen waren, aber sie konnte es nicht erraten. Das Gedicht war humorvoll und schilderte ihre positiven Seiten. Es musste von jemand geschrieben worden sein, der ihr zugetan war. Sie würde schon draufkommen.

Das Gedicht, das sie selbst verfasst hatte, kam gut an, alle lachten und der Empfänger fühlte sich geschmeichelt, obwohl sie ihn kräftig durch den Kakao gezogen hatte.

Sie unterhielten sich und sangen bis spät in die Nacht.

Für den nächsten Tag planten sie eine Schitour, also kletterten sie schließlich doch kurz nach Mitternacht hinauf aufs Lager. Eng war es da, und Decken gab es auch nicht genug. Silvia war froh, dass sie ihren

Schlafsack mitgeschleppt hatte. Sie fror schnell. Sie kuschelte sich in ihren Schlafsack. Auf der einen Seite lag Ulli, mit der sie schon viele schöne Touren gemacht hatte, und auf der anderen Seite Richard Hackl, der die Gitarre gespielt hatte. Bis sie es sich so bequem, wie es auf dem harten Lager möglich war, gemacht hatte, schlief er schon. Sie horchte auf seine gleichmäßigen Atemzüge und auf sein dezentes Schnarchen. Sie schnupperte: er roch gut. Schade, dass man Gerüche nicht beschreiben kann. Richard hatte einen ganz eigentümlichen Geruch, kein unangenehmer Schweißgeruch, sondern ein natürlicher Duft, der andeutete, dass sein Träger sich bewegt hatte und keine Möglichkeit hatte, Seife zu verwenden. Richard bewegte sich im Schlaf und legte plötzlich den Arm um sie. Tat er das im Schlaf? Sie bewegte sich nicht. Es war angenehm. Sie wartete. Sein Arm blieb, er rührte sich nicht weiter und gab nicht zu erkennen, ob er wach war. Irgendwann schlief sie ein.

Noch im Dunkeln gab es auf dem Schlaflager erste Bewegungen und Geräusche, Gähnen, Strecken. Der Hauch des Atems war sichtbar. Das Feuer war schon lange ausgegangen. Gerhard ermunterte sich, schälte sich aus den Decken und begann Feuer zu machen. Ulli war noch tapferer: sie holte Schnee mit einem großen Topf und schmolz ihn auf dem Feuer für Teewasser.

Einer nach dem anderen rieb sich den Schlaf aus den Augen. Silvia sah verstohlen zu Richard. Der tat ganz unbeteiligt.

Nach dem Frühstück brachen sie auf. Die Schneelage war günstig, keine Lawinengefahr. Nach zwei Stunden war der Gipfel erreicht. Sie hielten sich eine Weile dort auf, bevor ihnen zu kalt wurde. Die Abfahrt war nicht recht angenehm, da die Schneequalität unterschiedlich war. In schattigen Lagen gab es schönen Pulverschnee, dann wieder schweren und brüchigen Schnee. Es gab einige Stürze, die aber nur für Gelächter sorgten.

Das schöne Wetter hatte sich verabschiedet, der Himmel war mit feinen Wolken überzogen.

In der Hütte sichteten sie den mitgebrachten Proviant. Die Inhalte der Dosen wurden in einen großen Topf geleert und aufgewärmt. Das namenlose Gericht verzehrten sie dann mit großen Brotstücken und gutem Appetit.

„Und es ward immer wieder Gulasch", bemerkte einer. Ja, so ähnlich sah das Gemisch aus.

Dann gab es wieder Geplauder und Gesang. Silvia saß am Tisch Richard gegenüber. Er ließ in keiner Weise erkennen, ob die nächtliche Aktion im Wachzustand geschehen war. Silvia war verwirrt. Im Schlaflager bemühte sie sich, weit weg von Richard ihren Schlafsack auszubreiten.

Sie schliefen in dieser Nacht ziemlich lange. Der Morgen schien nicht kommen zu wollen.

Gerhard sah auf die Uhr und richtete sich auf. Er lauschte. Wind pfiff um die Hütte. Gerhard wischte das Eis vom Fenster und sah hinaus: starker Wind und Schneetreiben. An eine Schitour war nicht zu denken.

Die Laune ließen sich die Bergsteiger durch das Wetter nicht verderben. Proviant hatten sie genug mit, damit konnte man sich die Zeit schon vertreiben. Ein paar verschrieben sich dem Großputz des Lagers und der Stube. Leider waren dem Besen immer wieder ein paar Beine im Weg.

Kaum war geputzt, schien es schon wieder umsonst gewesen zu sein, denn nun begannen ein paar Bergsteiger, ihre unverbrauchten Kräfte in einer wilden Polsterschlacht und Spaß-Rauferei auszutoben. Dabei gerieten auch Richard und Silvia aneinander. Wieder stieg ihr sein Geruch in die Nase. Wieder war es angenehm. Dennoch suchte sie wieder einen Schlafplatz weit weg von ihm.

Am nächsten Tag blieb ihnen nichts anderes übrig, als sich durch den weiterhin anhaltenden Schneefall ins Tal zu kämpfen, die Fahrzeuge auszugraben und sich auf den Heimweg zu machen.

Silvia dachte an Richard. Sie erinnerte sich, dass er auch in Korsika dabei gewesen war. Damals hatte er keinen Eindruck bei ihr hinterlassen. Ob er es war, der das Gedicht für sie geschrieben hatte?

***

Christian fand immer mehr Gefallen an der Tätigkeit beim Roten Kreuz, er übernahm immer mehr Nacht- und Feiertagsdienste. Trixi sah sich vernachlässigt. Sie begann wieder abzumagern. Mechthild sprach sie darauf an: „Wie geht's dir denn? Du siehst blass aus? Ist alles in Ordnung?"

„Ja, schon."

„Irgendwas stimmt aber nicht." Mechthild kam ein Verdacht – einer, den sie bei der weiblichen Seite der Menschheit immer als erstes hegte: „Du bist doch nicht in anderen Umständen, oder?"

„Nein, sicher nicht."

„Was ist es dann?"

„Weiß nicht."

Trixi grübelte, wie sie ihren Zustand beschreiben sollte, aber es formten sich in ihrem Kopf keine Worte. Sie seufzte und bekräftigte: „Weiß nicht."

Christian fiel nichts auf. Seit dem Sommer war das Bild von Susanne in seinem Kopf schwächer geworden. Er verglich Trixi nicht mehr mit ihr. Seine kleine Maus war schon recht so, wie sie war. Sie nörgelte nicht an ihm herum, stellte keine Fragen, wo er gewesen war, wenn er länger ausblieb, und vor allem: sie versuchte nicht, ihn zu erziehen. Dass sie in letzter Zeit noch wortkarger geworden war als sonst, störte ihn nicht, denn so wurde sein Redefluss auch nicht unterbrochen. Sie war eine dankbare Zuhörerin. Endlich einmal jemand, der seine Anekdoten schätzte!

Sie war zwar nicht so leidenschaftlich und phantasievoll wie Susanne – ach, Susanne drängte sich ja doch noch in seine Gedanken – aber hingebungsvoll, sodass er sich in seiner Männlichkeit stark fühlte. Wenn er sie länger nicht sah, fühlte er ein unangenehmes Ziehen in der Brust, anders als bei Susanne – schon wieder sie! – aber der Seelenschmerz beruhigte sich, wenn Trixi kam. Bei Susanne war immer auch Unruhe gewesen, denn er fühlte sich immer verpflichtet, gescheit und stark zu sein, hatte dauernd Angst vor ihrer Kritik, auch wenn diese noch so leise daherkam.

An einem der Abende, an denen er keinen Dienst machte, war Trixi wieder in seinem Extrazimmer.

„Es kommt bald Weihnachten", begann sie, was wünscht du dir denn zu Weihnachten?"

„Daran habe ich noch gar nicht gedacht. Ich wünsch mir gar nichts. Was möchtest du denn?"

„Ich habe schon einen Wunsch", sagte sie langsam und langte nach dem Kissen, das sie schon so oft bearbeitet hatte. Sie knackte eine Weile an den Federn. Dann fragte sie vorsichtig: „Bist du zu Weihnachten beim RK eingeteilt?"

„Ich habe noch nicht auf den Dienstplan geschaut. Wahrscheinlich schon."

„Könntest du nicht zu Weihnachten zu Hause sein? Weißt du, ich habe gedacht, du könntest zu uns nach Hause kommen. Bei uns ist es immer sehr schön. Und meine Eltern kennen dich ja noch gar nicht. Das wäre doch eine Gelegenheit."

„Hm, ja schon, aber...."

„Was aber?"

„Können wir das nicht ein anderes Mal besprechen? Ich bin müde und ich möchte gern ein bisschen mit dir liegen."

„Überleg dir's aber bald. Bitte!"

Trixi wusste, dass sie ihn zu nichts zwingen konnte, sie sah schwarz, aber hoffte dennoch, dass er nachgab. Sie legte sich das Kissen unter den Kopf und überließ sich seinen Zärtlichkeiten.

Am nächsten Tag eröffnete er ihr, dass er in der Nacht vom 24. auf den 25. Dezember frei haben würde und mit ihren Eltern feiern wollte. Trixis Herz klopfte schneller. Dass er ihre Einladung annahm, bedeutete, dass sie noch fester zusammen gehörten! Dass ihm eine Weihnachtsfeier in Steindorf bei bislang fremden Leuten immer noch lieber war als das übliche Tohuwabohu in seiner eigenen Familie, konnte sie ja nicht wissen.

Und das Tohuwabohu kam auch wie bestellt. Herr Weingartner hatte wie üblich irgendwo günstig eine Fichte erstanden. Dann bemühte er sich, das widerspenstige und stachelige Bäumchen in den Ständer zu zwingen. Was immer er versuchte, der Baum stand schief. Heinz fluchte, steckte ein paar Späne in den Ständer, worauf der Baum nach der anderen Richtung schief stand. Mechthild flüchtete in die Küche, Silvia schaute zu und lachte verhalten. Heinz fluchte noch einmal und warf schließlich schimpfend das Messer, mit dem er die Späne vom Stamm geschabt hatte, weg.

„Mach du das", herrschte er schließlich Silvia an.

Er schlurfte in die Küche und suchte eine Flasche Bier.

„Bier ist in der Speisekammer", informierte ihn seine Frau.

„Warum ist keines im Kühlschrank?" schrie er wütend.

„Weil der Kühlschrank zu klein ist, und ich musste für die Feiertage einkaufen." Mechthild hätte auch gerne geschrien, aber das war nicht ihre Art.

Heinz trank maulend das stark schäumende Getränk und verließ schließlich Türen schlagend die Wohnung.

„Geht es denn zu Weihnachten nie ohne Streit ab?" fragte Mechthild verzagt Moni, die still am Tisch gesessen war und sich wie immer nicht eingemischt hatte.

Sie warfen sich ein paar Blicke zu und gingen dann gemeinsam ins Wohnzimmer, wo Silvia mit den Fichtennadeln kämpfte.

„Der Baum steht!" sagte sie schließlich lachend. „Nächstes Jahr wünsche ich mir eine Tanne, die sticht nicht so."

Prüfend ging Moni einmal um den Baum herum. Er stand tatsächlich gerade. Gemeinsam brachten sie Kerzen und Schmuck an.

„Wird Papa zur Bescherung da sein?" fragte Moni.

„Hoffentlich", antwortete ihre Mutter. Im Stillen dachte sie: er soll bleiben, wo der Pfeffer wächst. Laut sagte sie: „Weihnachten ist ein Fest der Familie, da muss er wohl kommen."

„Mir ist es egal", sagte Silvia. „Ich finde, wir können es uns ohne ihn auch gemütlich machen. Wenn die Männer da sind, gibt es doch Streit. Übrigens, Moni, was ist mit Robby? Kommt der?"

„Nein, der ist zu seinen Eltern nach Linz gefahren. Was ist eigentlich mit Christian? Den habe ich heute noch gar nicht gesehen."

„Der ist nach Steindorf gefahren."

Er hatte es seiner Mutter kurzfristig mitgeteilt. Mechthild war darüber nicht sehr erbaut, schließlich sollten bei einer Familienfeier alle zusammen sein. Fing das jetzt schon an, dass alle auseinander flatterten?

„Ist er denn jetzt fix mit Trixi zusammen?" Silvia meinte, hier etwas versäumt zu haben. Aber ihr Bruder hatte ja, seit er ein Zimmer mit eigenem Eingang hatte, weniger am Familienleben teilgenommen, und außer ihrer Mutter ging nie jemand in seine Mansarde hinauf. Die Mutter wusste besser Bescheid, da sie sich verpflichtet fühlte, doch ab und zu dort oben aufzuräumen. Christian selber dachte nie daran, und Trixi fühlte sich nicht zuständig. Und in der Unordnung der sturmfreien Bude fand Mechthild manchmal Dinge, die auf die häufige Anwesenheit einer Frau schließen ließen. Christian und Trixi kamen und gingen, ohne sich in der Familienwohnstätte zu melden, so traf sie meist nur zufällig auf Christian und auch auf Trixi. Sie antwortete auf Silvias Frage nur kurz: „Anscheinend", und vermied es, das Thema weiter zu beleuchten.

Das Telefon läutete. Moni lief hin. Sie hatte erwartet, dass es für sie sein würde. Robby war am Apparat und wünschte ihr fröhliche Weihnachten. Auch seine Eltern wünschten ihr von Herzen ein schönes Fest. Monis Stimmung hob sich, auch wenn für sie das Fest erst perfekt gewesen wäre, wenn sie mit Robby hätte feiern können. Nächstes Jahr, ganz bestimmt, schwor sie sich.

„Schöne Grüße von den Schinagls!" rief sie ins Wohnzimmer.

„Von uns auch schöne Grüße und fröhliche Weihnachten", sagten Mechthild und Silvia fast unisono.

Moni kam zurück ins Wohnzimmer. Der Christbaum war fertig geschmückt und die Geschenke darunter gelegt. „Und wenn wir nicht auf Papa warten?" meinte sie.

„Ich hab auch schon Hunger", meldete sich Silvia.

„Wär ja nicht das erste Mal, dass er nicht rechtzeitig kommt", stimmte Mechthild resignierend zu. „Also, auf in die Küche. Es gibt, wie immer, Würstel. Dazu machen wir uns Punsch."

Sie ließen sich Zeit mit dem Herrichten und der Mahlzeit. Mechthild hoffte immer noch, ihr Mann würde zurück kommen und mit ihnen essen. Er kam aber nicht.

Es wurde spät. „Sollen wir mit der Bescherung noch warten?" fragte sie unsicher.

Moni gähnte: „Ich möchte aber gern die Packerl aufmachen. Und ihr werdet staunen, was ich für euch gemacht habe."

Damit war es entschieden. Die Bescherung fand ohne das Familienoberhaupt statt.

Mechthild zündete die Kerzen an, läutete mit dem Glöckchen und stimmte das „Stille Nacht, heilige Nacht" an. Alle Weingartners sangen gerne. Das Lied legte sich besänftigend über die noch verbliebene Missstimmung.

Die von Moni gebastelten Geschenke sorgten für Gelächter. Alle Geschenke waren gestrickt: ein Streichholzschachtel-Etui zum Auf- und Zuknöpfen für Silvias Hüttentouren, ein Zigarettenschachtel-Wärmer mit Reißversschluss für Mechthild. Für ihren Papa hatte sie eine Bierflaschenhülle vorgesehen. Sie war gespannt, wie er darauf reagieren würde. Christians Packerl enthielt einen Bieröffner mit gestricktem Griff. Da sie nicht gewusst hatte, dass er nicht anwesend sein würde, blieb das Packerl vorläufig ungeöffnet.

„Und was hast du für Robby gestrickt?" fragte Silvia.

„Etwas ganz Normales, eine Haube. Er hat nämlich gar keine, und manchmal ist es ja doch kalt." Sie sagte es etwas verlegen, denn sie wollte nicht als besorgtes Hausmütterchen gelten, das seinen Mann bemutterte. „Aber, während ich das strickte, kam ich auf die Idee, alle Geschenke zu stricken", fügte sie hinzu. „Ich war so richtig drinnen im Stricken."

„Es ist noch Punsch da", erinnerte Mechthild. Und so wurde es ein angenehmer Abend ohne Männer.

Herr Weingartner kam erst, als alle schon im Bett waren.

Silvester verlief ähnlich. Die Zeiten, als Familie Weingartner Silvester mit Monopoly, Punsch und Teewürstchen verbrachte, waren endgültig vorbei, wobei die Anwesenheit des Familienvorstands eher zufällig gewesen war. Herr Weingartner war zeit seiner Ehe auf seine Unabhängigkeit bedacht gewesen, während seine Frau den Anschein einer intakten Familie aufrecht zu erhalten bemüht war.

Kurze Zeit waren in diesem Jahr zumindest noch Mechthild, Christian und Moni daheim und nahmen am gemeinsamen Essen teil. Monopoly entfiel, denn Moni verabschiedete sich als erste und verbrachte den Abend zusammen mit Robby beim Sportverein.

Trixi kam, und sie und Christian verbrachten noch eine Weile in Christians Mansarde, bis er zum Dienst musste.

Silvia war schon am frühen Nachmittag mit vollem Rucksack aufgebrochen und mit ihren Freunden wieder auf eine unbewirtschaftete Schutzhütte aufgestiegen.

Mechthild sah mit Grauen einem einsamen Silvesterabend entgegen. Sie dachte kurz nach: sie war doch sonst auch oft am Abend alleine. Aber war Silvester nicht genauso wie Weihnachten ein Fest der Familie? Es tat weh, die Kinder ziehen zu lassen.

Unerwartet kam ihr Mann kurz vor zehn Uhr Abend nach Hause.

„Schnell, zieh dir was an, wir müssen bei der Feier der Finanzer dabei sein!"

„Was soll ich denn anziehen?"

„Irgendwas."

„Was für eine Art Fest ist es denn?"

„Die Großkopferten sind halt beisammen, und wir müssen mit Damen kommen."

„Gibt es Kleidervorschriften? Soll ich ein Cocktailkleid anziehen? Lang oder kurz? Oder das kleine Schwarze?"

„Zieh an, was du magst. Und bügle mir das weiße Hemd."

Das weiße Hemd – eine nähere Beschreibung gab er nicht ab. Hoffentlich sagte er nicht beim Anziehen: Nicht das, das andere! Ich habe doch gesagt, das weiße Hemd!!!

Mechthild geriet in Hektik. Ausgehen war noch schlimmer als ein Abend alleine. Sie hasste es, dekorativer Aufputz auf offiziellen Feiern zu sein. Sie bügelte also eines der weißen Hemden, und für sich selbst wählte sie das „kleine Schwarze". Damit fiel sie sicherlich am wenigsten auf. Sie warf einen Blick in den Spiegel und fand ihre Haare furchtbar. Es war keine Zeit mehr zum Waschen und Eindrehen. Die anderen Damen hatten sicherlich von der Einladung rechtzeitig erfahren und waren zum Frisör gegangen. Die ließen sich sicherlich auch die Haare färben, was Mechthild zutiefst verabscheute. Sie verwünschte aber die weißen Haare, die sich in ihre einst dunkelbraune, fast schwarze Haarpracht gemischt hatten. Die ersten davon hatte sie ja ausgerissen, das hätte ihr aber mittlerweile einen sehr schütteren Kopfputz verpasst. Mürrisch starrte sie ihr Spiegelbild an. Sie würde wieder eine Art Mauerblümchen sein, wie schon so oft. Was blieb ihr anderes übrig, als sich in aller Eile halbwegs in Schale zu werfen.

Heinz wartete schon und sagte vorwurfsvoll: „Was ihr Frauen immer so lange braucht, bis ihr fertig seid. Ich greife einfach in den Kasten, nehme meinen Anzug und mein Hemd, und bin auch schon fertig. Dabei muss sich ein Mann ja auch noch rasieren. Das müsst ihr doch gar nicht und es dauert trotzdem ewig, bis ihr angezogen seid."

Mechthild stieg wortlos ins Auto.

Das Fest war schon im Gange, als Herr und Frau Weingartner ankamen. Sie wurden auch gleich von mehreren Leuten freundlich begrüßt. Eine große blonde Frau blieb etwas länger bei ihnen und verwickelte Mechthild in ein Gespräch: „Ihr Mann ist ja so charmant. Auf solchen Veranstaltungen sehen wir ihn immer gern. Er erzählt immer so köstliche Anekdoten. Sie müssen sehr stolz auf ihn sein."

„O ja, natürlich. Er gibt auch im Kreise der Familie immer wieder Geschichten zum Besten, und dann amüsieren wir uns sehr."

Mechthild wählte immer eine gespreizte Sprache, wenn sie verlegen war und sich zum Schwindeln veranlasst sah. Vor allem, da es ihr nicht entging, in welche Richtung der Charme ihres Mannes vor allem versprüht wurde. Diese blonde Frau machte ihm unübersehbar schöne Augen, und Heinz missfiel das keineswegs. Im Verlauf des Abends wurde Mechthild klar, dass zwischen den beiden ein gewisses Vertrauensverhältnis bestand, sie redeten sich mit Vornamen an und schließlich verschwanden beide überhaupt in einem anderen Raum. Mechthild saß währenddessen alleine am Tisch, rauchte eine Zigarette nach der anderen und grübelte darüber nach, warum ihr Mann eine Schwarzhaarige geheiratet hatte, wo er doch offenbar immer wieder nach blonden Frauen Ausschau hielt, bis sich ein anderer Gast ihrer erbarmte und höflich nach ihren Kindern fragte. Dankbar nahm sie das Gesprächsthema auf.

Kurz vor Mitternacht tauchte Heinz wieder auf, die blonde Frau am Arm zum Tisch führend.

„Kennt ihr einander schon? Meine Frau – Lotte Warmuth", machte er überflüssigerweise die beiden miteinander bekannt.

„Wir hatten schon das Vergnügen", sagte Mechthild eisig. Sie schaffte es nicht, sich zu verstellen. Heinz übersah geflissentlich die saure Miene seiner Gattin und rückte Frau Warmuth einen Stuhl zurecht.

Die Musikkapelle hörte plötzlich auf zu spielen, und es wurde das Radio eingeschaltet, damit man die Pummerin, die große Glocke, aus Wien hören konnte, die den Jahreswechsel einläutete. Einige Gäste gingen schnell nach draußen, um das Feuerwerk zu sehen, die meisten drängten sich zu den Fenstern. Zu den Klängen des Donauwalzers stieß man mit Sektgläsern an, Heinz küsste pflichtgetreu seine Frau und etwas länger Frau Warmuth.

Die Heimfahrt verlief so schweigsam wie die Hinfahrt. Heinz wollte aber reden, denn er war in gehobener Stimmung. „Wieso sagst du nichts? Passt dir was nicht? Das war doch ein schöner Abend!"

„Für mich war das nicht so schön. Ich kenne doch die meisten Leute überhaupt nicht."

„Die lernst du schon noch kennen. Jetzt kommt die Ballsaison. Da werden wir eine Menge Leute treffen. Da sollten wir schon deswegen hingehen, weil das gesellschaftlich wichtig ist. Man muss sich schließlich sehen lassen."

„Das mag schon sein. Aber meist steht man ja nur herum, redet irgendetwas Unnützes, und dann tun mir die Füße weh. Und Kopfweh habe ich auch."

Sie vermied das Thema Lotte Warmuth, denn da hätte es sicherlich Streit gegeben, und Heinz sollte sich doch aufs Autofahren konzentrieren.

„Was müsst ihr Frauen auch immer zu kleine Schuhe anziehen." Das war alles, was ihm einfiel.

Seine Laune war immer noch prächtig, als sie zu Hause ankamen.

„Sei leise, Monika schläft", warnte Mechthild.

„Und die anderen? Wo sind die?"

„Silvia ist auf dem Berg, Christian hat Dienst." Mechthild hockte sich aufs Bett und massierte sich die schmerzenden Füße.

„Komm, lass das. Rück zu mir herüber", verlangte Heinz.

Er war noch gar nicht müde. Mechthild ergab sich in ihr Schicksal.

Auf der Silvestertour hatte Silvia viel Gelegenheit, mit Richard ins Gespräch zu kommen. Überrascht stellte sie fest, wie viele gemeinsame Interessen sie hatten. Das betraf vor allem die Musik, und da in erster Linie das Bestreben, möglichst gute Wiedergabegeräte zu finden, soweit es der Geldbeutel erlaubte. Was ihre Sicht der Welt und der gesellschaftlichen

Entwicklung betraf, erstaunte es beide immer wieder, wie sehr sich ihre Auffassungen glichen. Immer öfter suchten beide die Nähe des anderen. Natürlich fiel das ihren Freunden auf, aber wann immer sie darauf angesprochen wurden, verneinten sie mit Überzeugung jede nähere Bekanntschaft. Aber in jedem wuchs die Sehnsucht nach dem anderen.

Schließlich konnte es Silvia nicht mehr verhindern, dass sie auf dem Lager nebeneinander zu liegen kamen. Dafür sorgten schon ein paar verschmitzte, kuppel-freudige Kameraden.

Die ersten vorsichtigen Annäherungen steigerten die Vorfreude auf engeres Zusammensein. Aber vorläufig blieb es beim Reden.

„Du hast das Gedicht bei der Krampustour geschrieben, gib's zu!"

„Welches Gedicht?" fragte Richard scheinheilig.

„Du hast meinen Namen gezogen, stimmt's?" Silvia ließ nicht locker.

„Ach so, das meinst du. Ja, ich gebe es zu."

„Dichterfürst!"

Sie trafen sich immer öfter. Und immer mehr Übereinstimmungen in ihren Ansichten und Lebenshaltungen wurden sichtbar. Sie saßen stundenlang zusammen, tranken Tee – auch das war eine Gemeinsamkeit – redeten über „Gott und die Welt", wie Richard sich ausdrückte (mehr Welt als Gott), und hörten Musik. Letztere war nicht ganz nach Silvias Geschmack, aber sie lernte, auch die Musik zu schätzen, die Richard am liebsten war – gängige Popgruppen wie Pink Floyd, Jethro Tull und natürlich die Beatles. Letztere hatten schon zu Silvias Lieblingsgruppen gehört; jetzt kaufte sie sich von dem bei Dr. Franzen verdienten Geld eine Stereoanlage und legte sich eine Schallplattensammlung zu, die sie ständig erweiterte.

Um ihre Beziehung vor den Eltern zu verbergen, streunten sie abends durch die Gassen und küssten sich in Hauseingängen. Sie schauten sich verliebt in die Augen. Richard sagte leise: „So lieb wie du hat mich nur meine Mutter angeschaut."

Silvia nahm das als Kompliment, auch wenn sie nicht gerne mit einer Mutter verglichen werden wollte. „Ich möchte viele Kinder mit dir haben", fuhr er fort. „Schade, dass es so lange dauert."

„Wie meinst du das?"

„Neun Monate sind doch eine Ewigkeit."

„Na, mir reicht das. Außerdem möchte ich schon eine Pause zwischen den Kindern."

„Wann wollen wir denn heiraten?"

„Wart doch noch ein wenig. Wir kennen uns doch noch nicht lange."

„Du bist aber die Frau, die ich heiraten möchte."

Silvia ging das doch zu schnell. Sie hatten beide noch keinen Beruf. Eine Studentenehe konnte sie sich nicht vorstellen. Was Richard mit Heiraten gemeint hatte, war nicht ganz das, was sie sich darunter vorgestellt hatte. Nachdem sie zum ersten Mal miteinander geschlafen hatten, tauchte das Thema dann auch lange nicht mehr auf. Auch von Kindern war dann nicht mehr die Rede. Eigentlich hatte Silvia nie ans Heiraten gedacht. Für sie war es eher ein Schreckgespenst als eine erstrebenswerte Einrichtung. Für Kinder hatte sie durchaus etwas übrig. Aber ihren zukünftigen Kindern wollte sie eine vaterlose Familie nicht antun. Genau genommen war das eine Zwickmühle. Nun, da sie Richard kannte, sollte sie da umdenken? Er war anders als die Männer, die sie bisher gekannt hatte. Sie verschob das Nachdenken über dieses Thema auf später.

Das „erste Mal" war wenig romantisch. Sie fuhren mit dem Auto in ein abgelegenes Waldstück. Silvia wünschte sich, dass sie für Richard noch unberührt wäre. Was ihn betraf, so hatte er tatsächlich noch mit keinem Mädchen geschlafen. Vorsorglich hatte er ein Kondom dabei. Damit wusste er umzugehen. Aber in seiner Unerfahrenheit war das erste Mal schnell vorbei. Zu schnell. Er schämte sich. Silvia liebte ihn, also machte es ihr nichts aus. Schöne gemeinsame Zeiten folgten, meist im Auto (welches Papa ihr willig überließ), bis sie es wagten, auch in Silvias Zimmer zu bleiben, wenn sonst niemand in der Wohnung war. Die Heimlichtuerei steigerte ihre Leidenschaft. Allenfalls Kasperl, der schwarzweiß gefleckte Kater, störte, denn er konnte geschlossene Türen nicht leiden und kratzte solange an der Tür, bis Silvia öffnete. Dann drängte sich die Katze zwischen die beiden auf das Bett. Können Tiere eifersüchtig sein?

Nach einiger Zeit wagte es Silvia, sich ihrer Mutter anzuvertrauen, da Richard nun doch schon öfter bei ihr zu Hause aufgekreuzt war, und Mechthild erstaunlicherweise nicht wie sonst gefragt hatte, ob sie bald

Schwiegermutter sein werde. Das war eigentlich kein gutes Zeichen, dennoch sagte Silvia wie nebenbei: „Ist er nicht lieb?"

„Der mit den schwarzen Locken?" Natürlich wusste sie sogleich, wen ihre Tochter meinte.

„Ja, er heißt Richard."

„Na ja, dir muss er gefallen."

Das war gar nicht so schlimm. Silvia wusste, wie kritisch ihre Mutter war. Richard war nicht sofort verdammt worden, oder ihre Mutter hatte einen milden Tag. Immerhin brauchte sie nun nichts mehr zu erklären, wenn er öfter kam, oder wenn ihre Zimmertüre geschlossen war.

Richard stellte Silvia seiner Mutter vor: „Das ist Silvia."

Punkt. Frau Hackl schaute kurz auf und fragte nur: „Bleibst du zum Abendessen?" Sie duzte Silvia sofort. Silvia war irritiert und sagte nur höflich: „Wenn ich darf, gerne."

Bei Tisch kam auch Richards Vater. Auch hier war die Vorstellung ebenso knapp. Richards Vater sagte nur „Guten Abend", und das war es. Es gab keine Fragen, man aß und unterhielt sich, wie wenn Silvia schon seit Ewigkeiten mit bei Tisch gesessen wäre.

Silvia grübelte: bedeutete das, dass Richard öfter Freundinnen nach Hause brachte, und das sozusagen ein Normalfall war? Oder das Gegenteil war der Fall, und ihre Anwesenheit brachte die Familie in Verlegenheit, sodass sie einfach so taten, als sei ihr Besuch selbstverständlich? Die angenehmste Möglichkeit war, dass sie sie akzeptierten, weil sie in die Familie so genau hinein passte, dass die familiäre Routine weiterlief. Lediglich Richards jüngerer Bruder starrte sie immer wieder grinsend an, sprach aber nicht mit ihr. Silvia konnte sich ausmalen, was sich nach ihrer Verabschiedung zwischen den Brüdern abspielen würde.

Silvia kam nun öfter, und mit der Zeit wurde sie mit Richards Mutter vertrauter als mit ihrer eigenen. Sein Vater blieb reserviert, und seinem Bruder wich sie lieber aus, denn sie empfand seine Blicke einfach nur als unverschämt.

Da Richard auch immer öfter bei ihr zu Hause war, taute auch ihre Mutter auf und stellte gelegentlich Fragen an ihn. Silvia entspannte sich, denn die Fragen waren nicht die peinlichen, die sie befürchtet hatte, sondern sie waren alltäglich, etwa nach der Art des Studiums, nach dem

Bergsteigen, oder nach dem Musikgeschmack. Letzterer war nicht zu überhören, denn seit einiger Zeit spielte Silvia auf ihrer neuen Anlage auch Richards Lieblingsmusik.

Es folgte eine Zeit der überschwänglichen Verliebtheit. Nach der großen Enttäuschung mit dem ersten Mann ihres Lebens, genoss sie die Komplimente und die Zärtlichkeit Richards. Sie hatte die körperlichen Erfahrungen, sowohl die positiven als auch die negativen, schon fast ausgeblendet gehabt, als sie mit Richard die Freuden des Zusammenseins neu kennen lernte. Sie weinte plötzlich in seinen Armen.

„Was ist? Bist du traurig? Habe ich dir weh getan?" fragte er bestürzt.

„Nein, überhaupt nicht. Ich bin nur glücklich. Ich habe auf einmal gemerkt, was ich bisher versäumt hatte. Ich habe nicht geahnt, wie schön es sein kann."

„Mein Liebling, mein Blondi!" war alles, was er darauf sagen konnte.

Es schien alles zu passen. Da sie nun schon eine Weile miteinander gingen, kamen verdrängte Gedanken hoch: Moralvorstellungen, die sie, wie es ihr schien, vor langer Zeit einmal in der Schule gelernt hatte. Demnach lebte sie in wilder Ehe, wie man das nannte. Im Religionsunterricht seinerzeit hatte das Todsünde geheißen. Sie rechtfertigte sich vor ihren eigenen Gedanken: Wie konnte etwas, das so schön war, Todsünde genannt werden? Musste man wirklich erst heiraten, um die schönste Sache der Welt tun zu dürfen? Heiraten wollte sie aber nicht – jedenfalls nicht in den nächsten zwanzig Jahren. Sollte sie deswegen verzichten? Wem schadete sie denn mit dieser „Sünde"? Sie merkte, dass sie das Wort Sünde schon in Anführungsstrichen dachte. Sie meinte, dass sie sich in einer besonderen Situation befand, da sie doch nicht heiraten konnte, und deswegen musste ihr eine Ausnahme von den Moralgesetzen zugestanden werden. Sicherlich hatte man es früher leichter, denn man heiratete, wenn man einen passenden Partner gefunden hatte, und kam so nicht in Versuchung, eheliches Leben ohne Ehe zu haben. Dass das historisch nicht ganz zutreffend war, hätte sie als Geschichtestudentin wissen können, aber das hätte nichts an ihren Überlegungen geändert. Heutzutage, so sinnierte sie weiter, musste eine Frau doch eine Ausbildung und einen

Beruf haben, bevor sie heiratete. War es nicht eher unverschämt, dem Mann die Versorgung zu überlassen? Auf letzteres konnte sich eine Frau auch nicht wirklich verlassen, wie sie in ihrer eigenen Familie sah. Als sie bei diesem Gedanken angekommen war, erkannte sie, dass der Hauptgrund für ihr Misstrauen gegen die Ehe vermutlich die Situation ihrer Mutter war. So etwas wollte sie nicht. Und wenn Richard sie noch so liebte – wer garantierte ihr, dass ihr nicht Ähnliches blühte wie ihrer Mutter? Sicherlich hatte das Erleben dieser Umstände bei ihr eine Unfähigkeit zur Bindung verursacht. Aber sollte sie deswegen auf Liebe verzichten? Nie und nimmer. Sie sagte sich, dass in ihrem Fall ihr Leben mit Richard keine Sünde sein konnte. Wer weiß, diese kirchlichen Gebote waren eben ein Ideal, das manche erreichen konnten, aber die große Mehrheit sicherlich nicht. Wenn sie an Richard dachte, dann stieg in ihr so eine Zärtlichkeit und Sehnsucht auf, dass all die trüben Überlegungen wie Funken zerstoben und verglühten. Dann war sie sich sicher, dass sie richtig handelte. So verdrängte alle sie Schuldgefühle erfolgreich. Sie kehrten für lange Zeit nicht wieder.

Dennoch überfiel sie zeitweise eine seltsame Traurigkeit, die sich bis zu tiefer Melancholie steigerte. Richard merkte es natürlich.

„Was ist los mit dir?" fragte er sie eines Tages.

„Ach, ich weiß nicht. Es kommt mir alles so sinnlos vor. Mir scheint, ich bin zu gar nichts nütze. Was kann ich denn schon? Was habe ich in meinem Leben schon geleistet?"

Richard unterbrach ihr Lamento: „Schau, du bist ein hübsches Mädchen, du hast gerade Gliedmaßen, du studierst, hast schon viele Prüfungen gemacht. Was willst du denn?"

Silvia fühlte sich gar nicht getröstet. Erstens fand sie sich nicht hübsch, zweitens, was nützten ihr gerade Glieder, wenn sie das Studium grässlich langweilig fand und nicht zu ihren Fähigkeiten und ihrer Mentalität passend. Wenn sie nur wüsste, was sie wollte! Sie hatte schon so oft darüber nachgegrübelt, aber alles Grübeln stürzte sie noch mehr in ein Gefühl der Sinnlosigkeit.

Die Tränen kamen ihr. Richard streichelte ihr den Rücken. Er suchte nach Worten, die ihren Sinn aufheitern konnten, fand aber keine.

„Schau, ich finde diese Welt ja auch ziemlich sinnlos, aber wir haben doch uns. Genießen wir doch, was wir mitsammen tun können.

Komm, mach uns eine frische Kanne Tee, und dann hören wir uns gemeinsam das Weiße Album der Beatles an. Gute Musik hilft immer."

Silvia schluckte krampfhaft, um weiteres Weinen zu verhindern, wischte sich die Tränen ab, die immer wieder kommen wollten, und schlich in die Küche. Es war außer ihnen beiden niemand zu Hause. Sie hätte sich geschämt, so verheult herumzulaufen. Sie hätte es ja auch nicht erklären können.

Der Tee und die Musik lenkten sie tatsächlich ab, und eine Weile fühlte sie sich besser.

Aber diese Zustände kehrten wieder. Sie spürte, dass sie sich vor Richard zusammenreißen musste, wenn sie seine Fähigkeit zum Trösten und seine Geduld nicht überstrapazieren wollte. Ironischerweise redete sie eine Studienkollegin eines Tages an: „Du bist ja ein rechter Sonnenschein!"

„Was bin ich? Komme ich dir so vor? Da täuscht du dich aber gewaltig."

„Nun, ich dachte, du wirst mit allem so spielend fertig. Wenn ich das mit meinem Leben vergleiche – da war alles schwer und bedrückend."

„Aber genau so empfinde ich meines. Mit meiner Familie ist es nicht leicht."

Da sie etwas Zeit hatten, setzten sie sich und erzählten sich gegenseitig ihre Lebensgeschichten. Silvia erfuhr, dass sie nicht die einzige war, deren Eltern sich nicht verstanden, deren Vater zu viel trank, und wo es Streit und Eifersucht unter den Geschwistern gab. Aber das konnte doch nicht der Grund dafür sein, dass sie zeitweise von düsteren Gedanken heimgesucht wurde. Sie stellte sich vor, sie läge schon unter der Erde. Ewige Ruhe. Das Klettern brachte sie immer wieder in die für sie verlockende Situation, einfach loszulassen und sich in den Abgrund fallen zu lassen. Aber wenn es wirklich einmal gefährlich war, dann hielt sie sich doch immer wieder mit aller Kraft fest.

Richard ahnte nicht, wie sehr seine Gefährtin mit Todesgedanken spielte. Mit ihr konnte er all das, was er gerne hatte, nun gemeinsam unternehmen und genießen. Er freute sich auch darüber dass Silvia in seiner Familie akzeptiert wurde. In der Bergsteigergruppe wurden sie auch als

Paar angenommen, und zu beider Erleichterung wurden sie nicht darauf angesprochen. Zu neu war ihr Verhältnis, sie waren noch zu empfindlich. Silvia meinte oft Kritik oder gar Spott zu bemerken, wenn jemand auch nur eine harmlose Bemerkung über ihr Zusammensein machte, und sie erkannte, wie verletzend sie oft gegenüber Moni gewesen war, wenn sie spottende Bemerkungen über Robby gemacht hatte. Das tat ihr nun leid und sie nahm sich vor, Moni gegenüber aufmerksamer zu sein und sie nicht abfällig als kleine Schwester zu behandeln.

***

Bei Moni lief es zu dieser Zeit nicht rund. Sie war im Maturastress. Dennoch wollte sie ihren achtzehnten Geburtstag ausgiebig feiern. Sie begann Einladungen zu planen. Für sie war es selbstverständlich, dass Robert auch dabei sein sollte. Aber als er ihre Liste sah, verging ihm jede Lust. Da waren hauptsächlich Mädchen aus ihrer Klasse eingeladen. Was sollte er da? Umgekehrt wollte Monika mit ihrem Freund ein wenig angeben. Zwar hatten einige einen „Bekannten", wie man das damals nannte, aber keine von ihnen war quasi verlobt so wie Moni. Zumindest sah sie es so. Für sie war es klar, dass der Mann, dem sie ihre Jungfräulichkeit geschenkt hatte, der Mann fürs Leben war, dass sie also heiraten würden, wenn sie mit der Schule fertig war.

„Muss ich auf dieser Party dabei sein?" fragte er mürrisch.

„Ich kann doch nicht ohne dich feiern!"

„Warum nicht?"

„Wir gehören doch zusammen."

„Aber das heißt doch nicht, dass wir dauernd aneinander kleben müssen."

„Magst du mich nicht mehr?"

„Natürlich mag ich dich. Das habe ich dir doch schon gesagt. Und jetzt lass mich in Ruhe."

„Heißt das, du kommst nicht auf meine Party?"

„Ich überlege es mir noch."

„Ich muss es aber jetzt wissen."

„Ich habe gesagt, ich überlege es mir."

„Mir kommt vor, du bist in letzter Zeit so ungut zu mir. Ist irgendwas?"

„Gar nichts ist. Was fragst du denn?"

„Ich möchte wissen, ob du mich noch magst und ob es dabei bleibt, dass wir heiraten, wenn ich mit der Schule fertig bin."

„Hab ich doch gesagt. Aber ob das gleich nach der Schule sein muss, glaub ich nicht. Du solltest erst eine gute Arbeit haben und halbwegs gut verdienen, damit wir uns eine Wohnung einrichten können."

„Du bist auf einmal so materialistisch! So haben wir bisher nicht geredet."

„Aber das ist doch klar! Ich möchte keine Frau, die daheim sitzt, und ich muss das Geld verdienen."

„Ich möchte ja eh nicht zu Hause sitzen. Ich werde mir schon eine Arbeit suchen. Aber was ist mit Kindern? Wollten wir nicht Kinder haben?"

„Ja klar, aber zuerst müssen wir uns einen finanziellen Grundstock schaffen, eine größere Wohnung haben, als ich jetzt habe, und dann können wir immer noch an Kinder denken."

Die Luft zwischen den beiden war entschieden dicker geworden. Ihre Stimmen waren laut geworden. Monika erinnerte sich an Gespräche, die zu diesem Thema ganz anders verlaufen waren. Hatte sie Robert falsch eingeschätzt? Ihr kamen die Tränen. Wo war der romantische, nette Mann geblieben, den sie liebte? Wie konnte er nur so am Geld hängen?

Oder war ihre Auffassung falsch? War sie etwa unrealistisch, indem sie dachte, das wichtigste ist, dass wir zusammen sind und uns vertragen, und alles andere würde dann schon kommen. Bisher hatte sie ja nicht planen müssen. Ihr Weg war vorgezeichnet gewesen, denn es hatte ja nur Schule gegeben, da hatte sie nicht nachdenken müssen, was der nächste Schritt sein musste. Sie folgte dem Stundenplan, arbeitete ab, was ihr angeschafft wurde, und die Ernte war jeweils das Zeugnis. Das Ende dieses von außen geplanten Weges war nun abzusehen. Das sah sie nun ganz klar vor sich. Nun musste sie bald selbständig Entscheidungen treffen. Daran hatte sie bisher nicht gedacht, denn seit sie Robert kannte, richtete sie sich nach ihm. Bisher waren seine Vorschläge und Entscheidungen für sie kein Streitthema gewesen, denn sie hatten sich alle mit ihren eigenen Zukunftsplänen gedeckt. Zum ersten Mal merkte sie, dass das so selbstverständlich nicht war. Sie musste an die Zeit nach der Schule denken, da war für sie die Entscheidung zu treffen, welchen Beruf sie ergreifen sollte. Eines wusste sie: sie wollte nicht, so wie Silvia, ein Studium beginnen. Einerseits sah sie, dass es Silvia die meiste Zeit überhaupt nicht freute, andererseits fühlte sie in ihrem Inneren keine besondere Neigung nach der Schule weiter Lerninhalte in sich hineinzustopfen. Davon hatte sie genug. Ihre Mutter hatte allerdings selbstverständlich angenommen, dass ihre Lieblingstochter ebenfalls zur Universität gehen würde. Das würde auch noch eine Auseinandersetzung bedeuten, ihrer Mutter klar zu machen, dass es ihr wirklich ernst mit der Heirat und mit dem sofortigen Berufseinstieg war. Mama hatte auf ihre eigene Art versucht anzudeuten, dass sie mit Monikas Plänen in keiner Weise einverstanden war. Sie erzählte ihr, dass sie selbst nach der Hauptschule zunächst als Dienstmädchen bei einer reichen Familie eingestanden war, denn das war damals die übliche Karriere für ein Mädchen aus wenig begüterter bürgerlicher Familie. Sie hatte weder eine Lehre noch eine weiterführende Bildung gehabt. Sie wechselte dann als Schreibkraft in ein Büro. Nur durch ihren Ehrgeiz und ihre Zähigkeit hatte sie sich noch während des Krieges verschiedene Kenntnisse und Fähigkeiten erworben, sodass sie auch nach der Kinderpause wieder einen angemessenen Arbeitsplatz fand. Natürlich kannte Monika diese Geschichte, und sie ahnte, warum ihre Mutter sie gerade jetzt wieder erzählte. Aber sie blieb dabei, dass sie Robert ja nun schon seit zwei Jahren kannte. Das sollte doch genügen, um sicher zu sein, dass sie miteinander vertraut genug waren, dass sie das Abenteuer der Ehe wagen konnten. Wenn es notwendig war, würde sie auch einen Beruf ausüben. Lieber wäre es ihr, gleich Kinder zu bekommen. Das letztere sagte sie nicht laut, denn sie ahnte, dass ihre Mutter da energisch widersprechen würde. Stattdessen hörte sie sich zum x-ten Mal geduldig an, wie ihre Mutter auch nach der Eheschließung noch längere Zeit im Büro weiter gearbeitet hatte, weil sie sonst nie mit dem Geld, das ihr Mann verdiente, ausgekommen wären. Wäre sie nicht nach zwei Jahren schwanger geworden, dann hätte sie den guten Posten sicherlich nicht verlassen. Aber Babykarenz gab es ja noch nicht, und da es ihr nach der Geburt des ersten Kindes nicht besonders gut ging, kündigte sie, um sich ganz Silvia zu widmen. Die nächsten beiden Schwangerschaften folgten kurz hintereinander. Sie meinte mit dieser Schilderung ihrer Tochter die Dringlichkeit einer fundierten Ausbildung klargemacht zu haben, denn sie wusste nur zu gut, dass nun, da ihre

Kinder erwachsen waren, ohne entsprechende Zeugnisse kein Arbeitsplatz zu finden war. Mit Besorgnis sah sie, dass zwei ihrer Kinder nur wenig Wert auf Ausbildung legten, sondern drauf und dran waren, sich durchzufretten. Ob die es so wie sie selbst auch ohne formale Bildung schafften, sich hochzuarbeiten? Natürlich, Moni würde immerhin Matura haben. Aber was war das schon? Es war lediglich eine Berechtigung für ein Studium an einer Hochschule oder Universität, aber keine praktische Ausbildung. Deswegen drängte sie Moni, mit der Heirat noch zu warten und nach der Matura eine weiterführende Ausbildung zu beginnen. Sie fürchtete allerdings, dass Moni genau so stur sein konnte wie sie selbst. Die hörte sich nämlich Mutters Ermahnungen an und sagte dann entschieden: „So wie du werde ich es nicht machen. Außerdem habe ich ja bald die Matura, damit kann ich mir einen guten Posten suchen. Und Robert verdient doch ganz gut. Der kann schon eine Familie erhalten."

Diese Meinung hatte sie *vor* der Auseinandersetzung mit Robby gehabt. Sie fühlte sich plötzlich erwachsen werden. Sie spürte, dass es nun auf sie selbst ankam. Sie durfte so eine Entscheidung nicht auf die Zeit nach der Schule aufschieben. Was wollte sie nun wirklich? Ganz offensichtlich war der Traum vorm sofortigen Heiraten und Kinderkriegen nicht realisierbar, weil ihr Märchenprinz nicht mitspielte. Wie sie es auch drehte und wendete, sie musste sich entscheiden: entweder eine weitere Ausbildung, zum Beispiel als Anlernling in einer Firma, oder einen Arbeitsplatz finden, für den die Matura als Voraussetzung genügte. Die dritte Möglichkeit wäre ein Studium. Das hätte wahrscheinlich zur Folge, dass Robby sie zumindest während der Studiendauer nicht heiraten würde. Wollte sie bis zum Abschluss warten? Würden sie einander dann noch wollen? Sie wollte ihn nicht verlieren, also strich sie die dritte Möglichkeit. Blieben noch zwei: sie würde also arbeiten gehen, am liebsten gleich eine Stelle annehmen, für die ihre bisherige Ausbildung genügte, und die gut bezahlt war. Immerhin hatte sie als Freigegenstand Stenographie belegt und Maschineschreiben gelernt. Das war in ihrem Zeugnis vermerkt. Sie konnte ja auch noch Kurse besuchen, um sich mit den Jahren eine bessere Position zu schaffen. Als sie bei diesem Gedanken angelangt war, merkte sie mit Schrecken, dass sie drauf und dran war, es ihrer Mutter nachzumachen, mit dem kleinen Unterschied, dass letztere nur einen Hauptschulabschluss gehabt hatte. Aber die Zeiten hatten sich geändert, jetzt wurde mehr Wert auf Schulbildung gelegt. Ihre

Gedanken begannen im Kreis zu gehen. Sie verschob die Entscheidung auf später. Warum sollte sie sich denn jetzt schon entscheiden? Schließlich musste sie sich jetzt auf das Lernen konzentrieren. Dann würde man weiter sehen. Vielleicht änderte ja sogar Robby seine Meinung.

Was nun am allernächsten lag, war ihr Geburtstagsfest. Wieder ärgerte sie sich, dass Robby nicht kommen wollte. Ihr Bild vom Märchenprinzen zerbröselte noch ein wenig mehr. Jetzt hatte er seine materialistische Seite gezeigt, und er wollte sich nicht vor den anderen zu ihr bekennen. Zumindest fasste sie es so auf. Schon wollte sie in Selbstmitleid abgleiten, aber ihre praktische und zupackende Art siegte über die Missstimmung. Sie begann eine Liste anzulegen, was sie besorgen musste und hoffte, dass ihre Mutter für dieses Ereignis das Taschengeld aufbessern würde. Schließlich wurde man nicht alle Tage achtzehn Jahre alt.

Natürlich half ihr die Mutter nicht nur mit Taschengeld aus, sondern bereitete gemeinsam mit ihr die Feier vor. Silvia hielt sich fern. Sie kannte Monis Freundinnen nicht, und sie interessierten sie auch nicht. So gut sie sich im Allgemeinen mit ihrer Schwester verstand, ihre Lebensweisen waren so verschieden, dass sie über das Familiäre hinaus keine Gesprächsbasis hatten. Und mit den jeweiligen Bekanntschaften der anderen spießte es sich noch mehr. Dennoch war Moni ein wenig enttäuscht, dass ihre Schwester ihr Desinteresse, das schon fast an Verachtung grenzte, so offen zeigte.

Mit der engsten Familie hatte sie eine eigene kleine Feier. Zu Monis Freude war sogar kurze Zeit die ganze Familie mit Robby zusammen am Tisch, als die Geburtstagstorte angeschnitten wurde. Papa und Christian verabschiedeten sich zwar bald, aber es wurde ein geselliger Abend.

Am Samstag darauf war sie dann mit ihren Freundinnen allein, aber das machte ihr nichts mehr aus, denn es war sehr lustig, vor allem, weil sie es genossen, über die Männer herzuziehen (nachdem Robby, der sich kurz hatte sehen lassen, gegangen war).

In Moni verstärkte sich die Empfindung, dass sie ein Stück erwachsener geworden war. Ihre Entschlossenheit wuchs, sich nach der Matura sogleich Arbeit zu suchen und dann endlich Robby zu heiraten. Sie würde Ehefrau sein, nicht wie ihre Mutter mit einem Mann, der sie und die Kinder vernachlässigte, und bei dem man dauernd Angst haben musste, dass er das verdiente Geld außerhalb der Familie verjubelte, sondern mit ihrem angetrauten Schatz, der einen genauen Plan für sein Leben hatte und dem sie und ihre zukünftigen Kinder etwas bedeuteten.

Jetzt hieß es lernen, lernen und noch einmal lernen. Je näher die Abschlussprüfungen rückten, umso nervöser wurde sie. Und die Nervosität hinderte sie am Lernen. Sie geriet in einen Teufelskreis. Robby war ihr dabei keine Hilfe. Er hatte nie so eine anspruchsvolle Prüfung machen müssen und konnte daher ihre Aufregung nicht verstehen. Seine Versuche, ihr die Anspannung auszureden, gingen daher auch kräftig schief.

„Du musst das ganz locker nehmen. Das geht sicher leicht!"

„Du bist gut – locker! Wie soll ich das locker nehmen, wenn ich heute vergessen habe, was ich gestern gelernt habe!"

„Das bildest du dir ein. Du weißt das sicher noch. Du musst dich nur konzentrieren."

„Wie soll ich mich denn konzentrieren, wenn du mir dauernd dreinredest!"

Das war zwar nicht wahr, aber Moni war nun nicht nur nervös, sondern auch wütend und somit ungerecht. Die beste Ausgangslage für einen schönen Streit. Und schon waren sie mitten drinnen.

Die Folge war, dass sie sich nun seltener sahen. Einerseits hatte Moni damit mehr Ruhe zum Lernen, andererseits vermisste sie Robby. Außerdem nahm sie es übel, dass es ihm anscheinend gar nichts ausmachte, wenn sie sich nicht mehr täglich trafen.

Die schriftlichen Prüfungen nahten. Mit Beginn der Klausuren wurde Moni erstaunlich ruhig. Sie schien zwar abwesend, aber nicht angespannt. Sie war wie in Trance. Nachdem sie die erste Hürde, Mathematik, mit gutem Gefühl hinter sich gebracht hatte, folgten die Arbeiten in Deutsch und Englisch. Davor hatte sie keine Angst, denn das Schreiben war ihr immer leicht gefallen.

Nach einer Woche wurden die Benotungen bekannt gegeben. Monis Noten bewegten sich im Mittelfeld, und damit war sie mehr als zufrieden. Für sie waren nicht Bestnoten ausschlaggebend, sondern das Durchkommen. Dabei war der Klassendurchschnitt gar nicht so gut gewesen, mehrere ihrer Mitschülerinnen mussten das Fach, in dem sie mit Nicht Genügend abgeschlossen hatten, zur mündlichen Prüfung dazunehmen. Das war Moni erspart geblieben. Sie stürzte sich nun auf das Lernen für die Fächer, die sie zur mündlichen Prüfung gewählt hatte: Biologie, Englisch und Philosophie. Letzteres hatte sie gewählt, da sie gehofft hatte, hier nicht so schrecklich viel lernen zu müssen, da dieses Fach ja nur zwei Jahre lang unterrichtet worden war. Aber es war schwierig genug. Ihr Lieblingsfach war Biologie. Hier freute sie sich richtig auf die Prüfung. Englisch würde sie schon irgendwie schaffen. Schließlich war sie nicht auf den Mund gefallen, wenn sich erst einmal die erste Schüchternheit gelegt hatte.

Aufregend war es trotzdem. Und feierlich. Denn es war notwendig, sich für die Matura festlich anzuziehen. Zu dieser Zeit war es noch Vorschrift, dass Mädchen ein schwarzes Kleid tragen mussten. Die meisten Mädchen hatten nichts dagegen, denn sie waren der Meinung, dass sie ein „kleines Schwarzes" ohnehin brauchten. Das kleine Schwarze war immer dann angebracht, wenn man nicht in einem langen Abendkleid erscheinen musste, aber auch Alltagskleidung nicht erwünscht war. Also ging man auf die Suche nach einem schwarzen festlichen Kleid. Das war gar nicht so einfach. Anscheinend hörte sich der Brauch des „kleinen Schwarzen" auf, und daher waren die Modegeschäfte in dieser Hinsicht nicht gut sortiert. Es gab allerhand Festliches, aber gerade nicht in Schwarz. Eine vorsichtige Anfrage beim Klassenvorstand, ob es denn nicht auch etwas Rotes sein könne, ergab nur eine knappe Antwort: „Wer nicht angemessen gekleidet ist, wird zur Prüfung nicht zugelassen."

Die Suche ging also weiter. Monika kam sich in den schwarzen Kleidern, die sie probierte, wie eine trauernde Witwe vor. Schließlich wagte eine Verkäuferin einen Vorstoß mit einem sehr hübschen Kleid, anliegendes Mieder, bauschige Ärmel und locker schwingender Seidenrock. „Es ist ja fast schwarz", sagte sie entschuldigend. Monika war entzückt, und noch mehr, als sie es anprobierte. Es war wie für sie gemacht. „Pfeif auf schwarz", sagte sie und ließ die dunkelrote Seide durch die Finger gleiten: „Wenn nicht gerade hellste Beleuchtung ist, kann das auch als schwarz gelten. Ich nehme es."

Es passte so gut, dass keinerlei Änderung nötig war. Sie fand sogar Schuhe in der passenden Farbe. Sie hatten hohe Absätze, aber sie übte und schritt einher wie eine Königin. Nun war sie für die Prüfung gerüstet.

Ihr Auftreten zur Prüfung wurde in Wahrheit ein Auftritt. Sie ging nicht wie die anderen zum grün gedeckten Tisch, sondern sie schritt. Selbst die Lehrer, die während der langen Prüfungszeit schon am Wegdösen waren, schauten erstaunt auf. Dass das Kleid nicht schwarz war, war nun völlig unerheblich. Dass so eine Erscheinung nur eine wunderbare Prüfung hinlegen würde, war schon vor der ersten Frage entschieden. Nicht, dass Moni nicht gut vorbereitet gewesen wäre, aber ihr neues Selbstbewusstsein und das Wohlwollen der Prüfer halfen doch sehr.

Sie schloss also ihre Reifeprüfung mit gutem Erfolg ab.

Sie gedachte nun erst einmal ausgiebig Ferien zu machen, aber Robby war anderer Meinung: „Ich habe mir eine Woche Urlaub genommen. Ich habe meine Eltern angerufen. Wir können diese Woche bei ihnen in Linz verbringen und Ausflüge machen."

„Ich dachte, wir machen eine Reise. Ich habe doch extra auf die Maturareise mit den Schulkameradinnen verzichtet, damit wir beide zusammen verreisen können."

„Wir machen doch eine Reise – nach Linz, zu meinen Eltern."

„Aber das ist doch keine richtige Reise. Zu deinen Eltern können wir jederzeit an den Wochenenden fahren. Ich meinte zum Beispiel eine Kreuzfahrt oder mit dem Flugzeug nach London oder Berlin. Wäre das nichts?"

„Wir müssen sparen. Wenn du genug verdienst, dann können wir so etwas machen. Jetzt können wir keine großen Sprünge machen. Und überhaupt, meine Eltern freuen sich so, wenn wir kommen."

„Das glaube ich dir schon. Aber du verdienst doch gut, und Papa würde mir sicherlich zur bestandenen Matura eine Reise spendieren. Kannst du dir das nicht noch einmal überlegen? Zu deinen Eltern können wir ja trotzdem fahren."

„Ich habe das jetzt schon arrangiert. Und wenn ich meine, wir müssen sparen, dann ist es besser, dass du alles, was dir dein Vater eventuell gibt, auf ein Sparkonto einzahlst. Das Geld brauchen wir für unsere zukünftige Wohnung."

„Ich weiß, aber die Prüfungen waren so anstrengend. Ich glaube, ich habe Erholung verdient."

„Du kannst dich in Linz ganz gut erholen. Du weißt, Mama verwöhnt dich gerne. Dann bist du fit, dass du dir eine Arbeit suchen kannst."

Das klang so entschieden und jeden Widerspruch verbietend, dass Monika nachgab, obwohl sie bitter enttäuscht war, dass ihr so wenig Ausspannen vergönnt war. Aber sie wollte sich auf Robby verlassen können, denn sie wusste, dass er rechnen konnte. Wenn es nach ihr ginge, dann würde der Traum von einer gemeinsamen Wohnung viel später realisiert werden. Robby dachte einfach viel zielgerichteter. Wenn er sich etwas in den Kopf gesetzt hatte, dann rechnete er alles durch und startete sein Vorhaben, ohne noch einmal davon abzuweichen. Grundsätzlich imponierte das Moni, aber sie vermisste doch eine gewisse Freiheit dabei. Jedenfalls beschloss sie, sich auf die paar Tage mit ihren zukünftigen Schwiegereltern zu freuen und jeden Streit über das Thema Urlaub und Arbeit zu vermeiden.

Sie fuhren also am Freitagnachmittag in Robbys altem VW-Käfer nach Linz. Was sie sich an Urlaubskosten ersparten, würden sie wohl auch in ein tüchtigeres Fahrzeug stecken, dachte Moni im Stillen. Sie wäre auch lieber mit der Bahn gefahren, aber Robby meinte, so seien sie mobiler und könnten von Linz aus Ausflüge machen.

Sie hatten Glück mit dem Wetter, denn die so häufigen Ferien-Regenfälle ließen dieses Jahr auf sich warten. Alles in allem war es doch eine schöne Woche, resümierte Moni, als der Reifeprüfungs-Stress allmählich von ihr abfiel. Sie konnte es sich nun sogar vorstellen, tatsächlich gleich in die Arbeitswelt einzusteigen. Natürlich wollte sie ihren Beitrag zum zukünftigen Haushaltsbudget leisten.

Überraschenderweise fand sie auch sofort Arbeit. Vielleicht kam ihr dabei entgegen, dass gerade die Urlaubszeit angefangen hatte, und die Betriebe Leute brauchten. Sie arbeitete in einer Kartonfabrik zunächst in der Warenausgabe, dann, nach einer Probezeit, wurde sie auf Dauer übernommen und als Gehilfin im Sekretariat übernommen. Ihre guten Steno- und Maschinschreib-Kenntnisse halfen ihr sehr, bald ihren eigenen Schreibtisch zu bekommen. Sie fand sich schnell zurecht. Jedenfalls war das entschieden besser als Schule. Was ihr schwer fiel, waren die langen Arbeitszeiten, denn in der Schule hatte es doch immer wieder Pausen gegeben. Im Büro waren die Pausen kurz – Rauchpausen oder Kaffeepausen genannt. Moni mochte weder das eine noch das andere, aber sie schloss sich den Kolleginnen in der Küche an, damit sie Kontakt hatte. Am Abend war sie todmüde. Jetzt verstand sie, warum Arbeiter und Angestellte, die keinen höheren Schulabschluss hatten, wenig Ambition hatten, in der Freizeit Bildung nachzuholen.

Dennoch freute sie die Arbeit, und die Aussicht, bald genug zu verdienen, damit sie endlich heiraten konnten, spornte sie noch mehr an.

Aber ihre Geduld wurde strapaziert. Sie hatte sich vorgestellt, es könnte noch in diesem Jahr sein. Ach, ihre Jungmädchenträume von der Hochzeit im weißen Brautkleid und in einer weißen Hochzeitskutsche zur Kirche fahrend! Robby teilte ihre Vorstellungen nicht. Doch er plante, studierte Anzeigen von Wohnungen, klapperte Büros von Wohnbaugenossenschaften ab, erkundigte sich nach Förderungen, teilte sich aber diesbezüglich nicht mit, sodass Moni schon meinte, ihr provisorisches Zusammenleben würde ewig dauern. Bis er sie aufforderte, ins Auto einzusteigen, denn er wollte sich „etwas" anschauen, wo er sie dabei haben wollte. Sie hatte an alles Mögliche gedacht und war daher sehr überrascht, als er vor einem nicht ganz fertig gebauten Wohnblock am Stadtrand parkte. Sie schaute ihn fragend an. Er grinste triumphierend: „Ich habe uns vormerken lassen. Hier sind günstige geförderte Zweizimmerwohnungen zu haben. Aber wir bekommen sie nur, wenn wir verheiratet sind. Was sagst du dazu? Gefällt dir das Haus? Kannst du dir vorstellen, hier zu wohnen?"

Moni war sprachlos. Zu viel der Neuigkeiten. Sie atmete tief durch. Ihr erster Gedanke war: er will mich heiraten – und zwar bald. Das Haus und die Gegend waren zunächst Nebensache. Also stotterte sie: „Wann kann man denn hier einziehen?"

„Nächstes Jahr im Juni wird alles fertig sein."

„Heißt das, wir werden vorher heiraten?" Ihr stockte beinahe der Atem, als sie diese bedeutungsschwere Frage formulierte.

„Werden wir wohl müssen."

Sie wollte ihn umarmen, aber sie ließ es bleiben, denn Robby mochte so etwas in der Öffentlichkeit nicht. So drückte sie nur fest seine Hand.

„Komm, gehen wir näher und schauen wir, was man jetzt schon sehen kann."

Er hatte über das Wohnungsamt einen Termin mit dem Bauleiter ausgemacht, sodass sie eine der in Frage kommenden Wohnungen besichtigen konnten. Moni war entzückt, denn man konnte jetzt schon se-

hen, dass die Wohnung viel moderner war als die Behausung ihrer Eltern, auch wenn sie nicht sehr groß war. Im Geiste stattete sie die Räum-
lichkeiten schon mit Möbeln aus, teilweise würde sie wohl einige aus
ihrem Jungmädchenzimmer mitnehmen müssen, und auch von Robbys
Ausstattung könnten ein Kasten und das Doppelbett hier Platz finden.
Neue Möbelgarnituren würden dann mit der Zeit die alten Sachen erset-
zen. Die Zukunft nahm vor ihren Augen Gestalt an.

Freudestrahlend erzählte sie zu Hause davon. Die Freude wurde nicht
ihrer Erwartung gemäß geteilt: „Heiraten. Soso", war Silvias kühler
Kommentar. Silvia war eine absolute Ehefeindin geworden, je mehr Ein-
blick sie in die Beziehung ihrer Eltern gewann. Richard hatte diese Einstellung zwar kurzfristig ins Wanken gebracht, aber daran dachte sie in
diesem Augenblick gar nicht.

Eher vorsichtig war auch die Reaktion ihrer Mutter: „Wollt ihr nicht
noch etwas warten mit dem Heiraten? Ihr seid doch beide noch so jung!"

Moni hatte sich etwas anderes erwartet. Sie war gekränkt, aber sie
verteidigte sich tapfer: „Wir kennen uns seit mehr als zwei Jahren, und
wenn wir heiraten, sind es drei Jahre, dass wir zusammen sind. Reicht
das nicht? Und außerdem, wir wissen beide, was wir wollen, und Robby
ist ein vernünftiger Mann, wir verdienen beide und sparen, wir brauchen
keinen Kredit aufzunehmen, und ...."

Hier wusste sie nicht weiter, aber ihre Rede hatte doch Schwester
und Mutter beeindruckt. So kannten sie die Jüngste der Familie gar nicht.
Hatten sie da etwa eine Entwicklung versäumt? Vor allem Silvia hatte
ihre kleine Schwester nie ernst genommen, vielleicht aus ihrem eigenen
Vorurteil heraus, was Freunde und Beziehung betraf. Es gab ihr einen
Stich: allem Anschein nach war ihr die Jüngere zumindest in dieser Hinsicht voraus. Trotzig dachte sie bei sich: Soll sie doch. Für mich ist Ehe
nichts. So ab und zu ein Freund, das reicht. Bloß nicht ein Leben führen
wie Mama. Laut sagte sie: „Wann wollt ihr also heiraten?"

„Also, Termin haben wir noch keinen. Aber es muss vor dem nächsten Juni sein, sonst bekommen wir die Wohnung nicht."

„So weit ist es schon geplant? Du bist doch nicht etwa ...", ihre
Mutter getraute sich gar nicht, das obszöne Wort auszusprechen.

„Jetzt fängst du schon wieder damit an. Nein, ich bin nicht! Und
frag mich bitte nie wieder!"

Moni war jetzt wirklich ärgerlich. Warum sollte heiraten immer mit „müssen" verbunden sein? War das denn so ungewöhnlich, dass man jung heiratete, auch wenn kein Kind unterwegs war?

An eine Hürde hatte sie noch nicht gedacht. Sie war noch minderjährig und brauchte das Einverständnis ihres Vaters. Also redete sie noch am selben Abend ihren Vater an: „Papa, ich werde Robert heiraten."

Herr Weingartner ahnte in ihrer Feststellung nichts Dringliches. Kleine Mädchen sagen so etwas, dachte er. Er erinnerte sich, dass Silvia als Achtjährige beschlossen hatte, später einmal den Knaben zu heiraten, mit dem sie den Brautzug ihrer Tante angeführt hatte. In seiner Vorstellung war Moni aus diesem Alter noch nicht heraußen.

„Kenne ich den Mann?" war seine Frage und er lachte dabei leise, als hätte sie einen Scherz gemacht.

„Aber sicher, er war doch schon öfter zum Essen bei uns. Erst vorige Woche."

„Ach so, der. Und wann soll die Hochzeit sein?" fragte er, immer noch im Glauben, dass sie ein Spiel mit ihm spielte.

„Wahrscheinlich nächsten Mai", erklärte sie mit fester Stimme. Sein spöttischer Ton ging ihr auf die Nerven.

„Wie bitte? Da bist du erst neunzehn! Kommt nicht in Frage!" Er merkte, dass sie es ernst meinte.

„Und warum nicht?"

„Weil du noch zu jung bist. Außerdem braucht es für eine Ehe ein Fundament, eine finanzielle Grundlage."

Er dachte daran, dass er bei letzterem auch gefordert wurde, denn er musste ihr ein Heiratsgut mitgeben. Seinem Einkommen nach müsste das ein schöner Batzen Geld sein, den er aber nicht hatte, weil er nichts gespart hatte und den Großteil für sein außerhäusliches Vergnügen ausgab. Dass das der Grund für die finanzielle Misere war, machte er sich zwar nicht bewusst, aber dass er mit seinem Gehalt nur so ungefähr über die Runden kam und öfter sein Konto überziehen musste, sah er, wenn er die Kontoauszüge abholte.

„Wir haben eine finanzielle Grundlage", konterte Moni, die an ein Heiratsgut gar nicht gedacht hatte. Robert kalkulierte sehr wohl damit, hatte darüber mit Moni aber noch nicht gesprochen.

„Wir verdienen beide, und Robert hat alles, was die Wohnung betrifft, durchgerechnet."

Ganz leise fügte sie hinzu: „Wir mögen uns halt."

Dieser letzte Satz stimmte ihren Vater sehr weich. Ein bisher unbekanntes Gefühl tauchte in ihm auf, eine Mischung aus Sorge, Zuneigung und Stolz für sein Nesthäkchen. Sie war erwachsen geworden, und er hatte es nicht bemerkt. Was wusste er schon von seinen Kindern? Er schämte sich plötzlich, auch für den Gedanken, dass er zuerst an die Belastung durch ein eventuelles Heiratsgut gedacht hatte. Um die aufsteigende Rührung zu bekämpfen und die Versäumnisse, die ihn nun drückten, wieder gut zu machen, sagte er: „Na gut, dann heiratest ihn halt."

Moni überlegte, ob sie ihren Vater umarmen sollte, aber sie unterließ es, denn so etwas war im Hause Weingartner nicht üblich, und sie fühlte sich außerstande, derartige Neuerungen einzuführen. So sah sie ihn nur strahlend an und sagte leise: „Ich freu mich schon so! Ich mag ihn doch so gern!"

Sie rief sofort Robby an, um ihm diese Neuigkeit mitzuteilen. Robby zeigte sich wenig überrascht: „Warum hätte er dich nicht heiraten lassen sollen?"

Moni war verwirrt. „Ach, weißt du, wir haben in unserem ganzen Leben so wenig miteinander geredet, dass ich gar nicht gewusst habe, wie ich das anfangen soll."

„Aber du hast es geschafft. Ich habe dir das schon zugetraut. Und wenn dein Vater es nicht erlaubt hätte, dann hätten wir halt noch gewartet, bis du einundzwanzig bist."

Robert war so nüchtern. Immer berechnete er alles, und wenn ein Weg nicht ging, fackelte er nicht lange, sondern dachte sich einen neuen aus. Moni hatte das immer bewundert, aber nun hätte sie sich mehr Enthusiasmus gewünscht, denn sie war glücklich wie schon lange nicht. Jetzt merkte sie erst, wie sehr sie das bisherige unsichere Verhältnis bedrückt hatte. Zu wissen, dass sich bald etwas ändern würde, beruhigte sie. Für Robert schien es keinen Unterschied zu machen. Sie war etwas verstimmt. Sie sehnte sich nach seiner Nähe: „Soll ich heute noch zu dir kommen?"

„Nein, das brauchst du nicht. Ich hab zu tun."

Wieder ein hartes Wort. Was hatte er bloß zu tun, dass er sie nicht dabei haben wollte? Robert sah die Sache ganz anders. Der Plan stand fest, was er sich wünschte, war in geordneten Bahnen, also brauchte man nur noch die Details zu regeln. Sinn für Romantik hatte da keinen Platz.

Als sie sich am nächsten Tag wieder nicht trafen und er sie am Telefon abwimmelte, stiegen langsam Zorn und Enttäuschung in ihr hoch. Sie beschloss, ohne lang zu fragen zu ihm zu fahren und sich ein Bild zu machen, was sich denn zwischen ihnen geändert hatte. Sie nahm sich nicht einmal die Zeit, nach dem Wetter zu sehen, sondern warf nur ihre Jacke über und schlüpfte in die Schuhe. Sie stürmte hinaus, an ihrer verblüfften Mutter vorbei. Draußen verhielt sie kurz den Schritt und überlegte, ob sie zurück um einen Regenschirm gehen sollte, ließ es aber. Atemlos und nass kam sie bei Robert an.

Sie traf in auf dem Bett liegend an. Der Fernseher lief. Überrascht schaute er auf. Er lächelte erfreut. Moni ignorierte sein freundliches Gesicht. Sie kam gleich zur Sache und schrie sich ihre aufgestaute Wut aus dem Bauch. Robert wusste nicht, wie ihm geschah. Er versuchte sich zu verteidigen, aber sie schrie weiter. All die Anspannung, das Gefühl, nicht ernst genommen zu werden, der Ärger, nicht in seine Pläne einbezogen zu werden, warf sie ihm entgegen: „Bin ich denn ein Niemand, dass du mich so behandelst?"

Ihm war ihre Lautstärke peinlich, denn sicherlich hörte man ihren Ausbruch im ganzen Haus: „Schrei doch nicht so, die Nachbarn denken, ich tu dir was an, oder was weiß ich!"

Das machte sie nur noch wütender. Da sie nicht schreien durfte, warf sie ihm zunächst ihre Jacke an den Kopf, dann zog sie ihre Schuhe aus und feuerte sie in seine Richtung. Sie traf nur einmal, und da fielen ihr gleich wieder die Kritiken ihrer Volleyballfreunde ein, die ihr so oft mangelnde Zielsicherheit vorgeworfen hatten. Das entzündete ihre Wut aufs Neue und sie sah sich nach weiteren Wurfgeschossen um. In ihren Zorn mischte sich ein Gefühl, das sie noch nie gehabt hatte, eine Art Lust, nicht nur zu werfen, sondern auch zu raufen, zu beißen und zu kratzen. Ihre Augen funkelten erregt. Robert war aufgestanden und sprang auf sie zu. Sie krallte sich in seinen Oberarm. Er umfing sie und hinderte sie daran ihn zu schlagen, und trug sie zum Bett. Ihre Bewegungen wurden weich und hingebend. Zum ersten Mal, seit sie sich kannten, erlebte sie echte Leidenschaft. Eng umschlungen blieben sie noch lange im Bett, bis sie sich erinnerte, dass man sich zu Hause möglicherweise Sorgen machte. Robert fuhr sie heim.

„Das war schön", sagte sie zum Abschied leise.

Der Ärger war vergessen oder zumindest aufgeschoben. „Wir werden es schön haben, wenn wir endlich ganz zusammen sind", fügte sich noch hinzu.

Robert sagte nichts, sondern küsste sie nur ganz sacht. Er war noch etwas benommen von der neuen Moni, die er gerade kennen gelernt hatte.

***

Der Herbst ist für Bergsteiger immer die schönste Zeit. Richard und Silvia waren an jedem Wochenende unterwegs. Sie wuchsen so richtig zusammen. Dennoch beobachtete Silvia argwöhnisch, dass Richard anscheinend auch zu anderen Mädchen freundlicher war, als sie meinte, dass es sich gehörte. Sie sprach ihn vorsichtig darauf an. Er entgegnete: „Ich habe doch nichts mit den anderen. Ich bin doch nur freundlich, damit die anderen nicht merken, dass wir zwei ein Paar sind."

„Aber wir sind eines. Und glaubst du wirklich, die anderen wissen das nicht längst?"

„Kann schon sein, aber wir müssen ja nicht so dick auftragen."

„Heißt das, du schämst dich vor den anderen mit mir gesehen zu werden?"

„Natürlich nicht, aber ich will keine Diskussionen."

Silvia merkte, dass das Gespräch zu nichts führte. Da waren ihre Standpunkte offensichtlich weit voneinander entfernt. Sie quälte sich mit dem Gedanken, dass sie Richard vielleicht doch nicht so viel bedeutete, wie er ihr. Sie verfiel, wie so oft, in schwarze Gedanken, bei denen es gar nichts Positives für sie mehr gab. Die Gedanken machten sich einfach selbständig und spannen sich weiter zu anderen Themen. Sie empfand sich wieder minderwertig, hässlich, unfähig im Studium und in jeder Weise fehl am Platz. Wenn ihr Richard nahe war und sich zärtlich um sie bemühte, verschwanden die unangenehmen Gedanken wie dunkle Wolken, die der Föhnwind wegbläst, aber wenn sie allein war, dann kamen sie zurück, bedrängten sie und standen wie Nebelwände vor ihr. Je mehr sie dem Grübeln nachgab, umso schlechter fühlte sie sich. Eine Zeitlang bemühte sich Richard, ihr die Komplexe und Minderwertigkeitsgefühle auszureden, aber da sie sich gegen alle diese Versuche wehrte, gab er schließlich auf. Damit hatte sie auch keine Klagemauer mehr und fraß diese Gedanken in sich hinein.

Allmählich erkannte sie aber eine gewisse Gesetzmäßigkeit. Sie spürte, dass sich die Depression verstärkte, wenn sie den negativen Gedanken Nahrung gab. Eine große Gefahr lauerte, wenn sie stimmungsmäßig ganz unten war: Die Versuchung war groß, sich dann von irgendwo hoch oben hinunterfallen zu lassen, wenn sie nicht dagegen ankämpfte. Wenn es jedoch auf dem Berg wirklich gefährlich wurde, vermochte sie nicht loszulassen um abzustürzen. Etwas in ihr wollte trotz allem leben. Mit äußerster Willensanstrengung konnte sie dann die üblen Einflüsterungen bremsen. Damit waren zwar die Depression und das Minderwertigkeitsgefühl nicht beseitigt, aber sie kam aus dem tiefsten Stimmungsloch ein wenig nach oben und wurde wieder handlungsfähig. Zeitweise hob sich die dunkle Wolke des Stimmungstiefs von selbst, und sie hatte fröhliche und leichte Zeiten, in denen sie sich stark und fähig fühlte. Aber ohne Vorwarnung fiel die dunkle Wolke wieder auf sie herab.

Natürlich dachte sie darüber nach, warum sie mit solchen Gefühlen geschlagen war, tauschte sich auch mit ihrer besten Freundin Anni darüber aus, aber es führte zu nichts.

Sie versuchte so gut sie konnte, diese Labilität vor Richard zu verbergen, da sie fürchtete, er könne sie durch die Kenntnisse aus seinem Psychologiestudium durchschauen und jeden Respekt vor ihr verlieren. Grundsätzlich war diese Gefahr gering, denn Richard beschäftigte sich noch immer mit den theoretischen Grundlagen seines Faches.

Angeregt durch gerade gängige populärwissenschaftliche psychologische Literatur suchte sie in ihrer Lebensgeschichte und in ihrer Familie nach „Schuldigen" für ihre Zustände, aber dann schalt sie sich wieder und meinte, sie sei einfach zu empfindlich, denn zerrüttete Familien mussten doch nicht gleich solche Depressionen verursachen. Oder doch? Sie fand keine Lösung. Der einzige Lichtblick war das Klettern, auch wenn es ihr oft schwer fiel, da ihr die körperlichen Voraussetzungen für extremes Klettern fehlten. Sie überanstrengte sich oft, und musste sich in einer steilen Wand im Seil hängend immer wieder vorsagen: „Hinauf musst du", denn in einer schwierigen Wand gab es kein Zurück, und erst der Abstieg ging dann über einen halbwegs bequemen Steig, oder es wurde abgeseilt. Die Maxime: „Hinauf musst du" übertrug sie dann auf ihr tägliches Leben und sagte sich dieses Motto vor, wenn sie vor schwierigen Aufgaben stand. Es half ihr oft.

Ihre Liebe zu Richard war ebenfalls ein positiver Faktor, wenn es dabei auch oft kräfteraubend auf und ab ging. Sie gewöhnten sich aneinander, redeten stundenlang und freuten sich, wenn sie übereinstimmten. Dann wieder schwiegen sie lange bei einer Kanne Tee und kamen sich vor wie ein altes Ehepaar. Von Heirat wurde nicht mehr gesprochen. Vor allem für Richard war es angenehm, so wie es war. Solange Silvia nicht wieder in für ihn unverständliche Verzweiflung verfiel, war für ihn die Beziehung einfach und klar. Ein wenig konnte er ja ihre wechselnden Zustände verstehen, weil er eine Zeitlang ebenfalls unter ähnlichen Stimmungsschwankungen gelitten hatte, als er noch in der Schule war. Er war damals in Therapie gewesen, und seine Verfassung hatte sich sehr gebessert. Vielleicht hatte er unbewusst die Studienrichtung Psychologie gewählt, auch wenn er sich in seinen Erwartungen getäuscht sah. Die Vorlesungen hielten nämlich keinen Vergleich mit den Büchern aus, die er schon gelesen hatte. Seit er an der Uni studierte und mit Silvia zusammen war, fühlte er sich stabil und gefeit gegen depressive Zustände. Allenfalls war davon noch eine pessimistische Weltsicht geblieben, die er eisern verteidigte, denn für ihn war das vernünftiger Realismus, und Menschen, die die Welt in eher rosigem Licht sahen, verachtete er als ahnungslose, wenn nicht gar stumpfsinnige Optimisten. So hoffte er, dass auch Silvia sich bald besser fühlen würde. Er sah sehr wohl, dass sie unter den schlechten Familienverhältnissen litt, aber er konnte ihr nicht klar machen, dass es für sie wohl keine Möglichkeit gab, ihren Papa zum Abstinenzler und treuen Familienvater zu machen und ihrer Mutter eine fröhlichere Weltsicht zu verschaffen. Und ihr Bruder musste mit seinem Leben selber fertig werden.

Wenn Richard in seinen eigenen vier Wänden alleine war, sah er das alles sehr deutlich, aber wenn sie zusammen waren und Silvia wieder in Klagen verfiel, verdüsterte sich auch für ihn die Welt und er vergaß alles, was er sich zusammengereimt hatte. Hinterher ärgerte er sich, dass er keinen Trost und keine intelligente Erklärung für die Verhältnisse gefunden hatte. Vielleicht lag das Problem ja auch ganz woanders. Er las noch einen weiteren Stapel psychologischer Fachbücher, die halfen aber ebenso wenig. Sie konnten Zusammenhänge und mögliche Ursachen erklären, boten aber keine Lösung der Probleme. Manchmal war Silvia so weit weg von ihm, dass er fürchtete, er könnte sie verlieren. Aber dann war sie wieder so zärtlich und phantasievoll, dass die Leidenschaft beide für einige Zeit alles Widrige vergessen ließ. Und die Freude, einander immer besser kennen zu lernen und doch damit nie an ein Ende zu kommen, nahm immer mehr zu. Da fühlten beide, dass sie zusammen gehörten. Ob sie nicht doch eine Ehe ins Auge fassen sollten?

Richard nahm sich vor, die Gelegenheit beim Schopf zu packen, als sie Monis und Robbys Verlobung feierten. Es war eine kleine Familienfeier in einem nahen Gasthof. Monis Vater hatte eingeladen, denn er meinte, wenn seine Jüngste schon heiraten wollte, sollte es auch eine offizielle Verlobung geben. Er überließ es Moni und Robby, mit wem sie feiern wollten. Robbys Eltern kamen aus Linz angereist, und Moni bestand darauf, dass ihre Geschwister mit ihren jeweiligen Partnern kommen sollten. Nachdem die beiden Väter, Herr Weingartner und Herr Schinagl kleine Reden gehalten hatten, wurde es sehr heiter, oder besser, die Jungen waren ziemlich angeheitert, da außer Christian keiner den aufgetischten Wein vertrug, was bald Wirkung zeigte. Trixi war die erste, die ganz schnell zur Toilette lief. Für sie war die gute Stimmung vorbei, und das nicht nur, weil sie zu viel getrunken hatte, sondern weil sie ein wenig neidisch auf Moni war. Wieso kam Christian nicht auch auf die Idee, dass sie ihrer Beziehung Festigkeit verleihen sollten? Sie saß nun mürrisch an Christians Seite und redete kein Wort mehr. Silvia war noch halbwegs nüchtern und fragte teilnehmend nach Trixis Befinden, aber gab sich damit zufrieden, dass Trixi nur sagte: „Mir ist schlecht, lass mich in Ruhe."

So führte sie Trixis bleiches und verstörtes Gesicht auf den Alkohol zurück und fragte nicht weiter nach.

Richard fiel sein Vorhaben wieder ein, aber er meinte, dass er dazu noch etwas mehr Mut brauchte. Also ließ er sich von Herrn Weingartner nachschenken. Gerade, als er sich zu Silvia lehnte und einen Anlauf nahm, fasste sie ihn am Arm und meinte zu den anderen gewandt: „Wollt ihr noch bleiben? Wir möchten eigentlich schon nach Hause gehen."

Das war das Signal zum allgemeinen Aufbruch. Draußen wurde Richard übel. Er wandte sich ab und übergab sich. Silvia atmete tief durch und kramte nach Taschentüchern. Sie lief in die Toilette und befeuchtete ein paar Papiertaschentücher. Sie wischte Richard das Gesicht ab. Er schaute dankbar zu ihr auf und sagte: „Sollen wir heiraten?"

Vielleicht hätte Silvia auch unter romantischeren Umständen nein gesagt, aber so sagte sie zunächst nur: „Nimm das Taschentuch und trockne dich damit ab."

Als er sie immer noch flehend anblickte, fügte sie hinzu: „Ich muss darüber nachdenken."

Das Nachdenken führte zur nächsten schwarzen Wolke depressiver Verstimmtheit. Sie sah ihre Mutter vor sich, rauchend, mit bitter verzogenem Mund, ihren Vater, der manchmal leise und unauffällig, dann wieder Türen knallend das Haus verließ oder erst gar nicht von der Arbeit nach Hause kam und dafür erst nach Mitternacht betrunken ins Bett fiel. Sie hörte sich selbst ihre Mutter fragen: „Warum hast du dich denn nicht schon längst scheiden lassen?"

Und die resignierte Antwort: „Was hätte ich denn mit euch Kindern alleine machen sollen?"

Nein, sie wollte nicht heiraten. Damit musste sie aber auch ihren Kinderwunsch streichen. Natürlich gab es alleinerziehende Mütter, aber so etwas wollte sie weder sich selbst noch ihren eigenen Kindern zumuten. Wer weiß, ob es nicht doch gut gewesen war, dass ihre Eltern zusammen geblieben waren, denn lange hatte es für sie nach intakter Familie ausgesehen, obwohl die Verbitterung ihrer Mutter zeitweise offensichtlich war.

Ihre Gedanken gingen im Kreis, und der Nebel der Depression hüllte sie wieder ein. Gut, dass Richard nicht noch einmal nachfragte, denn sie hätte nein sagen müssen. Er wollte keine neue Abfuhr riskieren. Aber beide wollten zusammen bleiben. So führten sie ihr Leben fort wie bisher.

Die Abschlussprüfungen von Silvias Studium rückten näher. Obwohl Silvia durch ihre zeitweilige Unfähigkeit in Verzug geraten war, hatte sie doch die vorgeschrieben Prüfungen und Seminararbeiten geschafft. Sie hörte mit der Arbeit im Büro von Dr. Franzen auf und widmete sich den mündlichen Prüfungen und schriftlichen Abschlussarbeiten. Skripten und Bücher stapelten sich auf ihrem Tisch, und das lange ruhige Stillsitzen gefiel hauptsächlich ihrem Kater Kasperl, der es sich auf Silvias Schoß bequem machte, wenn sie las oder lernte. Für die mündlichen Prüfungen waren in kürzester Zeit Tausende Seiten in ihr Gedächtnis zu stopfen. Zeitweise überfiel sie Panik, nicht, weil sie die Prüfungen fürchtete, sondern weil sie Angst vor der Zeit nach dem Studium hatte. Sie hatte das Lehramtsstudium eingeschlagen, weil es eine Berufsausbildung bot, aber sie wollte nicht wirklich Lehrerin werden. Sie hatte gehofft, es würde sich etwas anderes bieten, aber sie hatte keine Idee, was das sein könnte. Die Tätigkeit im Büro hatte sie nur als Möglichkeit sich ein Taschengeld zu verdienen angesehen, aber sie wurde davon nicht auf den Geschmack gebracht, sich in eine solche Arbeit zu vertiefen. Sie dachte daran, Malerin zu werden, aber ein wenig Talent reichte wohl nicht aus, um damit Geld zu verdienen. Diesen Wunsch verwarf sie, kaum dass er aufgetaucht war. Da sie nun mit dem Studium so weit gekommen war, war es wohl vernünftig, es auch fertig zu machen, das Probejahr an einem Gymnasium zu absolvieren und dann vielleicht doch etwas anderes zu suchen. Ein wenig beneidete sie ihre jüngere Schwester, bei der anscheinend alles in geordneten Bahnen verlief, und der die Arbeit im Sekretariat der Kartonfabrik Spaß machte. Sie hatte wohl etwas, worauf sie sich freuen konnte, und das glich etwaiges Ungemach aus. Sogar ihr Bruder schien ruhiger zu sein. War sie die einzige, in der es brodelte?

Was sie nicht sah, war, dass Trixi immer stiller wurde. Monika bemerkte es. Sie sprach sie eines Tages darauf an, und die beiden schlossen sich enger zusammen. Trixi vertraute ihr an, dass sie auch gerne heiraten würde, aber Christian offensichtlich Susanne nicht vergessen konnte. Moni mochte Susanne, aber sie fand auch, dass sie und ihr Bruder nicht zusammenpassten. So meinte sie, dass Trixi schon eine Chance hätte, aber halt Geduld haben müsse. Sie trafen sich nun öfter und sprachen von Frau zu Frau, redeten über Kinderwunsch und Empfängnisverhütung. Trixi machte sich Sorgen, weil sie offensichtlich die Pille nicht mehr vertrug. Sie bekam schon Brechreiz, wenn sie die Packung nur in die Hand nahm. Aber sie wollte Christian nicht hintergehen und mit einer möglichen Schwangerschaft zu einer Heirat zwingen. Die Gespräche mit Moni beruhigten sie etwas, und sie nahm tapfer die ungeliebte Pille weiter. Dann wieder machte sie einen Vorstoß bei Christian, aber ihre Klage war so unklar, dass Christian sie nicht verstand. Er meinte nur, dass zu dieser Zeit Kinder nicht angebracht waren, und sie weiter verhüten müssten. Obwohl er in der Mehrzahl sprach, blieb die Aufgabe der Verhütung bei Trixi. Sie gab nach. Sie versuchte mit ihrer Mutter zu reden, aber die

sagte nur: „Sei froh, dass ihr jetzt die Pille habt. Wir haben damals aufpassen müssen, das war sehr unsicher. Und wegen dir habe ich dann heiraten müssen."

Das war auch nicht sehr hilfreich, und Trixi wandte sich seufzend
ab.

Bei Silvia und Richard war die Pille kein Thema. Sie waren sich beide
einig, dass Verhütung durch Hormone nicht in Frage kam. Sie entschied
sich für die Temperaturmessung, was zwar etwas umständlich war, aber
ihrem Empfinden für Natur-Gemäßheit am nächsten kam. Wenn sie sich
unsicher waren, kam das Kondom zum Einsatz. Sie begrüßte es, dass
Richard derselben Meinung war wie sie. Auch viele Jahre später war sie
froh, dass sie sich in ihrer Jugend so entschieden hatte, denn erst dann
wurde bekannt, wie viel Schaden hormonelle Kontrazeptiva anrichten,
ganz zu schweigen davon, dass die meisten Präparate auch früh-abtrei-
bend wirken und eben nicht nur die Empfängnis verhüten. Aber welcher
Arzt sagt das den Frauen? Und damals war es in der Öffentlichkeit nicht
einmal bekannt. Erst recht sprach man nicht über die Frauen, die an
Thrombosen als Folge der Pilleneinnahme gestorben waren. Der Bei-
packzettel warnte zwar vor dem Rauchen, aber so wenig eindringlich,
dass viele Frauen es nicht ernst nahmen, abgesehen davon, dass Thrombosen auch bei Nichtraucherinnen auftraten. Dass die Hormone sogar in
den Gewässern landeten und Schäden bei den Fischen anrichteten, hätte
in den 70er Jahren niemand geglaubt. Damals begrüßte man freudig die
scheinbare Freiheit, die durch die relativ sichere Empfängnisverhütung
gekommen war. An die Folgen für die Partnerschaft und die Entwicklung
der Gesellschaft dachte allenfalls der Papst, und der wurde dafür be-
schimpft. Was der Papst sagte, spielte für die drei Paare unserer Geschichte zu dieser Zeit ebenfalls keine Rolle. Im Vordergrund standen
die Beziehung zueinander und das Verhindern von unerwünschtem
Nachwuchs, denn zuerst kamen die Berufsausbildung und der Aufbau
einer Existenz, die sie unabhängig von den Eltern machte. Auf eheliche
Gemeinschaft wollte niemand warten. Die 68er Revolution hatte schnell
und gründlich mit der Vorstellung aufgeräumt, dass Sex in erster Linie
an die Ehe gebunden sein sollte und mit Kinderkriegen zu tun hatte. Man
erinnerte sich kaum mehr daran, dass es Zeiten gegeben hatte, da ein
Mädchen lernte Nein zu sagen. Silvia war noch vor einigen Jahren eine

von diesen gewesen, aber da war sie noch so jung und naiv, dass ihr der Verzicht leicht gefallen war. Mit der Änderung der allgemeinen Moral änderte auch sie sich und vergaß, was ihr als Mädchen wertvoll gewesen war. Sie war bald überzeugt davon, dass die Gebote der Kirche, die sie als Kind gelernt hatte, unzumutbar oder überhaupt ein Irrtum sein mussten. In der Zeit, als sie mit Richard ein Paar war, dachte sie bald nicht mehr an ihre frühere Auffassung und genoss das Zusammensein mit ihm. Nur manchmal kam ihr der Gedanke, dass sie es noch mehr genießen könnte, wenn ihr die katholische Erziehung nicht doch hin und wieder Gewissensbisse verursacht hätte. Aber die meiste Zeit gab es für sie nur Richard und die Gefühle, die sie für ihn hatte.

Sie war ihm besonders dankbar, dass er ihr bei den Abschlussarbeiten half. Es gab noch keine Computer für den Hausgebrauch, alle schriftlichen Arbeiten mussten auf der Schreibmaschine getippt werden. Tippfehler konnte man sich kaum leisten, denn eine Löschtaste gab es auf einer mechanischen Schreibmaschine, wie Silvia sie benützte, nicht. Man besserte allenfalls mit Tippex aus, einer weißen Paste, die man über die fehlerhaften Buchstaben schmierte. Das trocknete schnell, und man konnte gleich darüberschreiben. Wenn man die Blätter dann kopierte, sah man die Korrekturen nicht mehr. Richard übernahm es, den Großteil von Silvias Arbeiten auf der Schreibmaschine, die im Büro von Silvias Vater einst ausrangiert worden war, ins Reine zu tippen. Das erleichterte Silvia die Arbeit, und sie konnte sich aufs Lernen konzentrieren. Sie gab die Arbeit termingerecht ab und meldete sich zu den Prüfungen an.

Sie fühlte sich in dieser Zeit wie eine Schlafwandlerin, die mit abwesendem Blick durch die Wohnung irrte, wenn sie nicht in ihrem Zimmer saß. Die Familie nahm Rücksicht auf sie, Radio und Fernseher waren leiser als üblich eingestellt, ihre Mutter brachte ihr hin und wieder ein belegtes Brot, das Silvia aß, ohne recht wahrzunehmen, was sie zu sich nahm. Kater Kasperl gefiel diese Zeit am besten, denn so lange Zeiten auf dem Schoß seines Frauchens hatte es noch nie gegeben. Schnurrend tat er seine Zufriedenheit kund. Er war ja kein Katzenbaby mehr, das immer spielen wollte, sondern ein Kater in den besten Jahren, der gerne die Zeit verdöste.

Silvias schriftliche Hausarbeit wurde angenommen, und auf ihr Drängen verriet ihr der Assistent des Professors die gute Beurteilung, noch bevor es die Zeugnisse gab. Jetzt musste sie nur noch die Prüfungen in den übrigen Fächern bestehen. Teilweise waren das schriftliche Prüfungen. Im größten Hörsaal der Uni nahmen die Kandidaten Platz, die in unterschiedlichen Fachrichtungen antraten. Vorher hatte man sich über die besten Methoden zu schummeln ausgetauscht. In erster Linie waren das kleine Zettelchen, die dem Gedächtnis nachhelfen sollten. Man musste sie nur gut verstecken und trotzdem griffbereit haben. Studenten, die seit der Matura keinen Anzug getragen hatten, waren bei der Prüfung überraschend förmlich angezogen. Ein Anzug bot viele Möglichkeiten, Schwindelzettel unterzubringen. Bei manchem Sakko, welches vielleicht mit den Jahren etwas eng geworden war, waren nicht nur die Taschen vollgestopft, sondern man sah sogar ein wenig die Sicherheitsnadeln, mit denen auf der Innenseite des Kleidungsstücks die Zettel befestigt waren, durch den Stoff blinken.

Bei den Mädchen war Dirndl das beliebteste Kleidungsstück. Unter der Schürze und im Mieder konnte man viel Wissen unterbringen. Auch Silvia kam in Tracht. Ihre Mutter hatte geholfen, eine große Tasche in den Kittel einzunähen, sodass man im faltenreichen Rock die gesammelten Werke nicht sehen konnte. Silvias Zettel waren schön geordnet, sodass sie bei Bedarf hervorgezogen werden und halb unter dem Löschblatt verborgen ihren Wissensschatz preisgeben konnten.

Die Assistenten, die zur Aufsicht im Hörsaal eingeteilt waren, wussten selbstverständlich über alle Methoden Bescheid und versteckten sich demonstrativ hinter großen Zeitungen, damit sie nicht Zeugen der Schwindeleien wurden. Wenn jemand gar nicht vorbereitet war, halfen wahrscheinlich die besten Schwindelzettel nichts. Silvia jedenfalls hatte bei der Erstellung ihrer Zettel sehr viel gelernt, denn sie stellten eine Kurzfassung des gesamten Lernstoffes dar, und damit hatte sie sich alles noch einmal eingeprägt.

Um es kurz zu machen, sie schaffte alle Prüfungen mit teils gutem, teils mittelmäßigem Erfolg. Sie schaffte auch die mündlichen Examina, und merkte, dass sie nun jemand war, als sie im Sekretariat der Uni etwas Bürokratisches erledigen musste. Sie wurde nun plötzlich sehr höflich und zuvorkommend mit ihrem zu verleihenden Titel angeredet, und nicht mehr ungehalten angeschnauzt, so wie sie es seit dem ersten Semester gewohnt war.

Die Sponsion mit der Verleihung der Magisterurkunde und dem feierlichen Eid war denn auch eine erhebende Feier.

Viel Zeit zum Ausspannen hatte Silvia allerdings nicht. Sie war im Jänner mit dem Studium fertig geworden und suchte sofort um eine Stelle für das Probejahr an. Damals war es noch möglich „schief" einzusteigen, also nicht mit dem Beginn des Schuljahres, sondern auch im Sommersemester. Sie wurde einem renommierten Gymnasium zugewiesen und bekam auch gleich ein paar Vertretungsstunden zum selbständigen Unterricht in Fach Deutsch.

Sie gedachte, das Probejahr zu absolvieren, damit ihr die Berechtigung zum Unterrichten nicht verloren ging, und dann die Schule zu verlassen und sich ein anderes Betätigungsfeld zu suchen.

Zu ihrer eigenen Überraschung gefiel ihr das Unterrichten. In ihrer Unerfahrenheit ließ sie zwar disziplinär Manches durchgehen, was sie später sofort unterbunden hätte, aber die Kinder waren zutraulich und zeigten ihre Zuneigung deutlich. Als Probelehrerin war ihr zwar schrecklich langweilig, da ihre einführenden Lehrer keine Ambitionen hatten, von ihr etwas anderes zu verlangen, als in der Klasse zu sitzen und den Unterricht zu beobachten, aber in ihren zwei eigenen Klassen kam sie gut voran, und auch der Direktor war mit ihrer Arbeit zufrieden. Die meisten Kollegen waren nett und unterstützen sie unaufdringlich, wo es nötig war. Die abschließende Beurteilung des Probejahres fiel gut aus, und so gab es für die nächsten Jahre keine Veranlassung mehr, den Arbeitsplatz zu verlassen. Sie fand auch unter den Kollegen eine Freundin, die schnell ihre Vertraute wurde. Sie hieß Irmgard und teilte mit ihr die Langeweile des Probelehrerdaseins, die Aufregungen der ersten selbständigen Unterrichtsstunden, und sie verbrachten die gemeinsame freie Zeit zwischen den Unterrichtsstunden im nahen Café. Sie trafen sich bald auch außerhalb des Unterrichts und erzählten sich gegenseitig die Gerüchte, die gerade im Lehrkörper kursierten, vor allem den Tratsch, der jeweils in der Abwesenheit einer der beiden über sie verbreitet wurde. Die Kollegen nahmen sich kein Blatt vor den Mund, denn sie ahnten von der engen Verbindung der beiden nichts. Vom Aussehen her konnten die beiden verschiedener nicht sein: Silvia trug ihre Naturverbundenheit zur Schau, ging in flachen Schuhen, manchmal sogar mit Minusabsätzen, die in der aufblühenden Alternativszene gerade modern waren, trug wallende Baumwollkleider, die in Indien gefertigt waren, und flocht ihre langen, leicht gewellten, blonden Haare manchmal zu einem Zopf. Irmgard dagegen sah aus, als wäre sie aus einem Modeheft geschnitten. Sie

war niemals ungeschminkt, trug Kontaktlinsen (die ihr manchmal trä-
nende Augen bescherten), war, seit sie den Kinderschuhen entwachsen
war, immer mit hohen Absätzen unterwegs gewesen, sodass sie in flachen Schuhen gar nicht mehr gehen konnte, und ihre fast bis zur Hüfte
reichenden, golden glänzenden, blonden Haare zogen vor allem die Aufmerksamkeit der Männer auf sich. Im Winter kam sie in einen herrlichen
Pelzmantel gehüllt ins Konferenzzimmer, was die Männerwelt fast völlig um den Verstand brachte. Sie hielt mit einer Hand neckisch den Kra-
gen gegen die Wange und sagte mit kokettem Augenaufschlag: „Er ist
so schön warm", was die Kollegen nicht daran hinderte, herbeizuspring-
en und ihr beim Ablegen behilflich zu sein. Alles in allem war Silvia
eine hausbackene graue Maus dagegen. Trotzdem verstanden sie sich
gut, und ihre Freundschaft hielt, auch als Silvia später andere Wege ging.

Die Freude am Unterrichten sollte sich leider nicht lange halten. Silvia
lernte zwar Disziplin zu halten, aber es ging ihr gegen ihre im Grunde
weiche Natur, Ruhe und Ordnung mit lauter Stimme und Strafandrohun-
gen herzustellen. Die Schüler blieben ihr zugetan, aber sie erkannten
bald, dass ihre junge Lehrerin nicht konsequent war, und so gab es oft
genug ein geräuschvolles Durcheinander. Das bedeutete für Silvia großen Stress, und sie begann sich vor allem vor einigen älteren Schülern
insgeheim zu fürchten. Aus den Gesprächen der anderen meinte sie ver-
steckte Hinweise herauszuhören, dass es den Kollegen oft genauso
erging. Offen sprach niemand darüber. Das war wohl Teil des Berufs.
Sie beschloss, nicht feige aus dieser Art Lebensschulung zu fliehen, sondern härter zu werden und sich „durchzusetzen", wie man im Lehrerjar-
gon sagte, aber es kostete sie viel Kraft und passte offensichtlich in keiner Weise zu ihrem Temperament.

***

Richard kam mit seinem Psychologiestudium nicht gut voran, vielleicht
auch deshalb nicht, weil er nicht wusste, was er mit einem Abschluss
überhaupt machen sollte. Er hatte, wie viele seiner Kollegen, das Fach
gewählt, weil ihn die Funktion und die Abgründe der menschlichen Seele
interessierten, aber er wollte ganz sicher kein Psychotherapeut werden.
In die Forschung zu gehen, war nicht einfach, denn es gab wenige Plätze

für Assistenten, und der Andrang war groß. Er hatte sich auch den Studienverlauf anders vorgestellt. Ein Großteil der Zeit verging mit langweiligem Auswerten von Studien und Statistiken. Dazu hatte er ganz einfach keine Lust. Er schnupperte in andere Studienrichtungen, besuchte verschiedene Vorlesungen und Konversatorien, aber es sagte ihm nichts wirklich zu.

Ein wenig scheel beobachtete er, wie Silvia sich veränderte, seit sie den Abschluss geschafft hatte, sich Magister nennen durfte und in den Arbeitsprozess eingegliedert war. Zumindest kam ihm so vor, dass sie nun anders war. Ohne dass er sich dessen bewusst wurde, reagierte er ihr gegenüber manchmal ungehalten. Silvia spürte, dass sich etwas zwischen ihnen veränderte. Wenn sie etwas sagte, antwortete er oft herablassend: „Das verstehst du nicht, dazu bist du zu dumm." Oder: „Das ist nichts für dich, das brauchst du nicht zu wissen."

Sie versuchte naiverweise, ihn davon zu überzeugen, dass sie nicht dumm war, und so steigerte sich der Konkurrenzkampf der beiden. Jeder versuchte den anderen mit seinem Wissen und seiner Intelligenz zu übertrumpfen. Andererseits hatten sie so Vieles gemeinsam, dass sie grundsätzlich nicht daran zweifelten, zusammenzugehören. Es verband sie in erster Linie das Bergsteigen, die Liebe zur Musik und Literatur, gemeinsame Vorlieben für bestimmte Speisen und alternative Lebensformen. Sie entdeckten die gerade aufkommende Biowelle für sich, aßen Müesli und kauften verschrumpelte Bioäpfel und Naturreis, der allerlei Getier enthielt, und übten sich im Brotbacken. Sie verachteten das „Establishment", auch wenn Silvia wohl mittlerweile ein Teil davon war, kleideten sich in indische Baumwolle, transportierten Einkäufe in Jutetaschen und lauschten politischen Liedern.

Ein Ereignis drängte alles Nachsinnen über die Veränderung ihrer Beziehung ohnehin in den Hintergrund. Der Sommer nahte, und die Wohnung für Moni und Robby war pünktlich bezugsfertig geworden. Sie hatten schon den Schlüssel bekommen und begannen einige ihrer Besitztümer zu deponieren. Moni war richtig feierlich zumute: bald würden sie in dieser Wohnung ein Ehepaar sein. Sie fixierten ihren Hochzeitstermin für den 14. Juni. Es sollte keine große Hochzeit werden, sondern nur die engsten Familienmitglieder wurden eingeladen. Ursprünglich wollte Moni nicht einmal die Partner ihrer Geschwister einladen, entschied sich dann aber doch dafür. Da keine große Feier geplant war, wollte sie auch ihren Freundeskreis nicht informieren, aber beim Training in ihrem Volleyball-Verein rutschte es ihr doch heraus. Hernach hätte sie sich am liebsten die Zunge abgebissen, denn es war vor allem Susannes Reaktion, die sie ordentlich irritierte. Susanne, die die Kameradschaft im Verein nun doch vermisst hatte, kam seit einiger unregelmäßig wieder zum Training. Nun rief sie erfreut: „Was, ihr heiratet? Das ist ja toll. Ich mag Bräute! Hast du schon Trauzeugen? Ich würde nämlich so gern deine Trauzeugin sein!"

Moni war verwirrt, denn daran hatte sie noch gar nicht gedacht. Und Susanne als Trauzeugin war ein Unding, denn dann würde sie mit Christian zusammentreffen. Wusste denn Susanne nicht, dass Christian mit Trixi zusammen war? Wie würde ein Aufeinandertreffen der beiden ausfallen? Das konnte nur sehr unangenehm werden. Moni fing sich schnell: „Tut mir leid, aber wir haben schon Trauzeugen. Eine ehemaligen Schulkameradin und ein Cousin von Robby."

Das war zwar gelogen, aber ihr kam gerade in den Sinn, dass das eine gute Lösung wäre, und ihr fiel auch gleich ihre ehemalige Sitznachbarin Jutta aus der Abschlussklasse ein. Sie würde sie gleich am nächsten Tag fragen.

„Aber wir vom Volleyballteam werden doch eingeladen, oder?"

„Wir wollen nur eine Hochzeit im engsten Familienkreis. Darum werden nur unsere Eltern, Großeltern und Geschwister dabei sein."

Dass Trixi und Richard dabei sein würden, verschwieg sie wohlweislich.

Susanne zog ein langes Gesicht. So eine Hochzeit musste langweilig sein, außerdem fand sie es unsozial den Freunden und Weggefährten gegenüber, wenn diese bei so einem einschneidenden Ereignis nicht dabei sein konnten. Sie gestand es sich nicht ein, aber sie hätte schon auch gerne Christian wieder gesehen und sich ein Bild von seiner neuen Liebe machen wollen.

Moni sprach mit Robert über das Thema Trauzeugen. Er hatte tatsächlich an seinen Lieblingscousin gedacht, und Monis Freundin Jutta sagte ebenfalls mit Freuden zu. So gesehen, hatte Moni gar nicht die Unwahrheit gesagt.

Dann gingen sie daran, die Details zu planen. Zwar war es keine große Hochzeit, aber romantisch sollte sie sein. Moni rückte mit ihrem

Herzenswunsch heraus: sie wollte unbedingt in einer weißen Hochzeitskutsche in die Kirche fahren. Robby war darüber nicht sehr erbaut, aber er gestand es ihr zu. Sie sollte allerdings ihren Vater fragen, ob er das finanzieren würde. Schon wieder denkt er in erster Linie ans Geld, dachte Moni etwas enttäuscht. Aber sie wartete auf gute Laune ihres Vaters und setzte ihren Wunsch durch.

Das nächste war das Brautkleid: von der Stange kaufen oder Schneiderin? Sie entschied sich dafür, das Kleid nach ihrem eigenen Entwurf von einer Schneiderin nähen zu lassen. Es war ein schlichtes Kleid, das ihre schlanke Figur gut zur Geltung bringen würde. Die Schneiderin setzte den Entwurf auch sehr geschickt um.

Als Moni sich zum ersten Mal damit im Spiegel betrachtete, bereute sie fast, dass ihre Freunde nicht dabei sein würden und sie so sehen konnten.

Aber es kam anders als geplant. Susanne, die leise grollte, dass sie nicht Trauzeugin war, hatte über die Pfarrsekretärin den Hochzeitstermin in der Kirche ausgeforscht.

Als nun die Braut in der Hochzeitskutsche vor der Kirche vorfuhr, standen ihre Freunde vom Volleyballverein Spalier und winkten und riefen. Moni wusste nicht, was sie denken sollte: einerseits freute sie sich, dass ihre Freunde doch gekommen waren, andererseits konnte sie sie doch nicht einfach nach der Trauung fortschicken. Aber das Hochzeitsmahl im Gasthof „Zu den drei Hasen" war nur für die geladenen Gäste bestellt. Jetzt war aber keine Zeit darüber nachzudenken, denn der feierliche Moment stand im Vordergrund. Als sie sich hilfesuchend hin und her wandte, fiel ihr Blick auf ihren Vater. Der nickte ihr beruhigend zu und machte eine Handbewegung über die Schar ihrer Freunde hin. Sie meinte zu verstehen, dass er eine Idee hatte, wie die peinliche Situation geregelt werden konnte.

Tatsächlich verständigte sich ihr Vater, bevor er der Braut aus der Kutsche half und sie in die Kirche geleitete, schnell mit Herrn Schinagl, dass sie die Überraschungsgäste einfach zu einem kleinen Imbiss in das nächstgelegene Gasthaus einladen würden. Nach angemessener Zeit würde die Familie dann zum bestellten Essen fahren.

Und so geschah es dann auch.

Das Brautpaar sprach das Ja-Wort, und sie verließen die Kirche. Am Tor verkündete dann Herr Weingartner, dass man in das Wirtshaus gegenüber der Kirche zu einem Imbiss lade.

Susanne freute sich diebisch, dass ihr Coup gelungen war. Sie drängte sich im Gasthaus an Moni heran und überschüttete sie mit Komplimenten. Dabei schielte sie zu Trixi hin, die sich etwas verstört an Christian klammerte. Christian war unbehaglich zumute. Er konnte Hochzeiten ohnehin wenig abgewinnen und hatte sich bemüht, seiner kleinen Schwester zuliebe ein halbwegs fröhliches Gesicht zu machen. Aber nun, da er Susanne sah, schaffte er das nicht. Er versuchte, Trixi aus dem Blick Susannes wegzuziehen. Wenn man nur schon ginge! Er bot an, einen Teil der Familie schon zu den „Drei Hasen" zu chauffieren und belud das Auto mit seiner Schwester, Richard und seiner Mutter. Trixi atmete auf.

Es dauerte nicht lange, bis die anderen nachkamen und die ungeladenen Gäste alleine weiter feiern ließen.

Das Essen bei den „Drei Hasen" war exklusiv, und die Feier wurde einzig dadurch getrübt, dass sich Frau Weingartner plötzlich sehr unwohl fühlte. Sie war ganz blass und klagte über Bauch- und Rückenschmerzen. Zum Glück vergingen die bald wieder, und die kleine Schar konnte über Herrn Weingartners Tischrede lachen. Auch Herr Schinagl ergriff das Wort: er konnte seine Rührung kaum verbergen, als er Moni als Tochter willkommen hieß und seinen Sohn ermahnte, ein guter Ehemann zu sein. Robby versprach es ernsthaft und sah seiner Moni verliebt in die Augen. Beide sehnten sich danach, endlich als Ehepaar in ihrer neuen Wohnung zu sein. Sie verabschiedeten sich auch bald, denn sie wollten schon am nächsten Tag zu ihrer Hochzeitsreise aufbrechen. Sie hatten eine Mittelmeerkreuzfahrt gebucht. Die Einrichtung der neuen Wohnung konnte warten.

Auch die anderen blieben nach dem Abgang des Brautpaares nicht allzu lange, denn Frau Weingartner wurde wieder sichtbar bleich. Sie klagte zwar nicht, aber sie fühlte sich eindeutig unwohl, also fuhren alle nach Hause. Die Schinagls waren ebenfalls froh, dass es noch nicht zu spät war, denn sie wollten wieder zurück nach Linz.

Richard begleitete Silvia nach Hause. Er wäre gerne bei ihr geblieben, aber sie machte sich Sorgen um ihre Mutter. Auf ihren Vater war kein Verlass, denn der hatte wieder einmal zu viel getrunken und wäre keine Hilfe gewesen, falls es seiner Frau schlechter ginge.

„Mama, was ist mit dir?" fragte Silvia, als sie ihre Mutter noch in Festkleidung still und zusammengesunken in der Küche sitzen sah.

„Ich weiß nicht, ich glaube ich habe mir den Magen verdorben. Da sind so unangenehme Schmerzen in der Magengegend."

„Soll ich dir einen Tee kochen?"

„Wenn du meinst", erwiderte Frau Weingartner apathisch. „Ich glaube, ich gehe besser ins Bett."

„Ich bringe dir gleich den Tee."

Mechthild war froh, dass ihr Mann schon schlief, als sie erschöpft und mit Schmerzen unter die Bettdecke kroch. Nach ein paar Minuten kam Silvia mit dem Tee. Ihre Mutter war immer noch bleich, lächelte aber und versicherte, es ginge ihr schon besser.

Nach ein paar Minuten kam Silvia nachschauen. Ihre Mutter schlief, oder tat zumindest so. Silvia konnte es nicht ausmachen, was zutraf. Sie nahm leise die leere Tasse, drehte das Licht ab und schlich hinaus. Bevor sie selbst zu Bett ging, horchte sie noch einmal an der Tür, aber sie hörte nichts Beunruhigendes.

Am nächsten Tag schaute Mechthild etwas besser aus. Silvia machte sich dennoch Sorgen.

„Wie geht es dir heute?"

„Besser. Der Tee hat sicher geholfen."

„Wirst du ins Büro gehen?"

„Ja, ich bin ja in den letzten Tagen wegen Monis Hochzeit früher vom Büro nach Hause gegangen. Da ist ziemlich viel Arbeit liegen geblieben. Da kann ich jetzt nicht daheim bleiben."

„Wenn du meinst … Aber ich glaube fast, es wäre besser, wenn du dich erholst. Dann bist du frisch und kannst besser arbeiten. Das holst du schon alles auf. Meinst du nicht auch?"

„Mach dir keine Sorgen. Es geht mir wirklich viel besser."

Silvia zuckte mit den Achseln und machte sich fertig. Ein langer Schultag wartete auf sie.

Nach der sechsten Unterrichtsstunde beeilte sie sich fortzukommen, weil sie bei Richards Mutter zum Essen eingeladen war. Sie wurde wie immer herzlich empfangen. Nach dem Essen verzogen sich Richard und Silvia in sein Zimmer. Richard holte Tee, legte eine Schallplatte auf und streckte sich auf seinem Bett aus. Er schwieg. Silvia begann von ein paar Ereignissen des Schulalltags zu plaudern, aber sie merkte, dass er ihr nicht wirklich zuhörte. Er forderte sie auch nicht auf, sich neben ihn auf das Bett zu legen. Er war mit den Gedanken weit weg. Sie wechselte das Thema: „Hast du schon was für das Wochenende geplant?"

„Was? Nein, lass du dir was einfallen."

„Wir könnten am Samstagnachmittag auf die Almhütte aufsteigen, und dann von dort aus am Sonntag auf den Bleikogel gehen."

„Können wir nicht schon am Freitag wegfahren?"

Das war eine überflüssige Frage, denn Richard wusste genau, dass Silvia am Samstag noch Unterricht hatte. Warum tat er das? Silvia wurde ärgerlich, erst seine trotzige Schweigsamkeit und jetzt diese Provokation!

„Ich kann doch erst am Samstag ab etwa vier Uhr Nachmittag weg, und das auch nur, wenn ich es schaffe, die Vorbereitung für Montag am Freitag zu erledigen."

„Immer schiebst du die Schule vor, wenn wir was unternehmen wollen. Kannst du nicht einfach wegbleiben?"

„Das geht doch nicht! Du weißt, Dienst ist Dienst, Urlaub nehmen wie in einer Firma kann man doch nicht. Dafür habe ich die langen Ferien."

Ihr Ton ähnelte dem, den sie anschlug, wenn sie langsamen Zehnjährigen Grammatikregeln erklärte.

„So ein blöder Beruf! Hättest du etwas anderes studiert, dann könntest du dir die Zeit besser einteilen. Aber dazu bist du offensichtlich zu dumm. Du hast nur daran gedacht, einen sicheren Job zu haben. Schau mich an, ich kann mir die Zeit einteilen, wie ich es möchte!"

Silvias Zorn wuchs. Schon wieder hatte er sie für dumm erklärt. Dabei war seine letzte Bemerkung wirklich kein Beweis für seine überragende Intelligenz, denn schließlich ließ er sich von seinen Eltern aushalten. Letztere bewiesen übermäßig viel Geduld mit ihrem Erstgeborenen. Silvia atmete tief durch, um eine heftige Entgegnung zu verhindern. Es durchzuckte sie, dass Richard mit seiner zweiten Bemerkung eventuell gar nicht unrecht hatte. Aber darüber nachzudenken verschob sie auf später. Sie sagte nur: „Wenn du so über mich denkst, dann kannst du am Sonntag alleine ausgehen!"

Sie stürmte grußlos aus dem Zimmer. Richards Mutter schaute sie verwundert an: „Ist irgendetwas mit euch?"

„Ach nichts. Kleine Meinungsverschiedenheit. Wir konnten uns nicht entscheiden, was wir am Wochenende tun wollen."

„Deswegen machst du so ein Gesicht?"

„Richard ärgert sich, weil ich am Samstag nicht so viel Zeit habe wie er."

Den schlimmeren Grund für ihre verzogenen Mundwinkel nannte sie lieber nicht. Richards Mutter schaute ihr besorgt nach, aber sie beschloss sich nicht einzumischen. Sie mochte Silvia sehr, aber wenn die beiden eine Auseinandersetzung hatten, mussten sie das Problem selber lösen. Dumpf ahnte sie, dass die Verstimmung des Paares damit zu tun haben musste, dass Silvia sich seit ihrem Dienstantritt zwangsläufig verändert hatte, Richard aber immer noch ein Student war, der seine Studien eher lässig anging. Vielleicht sollte sie mit ihrem Mann reden, ob man nicht ihrem Sohn damit drohen sollte, den Geldhahn zuzudrehen, wenn es nicht bald Anzeichen gab, dass es mit seinem Studium voranging.

Zu Hause fand Silvia ihren Bruder mürrisch in der Küche sitzend vor. „Was ist dir denn für eine Laus über die Leber gelaufen?" fragte sie.

„Trixi ist auf einmal so anders."

„Wie anders?"

„Sie redet nicht mit mir. Ich weiß nicht, was los ist."

„Hast du sie gefragt?"

Er brauste sofort auf: „Natürlich habe ich sie gefragt! Ich habe gefragt, warum sie so ein fades Gesicht zieht und mit mir nicht mehr reden will, und auch anderes nicht will, aber sie hat nur gesagt: lass mich in Ruhe."

„Soll ich mit ihr reden?"

„Ja, vielleicht."

„Weißt du, ob sie heute kommt?"

„Normalerweise kommt sie am Dienstag, weil ich da nicht beim RK eingeteilt bin."

„Na gut, ich werde mit ihr reden."

Das lenkte Silvia von ihren eigenen Problemen ab. Als Trixi kam, ging sie ihr entgegen und bat sie, in ihr Zimmer zu kommen. Trixi war überrascht und misstrauisch. Silvia bot ihr erst einmal etwas zu trinken an. Kater Kasperl umschmeichelte Trixi, und die Beschäftigung mit dem Tier entspannte sie ein wenig.

„Wie geht's dir?" fragte Silvia einleitend.

„Gut, danke."

Das war wenig erhellend, denn es war Trixi anzusehen, dass es ihr eben nicht gut ging. Silvia dachte angestrengt nach, wie sie das Gespräch auf den Punkt bringen könnte, ohne Trixi zu verschrecken.

„Wie hat dir Monis Hochzeit gefallen?" fiel es ihr ein zu fragen, und traf damit ins Schwarze. Trixi fing zu weinen an: „Wie konnte Moni auf die Idee kommen, Susanne einzuladen? Jetzt ist Christian wieder ganz auf sie fixiert!"

„Moni hat Susanne nicht eingeladen. Die hat sich aufgedrängt."

Trixi schaute Silvia aus großen Augen an: „Bist du sicher? Dann wäre Susanne ja eine ganz gemeine Person."

„So weit will ich nicht gehen, aber ich weiß sicher, dass Moni nur Familienmitglieder eingeladen hat. Ausnahmen waren nur Richard und du. Alle anderen sind gekommen, weil Susanne das organisiert hat. Das war eh peinlich genug. Hast du nicht gemerkt, dass sie nicht zu den ‚Drei Hasen' mitgekommen sind?"

„Doch. Aber da habe ich immer noch angenommen, dass sie halt in den „Kirchenwirt" eingeladen waren. Schließlich waren wir ja auch dort."

„Stimmt schon, aber das war improvisiert. Bist du jetzt beruhigt?"

„Da ist noch etwas", begann Trixi zögernd. „Ich kann die Pille nicht mehr nehmen, mir wird immer gleich schlecht."

„Dann versucht es doch mit einer anderen Verhütungsmethode."

„Ich getraue mich nicht, es Christian zu sagen. Er wird immer gleich so bös."

„Aber ihr müsst über so etwas schon reden. Es stimmt schon, dass er möglicherweise etwas heftig reagiert, aber man kann doch mit ihm reden. Geh gleich rauf, er wartet sowieso schon auf dich."

„Na gut. Danke."

Trixi brach auf und Silvia seufzte. Sie wünschte ihrem Bruder, dass die Beziehung mit Trixi klappte. Ihr fiel der Streit mit Richard wieder ein. In diesem Augenblick läutete das Telefon. Richard war am Apparat. Er sprach, wie wenn nichts gewesen wäre. Silvia fand, das war wieder einmal typisch, aber sie konnte ihm nicht böse sein, denn die Tatsache, dass er überhaupt anrief, deutete sie schon als eine Art Entschuldigung. Er fragte nur kurz: „Ich glaube, wir sollten am Samstag doch auf die Hütte aufsteigen. Kriegst du das Auto? Kannst du mich um vier abholen?"

Silvia war sich ziemlich sicher, dass es ihrem Vater angenehm sein würde, wenn sie ihn um das Auto bat, denn dann brauchte er sich keine Zurückhaltung bei alkoholischen Getränken auferlegen, da er ja seiner Tochter das Auto überlassen „musste".

Sollte sie das Thema von vorhin noch einmal anschneiden oder schmollen? Sie entschied sich für eine dritte Möglichkeit, nämlich den Streit nicht mehr zu erwähnen und Richard zuzusagen.

„Vielleicht kommen noch Anni und Karli mit. Zu viert hätten wir mehr Hüttengaudi. Ich ruf sie nachher an."

Damit verhinderte sie immerhin die Zweisamkeit, nach der ihr nun wirklich nicht zumute war. Richard merkte sehr wohl, worauf sie hinauswollte, schluckte aber diese Pille. „Ich erwarte dich um vier. Mach dir mit den anderen was aus. Mir soll es recht sein."

Das tat sie denn auch. Für Anni und Karli kam der Vorschlag zum Aufstieg auf die Hütte überraschend, sie konnten sich nicht dazu entschließen. Silvia fiel auf die Schnelle niemand ein, den sie noch fragen konnte. Also fuhren sie zu zweit los. Es wurde ein wunderbares Wochenende, und Silvia fragte sich wieder einmal, warum es mit ihr und Richard immer so kompliziert sein musste. Konnte man nicht ohne Gefühlsaufwallung die Freizeit planen? Mussten sie wegen einer Lappalie streiten? Es kostete so viel Kraft, diese Auseinandersetzungen halbwegs anständig auszuhalten. Jedes Mal, wenn Unmut wegen Missverständnissen – absichtlich oder auch nicht – auftauchte, zweifelte sie daran, ob das, was sie aneinander band, wirklich Liebe war. Oder dachte sie zu viel nach? Richard behauptete es. Dann gab es doch wieder so harmonische Zeiten wie dieses Wochenende. Wenn sie auch manchmal daran dachte, ob es nicht besser wäre, die Beziehung zu beenden, bevor es zu schmerzhaft war, dann hielt sie so ein Erlebnis davon ab, denn sie konnte sich ein Leben ohne das scherzhafte, geistreiche Hickhack mit Richard nicht vorstellen und natürlich würde sie auch seine körperliche Nähe und seine unzweifelhaften Vorzüge als Mann vermissen.

Sie fühlte sich innerlich zerrissen, und es fehlte nicht viel, und sie wäre wieder in eine depressive Stimmung geglitten. Aber Vorbereitungen für die Schule warteten, und sie zwang sich zur Konzentration darauf. So kurz vor der Jahresschlusskonferenz war eine Menge zu tun. Die Grübelei trat in den Hintergrund. Erst als sie sich zur Ruhe legte, tauchten diese unangenehmen Gedanken wieder auf und raubten ihr einen Teil des Nachtschlafs.

Auch ihr Bruder hatte Grund zum Nachdenken. Zwar glaubte er seiner Schwester, dass Moni Susanne nicht eingeladen hatte. Es hatte ihm einen Stich gegeben, Susanne wieder zu sehen. Dass sie sich aber ungeladen aufgedrängt hatte, zeigte sie von einer Seite, die er nicht gekannt hatte. Es wurmte ihn, dass er sich möglicherweise stark in ihr getäuscht hatte. Er hatte dieses neue Bild von seiner ehemaligen großen Liebe noch nicht verdaut, da war Trixi gekommen mit der Bitte, dass sie eine andere Verhütungsmethode anwenden sollten. Das war ihm sehr unangenehm gewesen. „Warum willst du denn die Pille nicht mehr nehmen? Das ist doch so praktisch", raunzte er.

„Weil ich sie nicht vertrage."

„Was heißt das, nicht vertragen?"

„Mir wird schlecht. Ich muss mich übergeben, wenn ich sie schlucke. Und dann nützt sie auch nichts mehr, wenn ich sie nicht mehr in mir behalten kann."

„Auch wieder wahr. Dann nimm sie halt nicht mehr." Er sagte das, ohne sich über die Konsequenzen klar zu sein.

„Du bist nicht böse? Ich brauche sie nicht mehr zu nehmen?"

„Sag ich doch. Nimm sie nicht mehr, wenn dir davon schlecht wird."

„Du bist ein Schatz. Ich mag dich wirklich."

Er horchte auf. Dass sie ihn mochte, hatte sie noch nie gesagt. Sie war zwar immer lieb und anschmiegsam gewesen, aber eine Liebeserklärung war etwas Neues. Das war doch eine gewesen, oder etwa nicht?

„Ich mag dich auch. Komm her zu mir!"

Nun war es an Trixi zu staunen, denn auch Christian hatte sich noch nie in die Nähe einer Liebeserklärung gewagt. Und das war nun näher an einer solchen, als sie je zu hoffen gewagt hatte. Und die Pille brauchte sie auch nicht mehr zu nehmen. Selig kuschelte sie sich in seine Arme.

An diesem Abend erlebte sie zum ersten Mal das Zusammensein mit ihm als erfüllend. Auch für ihn war es das Schönste, was er seit langem erlebt hatte. Wenn das die Folge des Weglassens der Pille war, dann konnte man schon ein Risiko eingehen. Dass die Risikofreude lebenslange Konsequenzen haben könnte, war beiden in diesem Augenblick nicht klar, oder vielleicht auch völlig egal.

Und es hatte Folgen. Zwei Monate später bemerkte Trixi, dass die Regel ausblieb. Ein paar Wochen beruhigte sie sich damit, dass sich die Periode erst wieder einpendeln musste, da sie ja kein Hormonpräparat mehr nahm. Als sie aber die morgendliche Übelkeit nicht mehr ignorieren konnte, ging sie doch zum Gynäkologen. Diagnose: im zweiten Monat schwanger. Sollte sie sich darüber freuen oder verzagen? Wie sollte sie es Christian sagen?

Sie suchte Rat bei ihrer Mutter. Die kam sofort in Rage: „Sag bloß, du bist genau so blöd, wie ich es damals war! Jetzt muss er dich heiraten."

Als sie Tränen in den Augen ihrer Tochter sah, wurde sie etwas sanfter. „Hat denn die Pille versagt?"

„Nein, ich habe sie nicht mehr genommen, weil mir immer so schlecht geworden ist. Christian hat es eh gewusst."

„Habt ihr denn kein Kondom genommen?"

„Wir haben nicht daran gedacht. Ich habe in dem Moment geglaubt, dass es Christian egal ist, wenn ich ein Baby bekomme. Es hat so ausgesehen, dass er sich sogar darüber freuen würde."

Hilflos zuckte Trixi mit den Achseln und brach erneut in Tränen aus.

„Du bist ganz schön naiv. Und was willst du tun, wenn du dich getäuscht hast, und Christian will das Kind nicht?"

„Ich weiß es nicht. Mama, kannst du mir nicht helfen?"

„Was glaubst du denn, was ich tun kann? Denkst du etwa daran, das Baby nicht zu bekommen? Ich wüsste da schon eine Adresse. Da müsstest du aber in ein anderes Bundesland fahren."

„Wie? Du meinst, ich sollte das Baby wegmachen? Das möchte ich nicht. Lieber ziehe ich es alleine groß. Vielleicht will Christian es ja haben. Vielleicht heiraten wir auch."

„Ein bisschen viel ‚vielleicht'. Glaub ja nicht, dass ich das Kind aufziehe. Das musst du schon selber machen."

Wieder schwächte sie ihre Aussage angesichts des unglücklichen Gesichts ihre Tochter ab: „Ab und zu Babysitten kann ich schon machen. Natürlich helfe ich dir auch nach der Geburt. Jetzt komm, wisch dir die Tränen ab, ich kann so etwas nicht sehen. Ich koche uns einen Tee."

Trixi war etwas beruhigt. Nur, wenn sie daran dachte, wie Christian möglicherweise reagieren würde, krampfte sich in ihr wieder alles zusammen. Sie beschloss, es ihm so bald wie möglich zu sagen, denn es war ihr beinahe lieber, sich auf ein Dasein als alleinerziehende Mutter einzustellen, als die quälende Ungewissheit.

Der nächste Tag, von dem sie wusste, dass Christian am Abend zu Hause war, nahm sie sich einen Anlauf und sagte ohne Vorwarnung: „Wir bekommen ein Kind."

Christian hatte akustisch verstanden, aber der Sinn der Worte brauchte eine Weile, bis er in seinen Verstand sickerte. „Du bekommst ein Kind?"

„Ich habe gesagt, wir bekommen ein Kind. Du und ich, nicht nur ich."

„Aha. Wann?"

Der Zeitpunkt war ja wohl nicht das wichtigste an der Angelegenheit, aber etwas anderes fiel ihm nicht ein.

„Ich bin im zweiten Monat."

„Aha."

„Was sagst du dazu?"

„Jaaaa, schön."

Sie wartete darauf, dass er mehr als das sagte. Sie schaute zum Fenster. Es war schon dunkel. Sie sah Sterne funkeln und etwas Blinkendes, das sich bewegte. Ein Flugzeug fuhr durch ein Sternbild, durch den Großen Bären. Das war das einzige Sternbild des Sommerhimmels, das sie identifizieren konnte. Sie setzte neu an: „Freust du dich darüber?"

Diese Frage half seinem Begreifen. Ein Kind. Sein Kind. Vorsichtig fasste er sie an der Hand, als wäre sie nun besonders zerbrechlich. Als sie näher rückte, zog er sie an sich und barg seinen Kopf an ihrer Brust. „Kann man schon etwas fühlen?"

„Das ist doch noch zu früh, du Dummkopf. Das solltest du doch wissen, du bist ja bei der Rettung."

Er hatte zwar ihre Frage nicht beantwortet, aber seiner Reaktion entnahm sie, dass nun alles gut war. Er akzeptierte offensichtlich seine künftige Vaterrolle. Trixi war erleichtert. Sie blieb in dieser Nacht bei ihm. In der Früh gingen sie gemeinsam hinunter in die Küche zum Frühstück.

Frau Weingartner sah sie forschend an – zum Frühstück war Trixi noch nie da gewesen. Und was dann kam, machte sie erst recht stutzig: Trixi lief hinaus ins Bad.

Als sie wieder kam, sagte sie trotzig: „Und jetzt esse ich erst recht."

Da wusste Frau Weingartner, was es geschlagen hatte. Eher hatte sie erwartet, zuerst von Moni zur Großmutter gemacht zu werden – das hier war komplizierter. Sie wollte nicht fragen sondern wartete ab, dass die beiden redeten. Den Gefallen taten sie ihr nicht.

Trixi und Christian redeten auch selber nicht mehr darüber. Trixi wartete darauf, dass Christian etwas sagen würde. Natürlich hoffte sie, dass die Schwangerschaft nun der Anlass war, dass sie heiraten würden. Sie war sich sicher, dass sie Christian genug gern hatte, dass sie es mit ihm ein Leben lang aushalten würde. Und was ihn betraf, so ging es ihm doch gut mit ihr. Sie schloss es daraus, dass sie miteinander Spaß hatten und kaum je stritten. Sie fand, dass sie gut zusammen passten. Ein unangenehmer Gedanke stieg in ihr auf: konnte es sein, dass er Susanne noch immer nicht vergessen hatte und womöglich immer noch darauf wartete, dass sie zu ihm zurück kam? Aber wie sollte sie das herausfinden? Sie konnte ihn doch nicht einfach fragen: Hast du Susanne lieber als mich? Heiratest du mich deswegen nicht, weil du hoffst, dass du sie doch noch kriegst? Nein, so konnte sie mit ihm nicht sprechen. Also wartete sie weiter.

Dabei ging es ihr nicht gut. Statt dass sie zunahm, nahm sie ab. Sie wurde trotz der Schwangerschaft so dünn wie sie gewesen war, als sie Christian kennen lernte. Das fiel sogar Christian auf. Er meinte, dass sie sich vielleicht getäuscht hatte und gar nicht schwanger war. War das womöglich ein Trick gewesen? Verschiedene Ereignisse fielen ihm wieder ein: die Anwesenheit Susannes bei Monis Hochzeit. Silvia hatte ja behauptet, dass Susanne sich aufgedrängt hatte. Hatte sie gelogen? Wollte sie Susanne schlecht machen, damit er sie nicht mehr liebte? Das traute er ihr ohne weiteres zu. Es konnte doch nicht sein, dass Moni ihre Bekannten nicht eingeladen hatte, sondern nur mit der engsten Familie feiern wollte. So eine Hochzeit hatte er noch nie erlebt. Dass ein Teil der Gäste in einem anderen Gasthaus feierte, getrennt von der engsten Familie, war ja nicht unüblich, also musste das so geplant gewesen sein. Je länger er nachdachte, umso mehr war er davon überzeugt, dass man ihn betrogen hatte. Das kühlte seine Beziehung zu Trixi merklich ab, und Trixi spürte, dass sich etwas verändert hatte. Die ungewisse Zukunft und Christians Distanz ließen sie fast verzweifeln. Mit der Zeit wuchs ihr Bäuchlein, und der Arzt mahnte sie, doch ordentlich zu essen. Sie versuchte es, aber sie meinte Pappe zu kauen, und auch das morgendliche Erbrechen blieb.

Erst nach Monaten waren das kleine Bäuchlein und die wachsenden Brüste für Christian unübersehbar. Also die Schwangerschaft war echt. Er wurde wieder freundlicher zu Trixi, aber von Heirat war noch immer nicht die Rede.

Silvia nahm Anteil an Trixis Schwangerschaft. Sie versuchte Trixi zum Essen zu bewegen, fragte sie nach ihren Lieblingsspeisen und kochte für sie auf, so gut sie es konnte. Dabei verfiel sie wieder in eine melancholische Stimmung. Sie sah zwar, dass es bei Trixi und Christian nicht stimmte, aber dass ein Baby unterwegs war, löste in ihr Neid aus. Ganz egal, ob sie sich mit Richard gut verstand oder nicht, für sie war es plötzlich klar, dass auch sie unbedingt ein Kind haben wollte. Warum musste es immer die falschen erwischen? Moni war nun schon lange mit Robert zusammen und schon eine Weile verheiratet, aber Schwangerschaft zeigte sich keine. Und Richards anfängliche Leidenschaft für Nachwuchs war eine Eintagsfliege gewesen. Seit langem achteten beide peinlich darauf, ordentlich zu verhüten.

Silvia dachte zurück an die Zeit, als sie als Mädchen heranreifte, das heißt, dass ihre Sehnsucht nicht mehr danach ging, ein Bub zu sein, auf Bäume zu klettern und Robin Hood oder Karl May nachzueifern. Sie hatte von einem Mann geträumt, der sie auf sein Pferd setzte und aus dem Elend wegholte. Aus welchem Elend eigentlich? Sie konnte es nicht definieren, aber so klangen die Lieder, die sie in ihrem Inneren gesungen hatte. Sie hatte sich vorgestellt, wie sie ihrem Märchenprinz hingebungsvoll die beste Frau sein wollte, alles daran setzte, dass er glücklich war und sie dafür liebte. Was war daraus geworden? Eine Freundschaft mit einem jungen Mann, der sich Student nannte, aber kaum je in Hörsälen auftauchte, mit dem sie viel gemeinsam hatte und über alles reden konnte, nur nicht über eine gemeinsame Zukunft. Letzteres war nur in der ersten Phase der Verliebtheit möglich gewesen. Aber hatte sie es sich nicht selbst verdorben, indem sie ja gar nicht heiraten wollte? Aber die Sehnsucht nach einem Kind war so stark, dass sie spürte, wie ihr ganzer Körper vibrierte, wenn sie daran dachte oder Trixi ansah. Dann war auch das Verlangen nach Richard so stark, dass sie so schwach wurde, dass sie buchstäblich in die Knie ging. Das war jedoch nur der Fall, wenn sie alleine war. Kaum war sie in seiner Nähe, hätte sie dieses Sehnsuchtsgefühl gerne gehabt, aber es wollte sich nicht einstellen. Seine reale Gegenwart löschte es aus.

Es kamen wieder die Zeiten, wo sie sich in ihr Zimmer einschloss, weil ihr das Leben so sinnlos erschien, dass sie von Verzweiflung übermannt wurde. Sie wollte nicht, dass man sie so sah, denn wenn sie jemand ansprach, spürte sie einen harten Druck in den Augäpfeln und sie wusste, dass sie gleich weinen musste. Also klebte sie ein Schild „Bitte nicht stören!" an die Zimmertür und schloss auch sicherheitshalber von innen ab. Das gefiel aber Kasperl gar nicht. Er konnte geschlossene Türen nicht ausstehen und kratzte so lange an der Tür, bis sie ihn hereinließ. Er lief einen Kontrollgang durch ihr Zimmer und ließ sich dann vor ihr nieder und schaute sie an. Das hieß: ich will auf deinen Schoß. Sie hob ihn hoch und streichelte ihn. Sein Schnurren beruhigte auch sie ein wenig. Dann grübelte sie wieder. Was war es denn, das sie so unglücklich sein ließ? Beruflich hatte sie nicht zu klagen, sie hatte einen Freund, mit dem sie sich sehen lassen konnte und mit dem sie sich gut vertrug. Was wollte sie mehr? Ihr ging es ja nicht einmal so schlecht wie Trixi, die schwanger war und nicht wusste, was mit ihr und ihrem Kind werden sollte. Denn dass ihr Bruder keine Anstalten machte, die Konsequenzen aus diesen Umständen zu ziehen, war ihr schon klar geworden. Arme Trixi. Aber sie hatte von vornherein wissen müssen, dass Christian von Susanne nicht loskam und sie, Trixi, nur ein Notnagel war und nicht die große Liebe.

Ach, was gingen sie Trixi und Christian an! Ihr selbst ging es schlecht und sie wusste nicht warum. War sie vielleicht krank? Richard hatte so etwas angedeutet und ihr Bücher gegeben, Fachbücher über Psychologie und Psychopathologie. Damit wollte er ihr wohl einen Hinweis geben, dass sie Depressionen hatte und Behandlung brauchte. Der Gedanke erschreckte sie. Ihr klang ein Ausspruch ihrer Mutter in den Ohren, als sie vor Jahren einmal die Sinnlosigkeit ihres Daseins beklagte: „Reiß dich zusammen! Wenn du so weiter lamentierst, gehe ich mit dir zum Psychiater."

Seither war für sie Psychiater das Feindbild schlechthin. Hilfe versprach sie sich nicht davon. Sie war doch nicht krank! Sie fand nur einfach das Leben, das sie führte, schwer erträglich. Unterrichten war nie ihr Berufsziel gewesen. Zwar kam sie mit ihrer Tätigkeit halbwegs über die Runden, wurde auch von den Kollegen und Schülern respektiert, aber in ihr war eine Sehnsucht nach etwas anderem, das sie nicht zu nennen vermochte. Wenn sie es schon versuchte, darüber zu sprechen, kam etwas über ihre Lippen, das sie selber nicht verstand. Wie sollten es andere verstehen?

Die Befürchtung, dass ihre starken Gefühle und Stimmungsschwankungen, die sie arg einschränkten, eventuell doch krankhaft waren und sie therapeutische Hilfe benötigte, ließ sie nicht los. Wenn sie darüber nachdachte, fiel ihr auf, dass einer besonders schlimmen depressiven Phase fast immer eine Zeit folgte, in der sie besonders sensibel für die Schönheiten der Natur und der Musik war, und dann ging ihr auch das Zeichnen leicht von der Hand. Daraus zog sie den Schluss, dass ihre Kreativität und künstlerische Begabung mit diesen starken Gefühlen zusammenhing. So war es für sie klar, dass sie sich nach Kräften gegen alles Zureden, dass sie ärztliche Hilfe annehmen müsse, wehren musste. Würde man sie von ihrer überstarken Sensibilität „heilen", würde sie sicherlich ihre Kreativität verlieren.

Schlimm war, dass sie sich Richard nicht anvertrauen konnte. Er, der ihr von allen am nächsten war, zeigte sein Unverständnis ebenfalls dadurch, dass er sie für krank erklärte. Sie war tief beleidigt, dabei hätte sie sich doch gerade von ihm Zuwendung erwartet. Er schien so zufrieden mit der Lebensweise, die sie führten; ihr genügte es schon seit längerer Zeit nicht mehr. O ja, sie teilten ihre Freizeit miteinander, hörten gerne dieselben Schallplatten, hatten dieselben oder sich ergänzende Vorlieben im Alltag, und ihre Ansichten über den Zustand der Welt waren ähnlich genug, dass sie sich darüber nicht zu streiten brauchten. Aber es fehlte etwas. Sie war sich nie sicher, ob er wirklich bedingungslos zu

ihr stand. Das zeigte sich, wenn er sie vor anderen kritisierte oder bloß-
stellte. War es schon schlimm genug, wenn er sie dumm nannte, wenn
sie alleine waren, so empfand sie es als richtig gemein, wenn er das auch
in Gesellschaft tat. Auch wenn sie wusste, dass er seit ihrem Abschluss
auf der Uni und dem Eintreten ins Berufsleben ihr gegenüber eine Art
Minderwertigkeitskomplex hatte, den er damit zu kompensieren versuchte, indem er seine Intelligenz und sein Wissen ausspielte, kreidete
sie es ihm an, dass er sie so vor anderen herabwürdigte. Außerdem war
er unverlässlich geworden, oder hatte sie das anfangs übersehen? Oft
kam er nicht, wenn sie verabredet waren, rief nicht einmal an, entschul-
digte sich auch nicht, wenn sie sich wieder begegneten. Dies zeigte ihr,
dass ihm seine Freunde und verschiedene Alltagsbezüge wichtiger waren
als sie. Sagen konnte sie ihm das nicht. Er hätte es sicherlich nicht verstanden, oder sich herausgeredet, oder sie eben wieder für dumm erklärt.

Sie versuchte ihn zu provozieren, dass seine Liebe zu ihr spürbarer
wurde. Sie schrieb kleine Gedichte, die ihre Not metaphorisch verklei-
deten, stellte sich etwa als Blume dar, die im Keller verdorrte, weil sie
kein Licht und kein Wasser bekam. Wenn er von Literatur schwärmte,
die eine eher negative Lebenssicht verherrlichte, stellte sie ihm das Gegenteil vor Augen: Lebensbejahung und gegenseitige Achtsamkeit.

Aus diesen Versuchen resultierte bestenfalls literarische Analyse.
Die Anspielungen auf ihr eigenes Verhältnis erkannte er nicht.

Silvia fühlte, dass sie einander nicht näher kamen. Es blieb alles so,
wie es seit Monaten war, und das bedeutete, dass sich die Beziehung
nicht weiter entwickelte. Das war mehr als Stillstand, das war Rück-
schritt. Für sie hätte es eine Besserung und Anerkennung ihrer Person
bedeutet, wenn er das Thema Ehe und Kinder wieder angesprochen
hätte. Hatte sie ihn mir ihrer ersten Ablehnung so verschreckt, dass er
die Rede darüber vermied? Oder spürte er instinktiv, dass sie nicht wirklich bereit war?

Es stimmte, sie sprach immer ablehnend über die Ehe, und dass sie
nie so leben wollte wie ihre Mutter. Aber tief im Inneren, da, wo sie es
sich selber nicht eingestand, war der Wunsch nach lebenslanger Bindung
mit Zeugnis nach außen. Und natürlich nach Kindern. Selbst wenn sie
womöglich wieder nein sagte, sollte er doch einen Vorstoß in diese Richtung machen, sie würde einen Heiratsantrag als Beweis dafür ansehen,

dass sie ihm mehr wert war als seine Freunde, seine Hobbys und all das, was er vor ein Zusammensein mit ihr reihte.

Da er sich so offensichtlich für sie als Person nicht interessierte, zeigte sie ihm auch nicht die Bilder und die Geschichten, die sie verfasst hatte. Sie empfand das als sehr intim und fürchtete seine beißende Kritik. Sie hätte aber doch gerne die Meinung eines Außenstehenden gehört. So nahm sie sich einen Anlauf und zeigte ihre Arbeiten dem Kollegen, der Bildnerische Erziehung an ihrer Schule unterrichtete. Zu ihrer Erleichterung war dieser sehr angetan von den Zeichnungen und ermunterte sie weiterzumachen.

Da geschah etwas, das alles über den Haufen warf. Silvias Verhältnis zu Richard wurde nebensächlich, Unterricht wurde halbherzig nebenbei erledigt, sogar Trixis schlechter Zustand trat in den Hintergrund. Frau Weingartner spürte wieder die Schmerzen und die Übelkeit, die sie schon einige Male gehabt hatte. Aber diesmal war es ärger. Dennoch schleppte sie sich ins Büro, weil sie sich unabkömmlich wähnte. Silvia machte sich Sorgen. Vielleicht fühlte sich ihre Mutter so schlecht, weil Papa immer öfter über Nacht ausblieb. Silvia vermutete, dass er bei Lotte Warmuth übernachtete. Sie hatte es deswegen sogar auf einen Streit mit ihm ankommen lassen. Als er sich eines Abends fein machte, stellte sie sich ihm in den Weg: „Wo gehst du hin?"

„Fort."

„Du gehst in letzter Zeit oft fort. Du lässt Mama viel zu viel allein. Schau doch, wie verhärmt sie aussieht!"

„Das geht dich nichts an."

„Das geht mich sehr wohl was an. Gehst du zur Lotte?"

„Das geht dich nichts an."

„Sonst fällt dir nichts ein? Das heißt also, du gehst zur Lotte."

„Na und? Es gibt Leute, die lassen sich scheiden. Da könnte ich dir eine Menge Namen nennen."

„Und du meinst, wenn du dich nicht scheiden lässt, dann ist die Sache in Ordnung? Warum lässt du dich eigentlich nicht scheiden, wenn du Mama nicht mehr magst?"

„Man lässt sich nicht von der Mutter seiner Kinder scheiden."

„So, meinst du", sagte Silvia trocken, und nach einer kleinen Pause fügte sie in bestimmendem Ton hinzu: „Geh zum Telefon und sag Lotte ab."

„Was?"

„Du sollst Lotte anrufen und ihr sagen, dass du nicht kommst." Da sie ihn wütend anfunkelte, griff er zögernd zum Hörer und wählte eine Nummer. Silvia konnte ein Besetztzeichen hören. Erleichtert wollte ihr Vater zur Tür gehen. Silvia trat ihm wieder in den Weg: „Du bleibst da und versuchst es noch einmal!"

Wieder wählte er die Nummer, und diesmal konnte man hören, dass es läutete. Er legte sofort wieder auf: „Jetzt ist sie nicht mehr da."

Grimmig antwortete Silvia: „Dann kannst du sie auch nicht besuchen."

„Wir sind in einer Bar verabredet."

„Du hast es nicht lange genug läuten lassen. Versuch es noch einmal."

Es blieb ihm nichts anderes übrig, und Silvia bannte ihn mit Blicken, sodass er es nicht noch einmal wagte, nach zweimaligem Läuten aufzulegen. Am anderen Ende meldete sich Lotte Warmuth. Gehorsam sagte Herr Weingartner die Verabredung ab und hängte auf, ohne sich auf ein Gespräch einzulassen. Das zornige Gesicht seiner ältesten Tochter war ihm eine Warnung.

Das war einige Tage, bevor es Frau Weingartner plötzlich wieder schlecht ging.

An diesem denkwürdigen Tag war Silvia nach dem Dienst mit Richard verabredet gewesen, aber sie fühlte eine starke Unruhe, also rief sie von der Schule aus im Büro ihrer Mutter an. Dort sagte man ihr, dass sich ihre Mutter unwohl gefühlt hatte, sodass man sie nach Hause geschickt hatte. Sofort sagte sie Richard ab und eilte nach Hause. Sie fand ihre Mutter im Bett liegend. Sie hatte die Augen fest geschlossen und stöhnte.

„Mama, was ist mit dir?" rief Silvia erschrocken.

„Ich hab solche Schmerzen", antwortete Mechthild stockend.

Silvia fragte nicht weiter, sondern stürzte zum Telefon und wählte den Notruf. Sie schilderte das Aussehen ihrer Mutter und dass ihr schon in den vergangenen Tagen übel gewesen war. Ein paar Minuten später traf ein Notärzteteam ein, und dann arbeiteten die Ärzte konzentriert Hand in Hand. Mechthild bekam Sauerstoff, einige Injektionen wurden ihr verabreicht und eine Infusion angelegt. Als sie stabilisiert war, traf auch schon die Ambulanz ein. Als man sie hinaustrug, konnte einer der Ärzte endlich Silvia sagen, was los war: „Ein Herzinfarkt, Genaueres kann man erst nach der Untersuchung im Spital sagen. Fahren Sie im Rettungswagen mit? Sie können später ein paar Sachen ins Spital bringen. Ihre Mutter wird auf die Intensivstation gebracht."

Silvia nickte nur. Sie konnte keinen klaren Gedanken fassen. Sie packte gerade noch Kasperl, der in dem ganzen Trubel ins Stiegenhaus geflüchtet war, und brachte ihn zurück in die Wohnung. Dann stieg sie in den Rettungswagen. Ihre Mutter lag bleich und still auf der Bahre. Die Sanitäter sagten ebenfalls nichts. Sie fuhren mit Blaulicht ins Spital. Ihre Mutter wurde sofort von einer Krankenschwester übernommen. Silvia wollte mit ihr gehen, aber sie wurde abgewimmelt. Verstört nahm sie im Warteraum Platz. Kurz darauf sprang sie wieder auf und ging den Gang entlang. Sie konnte nicht still sitzen. Ihr Mund war trocken, sie meinte erbrechen zu müssen. Sie ging zur Toilette und ließ sich Wasser über die Hände laufen, trank ein paar Schlucke und ging wieder hinaus. Sie fand ein Münztelefon und versuchte ihren Vater zu erreichen, aber er war noch nicht nach Hause gekommen, und die Bürozeit war längst vorbei. Sie probierte es dort erst gar nicht. Sie hatte sich die Nummer von Lotte Warmuth nicht gemerkt, und alle möglichen Bars durchzutelefonieren, schämte sie sich.

Es dauerte lange, bis ein Arzt herauskam. Silvia sprang auf und ging dem jungen Arzt zitternd entgegen. Er schaute sie nur kurz an und sagte: „Sind Sie die Tochter von Frau Weingartner?"

Silvia nickte nur, sprechen konnte sie nicht. Er reichte ihr die Hand und stellte sich als Dr. Rettenpacher vor. „Ihre Mutter hatte einen Hinterwandinfarkt. Ihr Herz stand eine Weile still. Wie lange, wissen wir nicht. Wir haben getan, was in unserer Macht steht, aber wir können nicht sagen, wie es weiter gehen wird. Wir müssen abwarten. Machen Sie sich auf alles gefasst."

Silvia wollte noch etwas sagen, aber der Arzt hatte sich schon abgewandt und verschwand hinter einer Schiebetür. Hatte der Arzt andeuten wollen, dass ihre Mutter sterben würde? Sie wollte dem Arzt nachlaufen, als eine Krankenschwester sie am Arm fasste. „Kommen Sie mit, Sie können Ihre Mutter ganz kurz sehen."

Silvia sah sie verstört an. Die Schwester setzte hinzu: „Geben Sie die Hoffnung nicht auf. Auch wenn es vielleicht nicht gut aussieht, wir haben schon oft gesehen, wie sich überraschend alles zum Guten gewendet hat. Im Moment können Sie aber nur beten."

Sie geleitete Silvia in die Intensivstation.

Ihre Mutter lag da, die Augen fest geschlossen, fremd, mit einem Tubus im Mund und allerlei Schläuchen und Kabeln, teils mit Nadeln im Arm, teils mit Pflaster an der Haut. Silvia hatte gelesen, dass Bewusstlose, beziehungsweise komatöse Personen, hören können und das Gehörte auf irgendeine Weise wahrnehmen. Sie versuchte, ihrer Mutter etwas zu sagen, aber nur ein heiseres Krächzen kam aus ihrem Mund, das sie erschreckte. Sie nahm vorsichtig die Hand ihrer Mutter. Sie fürchtete, dass sie etwas von dem medizinisch-technischen Aufbau stören könnte, und es gab auch sofort einen Ausschlag auf dem Monitor. Sie ließ Mechthilds Hand wieder los. Die Schwester hatte es bemerkt und ermunterte sie: „Sie dürfen sie schon anrühren. Wir wissen nicht, was Menschen im Koma wahrnehmen, aber es scheint doch eine gewisse Wirkung zu haben."

Silvia streichelte die Hand ihrer Mutter und versuchte das Weinen zu unterdrücken. Sie schluckte und schluckte, aber die Tränen liefen über ihre Wangen und tropften auf den glänzend geputzten Fußboden.

Nach einer Weile mahnte die Schwester: „Sie müssen jetzt gehen. Sie können jeden Tag wieder kommen. Besucher dürfen nur einzeln kommen und höchstens zwanzig Minuten bleiben. Wir verständigen Sie, wenn sich etwas ändert. Kommen Sie bitte mit mir, wir brauchen noch ein paar Angaben."

Gehorsam folgte Silvia der Schwester nach draußen. Die Schwester notierte die Telefonnummer der Weingartners und Herrn Weingartners Namen. Silvia genierte sich, dass ihr Vater nicht gekommen war.

Als sie zu Hause ankam, war niemand da. Christian hatte wahrscheinlich Nachtdienst. Silvia rief ihre Schwester an. Ohne lange Vorbereitung schilderte sie in nüchternen Worten, was geschehen war. Monika war unfähig ein Wort zu sagen. Silvia hörte nur ein ersticktes Weinen und hängte auf. Trauer und Angst überwältigten sie. Ihr Kater Kasperl umkreiste sie bettelnd. Er war die ganze Zeit alleine im Haus gewesen und hatte seit dem Morgen nichts zu fressen bekommen. Silvia setzte sich weinend auf den Boden und versuchte, Trost heischend, den Kater zu umarmen. Kasperl erschrak und entwand sich ihren Händen. Silvia raffte sich auf und ging in die Küche, um eine Dose Katzenfutter zu öffnen. Kasperl schnurrte und streckte seine Pfoten nach der Anrichte aus. Silvia häufte Futter in ein Schüsselchen und stellte es dem Kater hin. Er machte sich sofort darüber her.

Silvia bekam Sehnsucht sich an Richard zu kuscheln, aber es war zu spät, um bei Familie Hackl anzurufen. Wenn wenigstens Papa nach Hause käme. Inzwischen war sie so verstört, dass sie schon froh gewesen wäre, wenn er anwesend gewesen wäre, sie hätte ihm nicht einmal Vorwürfe gemacht, dass er so lange fort gewesen war.

Endlich hörte sie den Schlüssel im Schloss. Es war nicht das so oft gehörte Herumfummeln am Schloss, sondern es wurde zügig aufgesperrt. Ihr Vater war also nüchtern. Sie atmete erleichtert auf. Für heute hatte sie schon zu viel an Schrecknissen erlebt, als dass sie auch noch seine Trunkenheit hätte ertragen können.

„Mama ist im Krankenhaus. Sie hatte einen Herzinfarkt", rief sie ihm entgegen.

„Was ist los? Mama ist krank? Wie geht es ihr?"

„Es ist ganz schlimm. Sie ist nicht bei Bewusstsein."

„Was ist denn passiert? Es ist ihr doch gestern gut gegangen!"

Silvia schilderte zum zweiten Mal, was sich ereignet hatte. Es kam ihr vor, als erzählte sie eine Geschichte, die sie von jemandem gehört hatte, und die sie gar nichts anging. Ihr Vater saß zusammengesunken auf der Küchenbank.

„Thildi", flüsterte er. So hatte er seine Frau schon lange nicht mehr genannt. Silvia war beinahe gerührt.

„Du kannst sie morgen besuchen. Du darfst aber nur zwanzig Minuten bleiben. Vielleicht geht es ihr ja schon besser."

Schweigend saßen die beiden noch eine Weile beisammen, bis Silvia sagte: „Gehen wir schlafen. Morgen müssen wir arbeiten. Niemand hat etwas davon, wenn wir völlig fertig sind."

In ihrem Zimmer erinnerte sich Silvia an die Worte der Kranken-schwester. Sie klammerte sich an deren Aussage, dass sich schon oft et-was zum Guten gewendet habe. Die Schwester hatte aber auch gesagt, dass man jetzt nur beten könne. Das wollte sie nun tun.

Es war ihr bewusst, dass sie das Beten zusammen mit ihrer Kindheit abgelegt hatte. Hin und wieder schlich sich eine vage Vorstellung in ihre Gedankenwelt, dass es einen Gott gab. Diese Überzeugung war seit ihrer Volksschulzeit in ihr eingebrannt, hatte aber keine Konsequenzen auf ihr Leben mehr gehabt. Gottesdienste hatte sie nur mehr sporadisch besucht. Sie wusste, dass sie nach katholischer Lehre in Sünde lebte, weil sie ohne Ehe mit einem Mann zusammenlebte, aber sie hatte sich dafür entschie-den, so zu leben, also kümmerte sie sich auch nicht um andere Gebote. Wenn sie schon sündigte, dann schien es ihr nicht angebracht, sich über-haupt Gott zu nähern. Denn dann müsste sie sich von Gott ja sagen las-sen, dass sie ihren Lebensstil ändern müsste. Und dazu war sie nicht be-reit. Also lieber gar nicht mehr beten und in den Gottesdienst gehen. So hatte sie es schon Jahre lang gehalten.

Aber nun ging es um ihre Mutter. Also sagte sie kurz und bündig zu Gott: „Wir brauchen ein Wunder. Mach Mama gesund. Dafür werde ich auch jeden Sonntag in die Kirche gehen." Mehr fiel ihr nicht ein.

Aber sie fühlte sich nicht mehr so verstört. Völlig erschöpft legte sie sich schlafen.

Am nächsten Tag hatte sie fünf Stunden Unterricht. In der großen Pause um elf rief man sie ans Telefon. Sie erschrak, denn wenn sie in der Schule angerufen wurde, konnte das nur Schlimmes bedeuten. Aber es war nie-mand vom Krankenhaus am Apparat, sondern ihre Schwester Moni. Sie war ganz aufgeregt: „Ich war gerade im Spital bei Mama. Ich habe mir frei genommen, damit ich sie besuchen kann. Mama hat die Augen auf-gemacht. Der Arzt sagt, dass das ein großer Fortschritt ist. Sie hat schon in der Früh selbständig geatmet, sodass man ihr den Tubus entfernen konnte. Sie hat mich angeschaut, aber sie konnte nicht sprechen. Der Arzt sagt, wir müssen noch Geduld haben. Aber es ist schon erstaunlich."

Moni machte eine kurze Pause. Silvia sagte leise: „Glaubst du, dass sie wieder gesund wird? Was hat der Arzt gesagt?"

„Er wollte sich nicht festlegen, aber er meinte, es schaut nicht schlecht aus. Aber ich bin sicher, dass Mama mich erkannt hat und etwas sagen wollte."

„Ich werde am Nachmittag ins Spital gehen. Wo kann ich dich erreichen?"

„Ich bin bis fünf im Büro. Du kannst mich auch im Büro anrufen."

„Danke. Ich weiß gar nicht, was ich sagen soll. Ich getraue mich noch nicht zu glauben, dass alles gut wird. Nochmals danke, ich muss auflegen, es hat gerade geläutet, ich muss in den Unterricht. Servus!"

Die folgenden zwei Unterrichtsstunden absolvierte Silvia wie in Trance. Die Schüler merkten, dass bei ihrer Lehrerin etwas nicht stimmte, aber sie nahmen Rücksicht und arbeiteten ruhig.

Nach dem Unterricht eilte Silvia sofort ins Krankenhaus. Zu ihrem Erstaunen fand sie dort ihren Vater vor. Er sprach mit Dr. Rettenpacher. Der Arzt erkannte sie und begrüßte sie: „Ihrer Mutter geht es besser. Sie können beide zu ihr. Das Schlimmste scheint überstanden. Ob es durch den Herzstillstand bleibende Schäden gibt, können wir zum jetzigen Zeitpunkt nicht sagen, aber es sieht nicht schlecht aus."

Silvia konnte es kaum erwarten, ins Krankenzimmer zu gehen. Sie fasste ihren Vater am Arm und zog ihn hinein. Die Veränderung gegenüber dem Vortag war deutlich. Frau Weingartner hatte die Augen offen, und als die beiden näher traten, folgte ihnen ihr Blick. Sie öffnete den Mund, aber es kam nur ein heiseres unverständliches Flüstern heraus. Die diensthabende Schwester erklärte, dass das vom Intubieren käme und die Stimme bald wieder normal sein würde.

Herr Weingartner fasste Mechthilds Hand und streichelte sie. Silvia sagte: „Grüß dich, Mama. Du brauchst nichts zu sagen, das strengt dich noch zu sehr an. Ich bin so froh, dass es dir besser geht."

Sie wusste nicht, ob sie mehr reden durfte, ob es nicht zu anstrengend für ihre Mutter sein würde. Hilfe suchend blickte sie zur Krankenschwester. Die nickte und sagte leise: „Reden Sie nicht zu viel, sonst möchte Ihre Mutter auch sprechen, und das soll sie noch nicht. Bleiben Sie einfach ruhig bei ihr."

Silvia zog sich einen Stuhl heran und schaute ihre Mutter nur an. Ihr Vater hielt immer noch die rechte Hand seiner Frau. Silvia getraute sich nicht, die andere Hand zu nehmen, da im Arm eine Infusion befestigt war. Ihre Mutter schien müde und schloss die Augen.

Nach ein paar Minuten stand die Krankenschwester auf und deutete zur Tür. Die Besuchszeit war vorbei.

Sie gingen hinaus. Silvia fragte: „Bist du mit dem Auto da?"

Dumme Frage, er fuhr doch immer mit dem Auto in die Arbeit. Ihr Vater nickte: „Willst du nach Hause? Dann fahr mit mir."

Im Auto schwiegen sie. Beide hingen ihren Gedanken nach. Sie fühlten, dass sie etwas sagen sollten, wussten aber nicht, wie sie anfangen sollten. Jeder wartete, dass der andere begann. Schließlich sagte Silvia: „Hoffentlich wird Mama wieder gesund."

„Mhm" sagte ihr Vater darauf, und dann schwiegen sie wieder. Silvia atmete auf, als sie die Garageneinfahrt erreichten. Die Sprachlosigkeit war zu bedrückend.

„Willst du was essen?" fragte sie ihren Vater.

„Ich habe keinen Hunger", antwortete er, griff aber dann zu, als Silvia ein einfaches Abendessen bereitete.

Auch Christian war mittlerweile gekommen. Er hatte über seine Kollegen vom Roten Kreuz erfahren, was geschehen war. Er wusste also schon Bescheid, hatte seine Mutter aber noch nicht besucht. Er getraute sich nicht, Silvia zu fragen, wie es ihrer Mutter ging, denn das wäre ein Eingeständnis seiner Feigheit, dass er sich dem Anblick der kranken Mutter nicht aussetzen wollte. Silvia fing von sich aus an: „Wir waren bei Mama. Gestern hat es noch ziemlich schlimm ausgesehen, aber jetzt atmet sie wieder selbständig. Sie scheint uns zu erkennen, aber sie darf noch nicht sprechen, weil sie so schwach ist. Die Ärzte sagen ja nichts, aber mir kommt vor, sie erholt sich rasch und wird sicher wieder ganz gesund."

Christian pflichtete ihr eifrig bei: „Das habe ich mir sofort gedacht, dass das so ist. Wie ich die Nachricht von den Kollegen bekommen habe, dachte ich mir, es ist heute nicht notwendig, dass ich hingehe, weil sie noch zu schwach ist, um Besuch zu bekommen."

Dankbar war er auf das Thema „Schwäche" aufgesprungen, denn damit hatte er einen triftigen Grund für seine Zurückhaltung. Morgen werde ich hingehen, dachte er bei sich.

Mit gemischten Gefühlen gingen an diesem Tag alle früh zu Bett.

Am nächsten Tag waren die Sorge und die Gedanken an Frau Weingartner überlagert von den notwendigen täglichen Besorgungen und der

Berufsarbeit. Erst als die Konzentration auf die Arbeit nachließ, dachten alle wieder an sie. Silvia hatte als erste die Gelegenheit, ins Spital zu eilen, da der Unterricht für sie schon um zwölf Uhr vorbei war. Die Vorbereitung für den nächsten Tag konnte sie sich zeitlich frei einteilen. Ihr Herz klopfte bis zum Hals, als sie im Spital ankam, einerseits, weil sie so schnell gegangen war, andererseits weil sie nun doch die Angst packte, ihrer Mutter könnte es wieder schlechter gehen, oder es könnte keinen Fortschritt in der Genesung geben.

Als sie das Stockwerk erreichte, lächelte ihr eine der Schwestern zu und begrüßte sie mit ihrem Namen. Silvia atmete auf. Das musste etwas Gutes bedeuten. Da war sie schon in der Intensivstation. Sie sah auf einen Blick, dass es wieder einen Fortschritt gegeben hatte. Ihre Mutter wandte ganz leicht den Kopf in ihre Richtung und bewegte die Lippen, als sie eintrat. Aber offensichtlich konnte sie nach wie vor nicht sprechen.

„Grüß dich, Mutti", sagte Silvia munterer als ihr zumute war, „du siehst schon viel besser aus."

Ihre Mutter reagierte nicht, sondern blickte mit demselben Gesichtsausdruck in Silvias Richtung. Silvia wurde unsicher: erkannte ihre Mutter sie nicht?

„Mama", begann sie wieder, „ich bin's, die Silvia. Kannst du mit dem Kopf nicken?"

Silvia war sich nicht sicher, ob die Bewegung, die ihre Mutter nun machte, wirklich eine Antwort auf ihre Frage war. Sie ergriff die Hand ihrer Mutter. Sie fühlte, wie ihr Händedruck erwidert wurde. Sie nahm einen neuen Anlauf: „Ich bin so froh, dass du wieder bei Bewusstsein bist. Du warst nämlich längere Zeit bewusstlos. Du wirst dich gar nicht daran erinnern. Aber du siehst wirklich schon viel besser aus."

Frau Weingartners Lippen formten sich zu einer Art O, und es erklang ein tonloses: „Joo". Silvia deutete es als Bekräftigung ihrer Aussage. Das war unzweifelhaft ein Fortschritt. Silvia ging auf die andere Seite des Bettes, und die Augen und schließlich auch die Kopfbewegung ihrer Mutter folgten ihr. Das war schon mehr als bei ihrem Eintritt in den Raum. Etwas ermutigt sagte sie: „Gell Mama, du kennst mich schon?"

Wieder formten sich die Lippen zum „Joo".

Ihre Mutter fügte noch einen Laut hinzu, den man mit viel Phantasie als ein gelispeltes S oder Sch deuten konnte. Silvia wollte nichts anderes glauben, als dass ihre Mutter ihren Namen formen wollte. Zu mehr hatte der Atem nicht gereicht.

Als sie am Abend mit ihrer Schwester telefonierte, bestätigte diese ihr die Fortschritte. Moni war ein paar Stunden nach Silvia im Spital gewesen, und auch auf sie hatte ihre Mutter ähnlich reagiert. Sie bestärkten sich nun gegenseitig in der Hoffnung auf weiteren Aufschwung.

Der Sonntag kam, und Silvia erinnerte sich an ihr Gespräch mit Gott. Sie hatte versprochen, zur Sonntagsmesse zu gehen. Heute noch nicht, ich bin so müde, dachte sie. Ich werde nächsten Sonntag damit beginnen. Sogleich fühlte sie eine Unruhe: Und wenn ich nächste Woche genauso müde bin? Dann fange ich nie damit an. Also machte sie sich fertig, als sie die Kirchenglocken läuten hörte und ging zur Sonntagsmesse. Schließlich war es egal, ob sie ihre Müdigkeit im Kirchengestühl oder auf der Küchenbank Zeitung lesend verbrachte.

Sie bekam kaum mit, was um sie herum passierte, dachte auch nicht darüber nach, was die Messe bedeutete. Sie tat, was die anderen taten, und spürte, dass sie sich dabei merklich entspannte. Zur Kommunion ging sie nicht, denn sie erinnerte sich an die Gebote, die sie als Kind gelernt hatte. Demnach lebte sie in Todsünde. Sie empfand sich zwar nicht als tot, aber sie wollte doch dieses Gebot nicht übertreten.

Für den nächsten Tag verabredete sie mit Moni einen gemeinsamen Besuch. Sie passten Dr. Rettenpacher nach der Visite ab. Dieser war trotz der Hochstimmung, in der die beiden ihn anredeten, nicht bereit, eine positive Prognose zu stellen: „Es ist noch zu früh. Wir müssen warten, bis wir weitere Untersuchungen anstellen können. Vorläufig kann man nicht sagen, ob und welche Schäden am Gehirn vorhanden sind, und ob sie bleibend sind."

Die Tage zogen sich hin mit winzigen Fortschritten und den gleichbleibenden Aussagen der behandelnden Ärzte. Die Lage im Haus Weingartner war angespannt. Silvia kreidete es ihrem Vater an, dass er weiterhin spät oder gar nicht nach Hause kam. Er brauche jemanden zum Reden, verteidigte er sich. Silvia wusste, dass dieser „Jemand" Lotte Warmuth war, und ärgerte sich.

Trotz allem empfand sie, was ihre eigene Person betraf, eine erstaunliche Gelassenheit. Überlegt und ruhig erledigte sie die Hausarbeit, die sich durch die Abwesenheit ihrer Mutter beträchtlich vermehrt hatte, und die Vorbereitung für den Unterricht. Teilweise half ihr ihre Schwester Monika im Haushalt, denn gerade jetzt im Herbst gab es im Garten Einiges zu erledigen. Silvia merkte nicht, dass sie bei der Arbeit häufig sang. Das war ungewöhnlich. Schließlich sagte Monika vorwurfsvoll: „Wie kannst du singen, wenn es Mutti so schlecht geht?"

Da wurde ihr bewusst, wie sehr sich ihre Stimmung verändert hatte. Es war tatsächlich verblüffend: in der Zeit, als sie keine wirklich großen Sorgen hatte, war sie bedrückt, ja sogar depressiv gewesen, eine unerklärliche Traurigkeit hatte sie phasenweise überfallen, unterbrochen von überschwänglichen Hochstimmungen, die aber ebenso belastend waren. Darüber wollte sie lieber nicht nachdenken, denn womöglich fiel sie wieder in eine dieser schrecklichen Stimmungen. Sie sagte nichts, weil sie es ja doch nicht erklären konnte, und sie sang auch nicht mehr, wenn Moni da war. Dass sich aber etwas in ihr verändert hatte, fühlte Moni doch und wunderte sich: Dass Silvia sich keine Sorgen um Mama machte, konnte nicht sein, denn sie sah ja, wie sie sich im Spital um sie kümmerte. War sie etwa verliebt? Sie konnte jedoch keine Veränderung zwischen ihrer Schwester und Richard bemerken. Vielleicht ging es ja in der Schule jetzt besser. Moni kam zu keinem Resultat, und so beschloss sie, sich zu freuen, dass ihre Schwester einmal nicht so undurchschaubar schlechter Laune war, wie so oft in den letzten Jahren.

In einem hatte Moni recht: es ging Silvia tatsächlich in der Schule besser. Wo sie bis vor kurzem noch ungehalten und sogar mit Schimpfen reagiert hatte, konnte sie mit Humor über Streiche und Dummheiten der Schüler hinwegsehen. Diese benahmen sich deswegen nicht schlechter als zu den Zeiten, als sie mit Strafen gedroht hatte. Im Gegenteil, vor allem die jüngeren wurden wieder zutraulicher und auch mit den älteren gestaltete es sich freundschaftlicher. So Manches, was sie früher als despektierlich angesehen hatte, erkannte sie nun als das, wie es gemeint war, nämlich als harmlosen Scherz, mit dem die Schüler ausprobieren wollten, wie weit sie gehen konnten. Aber mit einem Lachen konnte sie solche Versuche viel entspannter stoppen als mit Schimpfen und Drohen.

Dennoch fühlte sie sich oft erschöpft, denn immer mehr saugte das Unterrichten ihr die Energie aus, dann waren da der Haushalt und die Besuche im Spital. Aber der Sonntag gehört mir, sagte sie sich. Der Sonntagsgottesdienst wurde zur Erholung. Sie ließ sich in die Musik fallen und stellte alles Denken einfach ab.

Für Richard hatte sie nun weniger Zeit. Er beklagte sich nicht. Einerseits war sie erleichtert, dass er Rücksicht auf ihre Belastung nahm, andererseits vermisste sie das Zusammensein und die Unternehmungen mit ihm. Es gab ihr auch einen leichten Stich, dass es ihm womöglich egal war, wie es ihr ging, und dass er sie gar nicht vermisste, wenn sie weniger miteinander unternahmen. Hatte er nicht auffallend oft von einem anderen Mädchen in der Gruppe gesprochen? Er war mit ihr sogar alleine auf einer Bergtour gewesen. Silvia musste ihn einfach fragen, als er sie wieder einmal aufsuchte. Am Mittwoch hatte sie meist weniger für die Schule zu arbeiten, also lud sie ihn zum Abendessen ein.

„Gibt's Spagetti Bolognese?" frage er. Für dich könnte ich viermal die Woche Spagetti kochen, dachte Silvia und nickte lächelnd mit dem Kopf.

„O, du hast auch Weingläser auf den Tisch gestellt. Feiern wir etwas?"

„Dass wir beide wieder einmal gemütlich zusammen sind."

Sie ließen die Gläser klingen und wickelten die Spagetti. Richard aß mit sichtbarem Appetit. Silvia freute sich, dass er so ein Genießer war. Es war leicht, ihn mit einem guten Essen zufrieden zu stellen.

„Wir kommen kaum mehr zum Reden", begann sie, „Wie geht es dir eigentlich mit den Proseminaren?"

„Ach", sagte er wegwerfend, „da ist gerade nichts los. Es gibt nur ein paar Vorlesungen und Konversatorien, aber die sind uninteressant. Ich überlege, ob ich nicht die Studienrichtung wechseln soll. Aber das ist ja nicht so wichtig. Wie geht es deiner Mutter?"

„Besser. Es geht langsam aber stetig in Richtung Genesung. Jetzt sind sogar die Ärzte zuversichtlicher geworden. Anfangs wollten sie gar nichts Positives sagen, aber jetzt ist es eindeutig, dass Mutti Fortschritte macht. Da können sie sogar einige geplante Untersuchungen streichen, denn offensichtlich hat sie keine Dauerschäden im Gehirn."

Während sie sprach, kam es ihr erst zu Bewusstsein, dass ja bis vor kurzem die Gefahr bestanden hatte, dass Mutter irreversible Dauerschäden erlitten haben könnte und zu einem Pflegefall hätte werden können. Darüber hatte keiner in der Familie sprechen wollen. Es wäre zu schrecklich gewesen. Nun schien die Gefahr gebannt. In ihrer Erleichterung ignorierte sie, dass Richard mit seiner mitfühlenden Frage nach dem Befinden ihrer Mutter das Problem seines Studiums zur Seite geschoben hatte. Darüber konnte man ein anderes Mal sprechen.

„Das habe ich mir gleich gedacht. Deine Mutter ist stark, die bringt so schnell nichts um. Und wenn es ihr jetzt besser geht, könnten wir doch wieder einmal auf den Berg gehen, was meinst du?"

Silvia schluckte. „O ja, das wäre schön", sagte sie mit wenig Begeisterung. Richard merkte es nicht und fuhr fort: „Wir könnten am Samstagmittag wegfahren und auf einer Hütte übernachten. Ich dachte an eine Tour am Gosaukamm."

Silvia erschrak: am Samstag wegfahren? Dann könnte sie nicht, wie es ihr zur Gewohnheit geworden war, zur Sonntagsmesse gehen, denn von einer Tour am Gosaukamm würden sie sicherlich auch erst spät am Sonntagabend nach Hause kommen. Zaghaft meinte sie: „Könnten wir nicht eine kleinere Tour in der Nähe machen und nur am Sonntag? Ich habe so viel zu tun."

Es stimmte, dass sie viel zu tun hatte, aber den wahren Grund für ihr Zögern wagte sie nicht zu nennen.

Richard war einverstanden, und so war es beschlossen. Silvia ging zur Vorabendmesse und am frühen Morgen des Sonntags fuhren sie in Herrn Weingartners Wagen los. Letzteres war nun schon zur Gewohnheit geworden.

Es wurde eine wunderschöne Bergtour, und Silvia konnte von den aufregenden Ereignissen der letzten Zeit etwas Abstand gewinnen. Jetzt merkte sie erst, wie angespannt sie in den letzten Tagen gewesen war. Auch Richard kam sie wieder näher. Bei dem gemeinsamen Unternehmen und den heiteren Gesprächen wussten beide, was sie aneinander hatten.

Richard war erleichtert, dass Silvia gelöster war als noch vor einigen Wochen. Er hatte sich schon Gedanken gemacht, ob er ihr überhaupt noch etwas bedeutete, oder ob sie sich völlig von ihrem Beruf auffressen ließ. Natürlich war die Erkrankung ihrer Mutter belastend, aber sie musste sich doch ausspannen, denn es half ihrer Mutter nicht, wenn sie sich ständig Sorgen machte und jeden Tag Stunden im Spital verbrachte. Bei dieser Bergtour kam wieder die Silvia, sein Blondi, zum Vorschein, die er so schätzte, voll sprühendem Witz mit einem Anhauch von Sarkasmus, lebhaft im Gespräch, ausdauernd im Wandern und hingebungsvoll mit leidenschaftlicher Zärtlichkeit im intimen Zusammensein.

Silvia dachte erst wieder am nächsten Tag an ihre Mutter. Gleich nach Unterrichtsschluss eilte sie ins Spital. Erfreut stellte sie weitere Fortschritte fest. Frau Weingartner saß aufrecht im Bett und hatte ihre Sprache wieder gefunden. Zum ersten Mal konnte man sich richtig mit ihr unterhalten.

Ab diesem Zeitpunkt ging es stetig voran. Es war keine Rede mehr von bleibenden Schäden. Zur Sicherheit wurden noch einige Untersuchungen gemacht, aber die ergaben dasselbe, was der Augenschein schon zeigte. Dr. Rettenpacher sprach schon davon, dass sie bald entlassen würde und zur Rehabilitation überstellt werden könnte. Das Leben schien beinahe wieder seinen normalen Gang zu gehen. Und doch war es nicht mehr dasselbe. Zumindest nicht für Silvia. Sie hielt ihr Versprechen, am Sonntag zur Messe zu gehen. Das war nicht einfach, sich das einzuteilen, da sie ja gewohnt war, die Wochenenden in den Bergen zu verbringen. Nun fuhr sie nur noch mit, wenn es ihr möglich war, entweder die Vorabendmesse am Samstag mitzufeiern oder wenn man früh genug am Sonntag Abend zurückkam, damit sie noch eine Abendmesse erreichte. Zum Glück gab es auch noch um 21 Uhr eine Spätmesse in der Stadt. Niemand fragte, warum sie keine längeren Touren mehr mitmachte, man nahm einfach an, dass nun die Berufstätigkeit und die Krankheit ihrer Mutter sie daran hinderten länger fortzubleiben. Auch Richard fragte nicht. Silvia war froh, dass niemand fragte, denn sie getraute sich nach wie vor nicht, sich zu dieser Lebenswende zu bekennen. Es kam ihr auch gar nicht so vor, als ob sich etwas geändert hätte. Sie ging am Sonntag in die Kirche, es wurde ihr zu einer Gewohnheit. Sie betrachtete es als eine Zeit der Erholung, in der sie ganz bei sich sein konnte, nichts zu denken und nichts zu tun brauchte. Sie kam sich deswegen nicht religiöser vor als vor dieser Entscheidung. Ihrer Mutter ging es besser, also musste Gott mit ihrem Versprechen einverstanden gewesen sein und etwas bewirkt haben, was die Mediziner kaum für möglich gehalten hatten. Dafür war sie dankbar, auch dafür, dass es in der Schule leichter ging. Aber das könnte man ja auch der sich entwickelnden Routine zuschreiben, oder? Wenn sie so sinnierte, wurde sie unsicher, denn da war noch etwas: generell erschien ihr das Leben leichter. Es war ja noch nicht lange so, aber die Stimmungsschwankungen waren nicht mehr da. Und trotzdem war nicht das eingetreten, wovor sie sich gefürchtet hatte, nämlich dass ihr künstlerischer Sinn zusammen mit den Depressionen ebenfalls verschwinden könnte. Die wenige Freizeit, die ihr im Moment geblieben war, verbrachte sie eifrig zeichnend. Und es gefiel ihr, was sie zeichnete.

War sie womöglich doch krank gewesen und nun geheilt? Die Zeit war noch zu kurz, als dass sie das sicher glauben konnte. Sie wurde auch von anderen Ereignissen in Anspruch genommen. Mit Sorge beobachtete sie das verhärmte Aussehen Trixis und die Lethargie ihres Bruders.

***

Schnee fiel früh in diesem Jahr. An einem der ersten Oktobertage war eines Morgens plötzlich alles weiß. Für die Schulkinder war es aufregend, sie waren an diesem Tag kaum zu bändigen. Man ließ sie in der großen Pause hinaus in den Schulhof laufen, denn sie waren ohnehin nicht zu halten. Dass sie dann waschelnass im Klassenzimmer saßen, nahmen die Lehrer in Kauf.

Weniger Freude mit dem Schnee hatten die Diensthabenden in der Leitstelle des Roten Kreuzes, denn es war mit Unfällen zu rechnen. Zwei Partien waren in dieser Nacht dauernd im Einsatz. Zu einer dieser Partien gehörte Christian. Es waren nicht nur Opfer von Autounfällen und Stürzen, die gefahren werden mussten, Christian erlebte in dieser Nacht seine erste Entbindung im Sanka, im Rettungswagen. Die Wehen hatten bei einer 35jährigen Frau zu früh eingesetzt, und der Krankentransportwagen kam im abgelegenen Gebiet nur langsam voran. Als sie die Frau im Wagen hatten, kamen die Wehen in immer kürzeren Abständen. Christian saß mit der Frau im Fond des Wagens, sein Kollege chauffierte. Die Leitstelle funkte „Fahrt mit Blaulicht", aber die Straße erlaubte kein schnelles Fahren. Christian begann zu schwitzen. Trotz seiner Unerfahrenheit ahnte er, dass sie es nicht rechtzeitig in die Klinik schaffen würden. „Fahr schneller, Petzi" rief er nach vorne zum Fahrer.

„Geht nicht, in dem Schneetreiben sehe ich nichts. Glaubst du, dass es schon losgeht?"

„Ich fürchte, ja."

„Sag der Frau, sie soll die Beine zusammenhalten und hilf ihr dabei."

„Gut, ich versuche es."

„Reg dich nicht auf", stöhnte die Frau, „ich habe schon vier Kinder geboren. Es ist noch ein wenig Zeit."

Christian beruhigte sich ein wenig.

Sie hatten die asphaltierte Landstraße noch nicht erreicht, als Christian „Bleib stehen!" schrie.

Petzi hielt an und lief um den Wagen herum und stieg durch die Hecktür ein. Es war höchste Zeit, der Scheitel des Kindes war schon zu sehen. Für Petzi war es nicht das erste Mal, dass er bei einer Entbindung assistieren musste, allerdings war es im Wagen sehr eng. Petzi stieß Christian zur Seite und beugte sich zur Frau. „Das Paket für das Neugeborene ist da vorne rechts, mach es auf", sagte er zu Christian.

Der kroch nach vorne und holte die Kassette.

Nach vier Presswehen war das Baby da. Es schien gesund und begann auch gleich zu schreien. Christian entfaltete ein Tuch und reichte es seinem Kollegen. Der wickelte das Baby ein und legte es der Frau in die Arme. Sie warteten noch auf die Nachgeburt und versorgten sie. Dann packten sie gemeinsam die Frau in warme Decken. Mehr konnten sie nicht tun.

„Fahr du weiter", sagte er zu Christian.

Dieser wäre gerne bei der Frau und dem Neugeborenen geblieben, aber es war sicher besser, dass der Erfahrenere der beiden bei der Frau blieb.

Christian lenkte das Fahrzeug auf die Landstraße, griff zum Mikrofon und erstattete der Leitstelle Bericht. Es hatte zu schneien aufgehört. Es war nicht mehr weit bis zum Spital. Dort war man schon informiert und ein Arzt und Krankenträger kamen ihnen schon entgegen und übernahmen die Frau und das Baby. Petzi erstattete einen kurzen Bericht.

Im Wagen erhielten sie schon den nächsten Auftrag. Während der Fahrt war Christian sehr still. Petzi fragte: „Hat dich die Entbindung so mitgenommen?"

„Nein, das ist es nicht."

„Was hast du dann? Du redest ja sonst wie ein Wasserfall."

„Nichts. Ich hab nichts."

„Das wird eine lange Nacht heute. Da hätte ich gerne mehr Unterhaltung."

„Mir ist nicht danach."

„Na gut. Dann schalte ich eben das Radio an."

Petzi zuckte die Achseln. Er glaubte Christian nicht, dass diese Erfahrung keinen großen Eindruck hinterlassen hatte. Was er nicht wusste, war, dass Christian an Trixi dachte, und dass sie schwanger war, dass sie ein Kind haben würden. Das würde auch so geboren werden wie dieses Kind. War das nun ein Bub oder ein Mädchen gewesen? Vor lauter Aufregung hatte er in der Enge des Wagens gar nicht genau hingeschaut, bevor Petzi das Kind eingewickelt hatte. Wenn er jetzt fragte, würde Petzi ihn wahrscheinlich auslachen. Seltsamerweise hatte der Leitstellenkommandant auch nicht nachgefragt, als Christian den Bericht durchgab. Für die Routine des Fahrtenablaufs war es wahrscheinlich egal.

Ob Trixis Kind ein Bub oder ein Mädchen war? Ob Trixi die Strapaze einer Geburt bei ihrer zarten Konstitution überhaupt aushalten würde? Fragen über Fragen gingen durch Christians Kopf. Plötzlich sehnte er sich nach ihrer Gegenwart, stellte sich vor, wie sie sich an ihn lehnte, ein Kissen in den Armen und mit den Fingern die Federkiele im Inlett zerknackte. Bei der Vorstellung musste er lächeln. Petzi musterte ihn von der Seite: „Na, geht's dir schon besser?"

„Mir ist es überhaupt nie schlecht gegangen", protestierte Christian und verfiel wieder in Schweigen. Mit dem ist heute nichts anzufangen, dachte Petzi und gab Gas.

Sie hatten noch ein paar Transporte, einen Unfall mit einem Leichtverletzten, zum Glück nichts wirklich Aufregendes.

Um sieben Uhr in der Früh war der Dienst zu Ende. Christian schlief trotz der Gedanken, die er stundenlang gewälzt hatte, sofort ein.

Am Nachmittag begann er seine Arbeit in der Autowerkstätte. „Heute hätte ich dich früher gebraucht", knurrte sein Chef, „aber du brauchst nichts zu sagen, ich weiß schon, dass du Nachtdienst gehabt hast."

Christian war froh, dass er nichts erklären musste und machte sich an die Arbeit. Natürlich gab es nach dem überraschenden Schneefall mehr Blechschäden zu bearbeiten als normal und eine Menge Reifen zu wechseln. Der Wetterbericht hatte zwar für die nächsten Tage ein Tief vorhergesagt, aber keinen genauen Zeitpunkt und schon gar keinen Wintereinbruch. Und wie jedes Jahr warteten viele Autofahrer mit dem Reifenwechsel bis der erste Schnee fiel. Sehr müde kam Christian am späten Abend nach Hause. Trixi erwartete ihn schon. Christian fiel ihr in die Arme.

„Freust du dich, mich zu sehen?" fragte Trixi.

„Ja, und wie!" antwortete er.

Trixi war glücklich. Sofort schöpfte sie neue Hoffnung, dass mit ihrer Beziehung alles gut ausgehen würde und dass sie bald eine Familie sein würden.

„Werden wir heiraten?" fragte sie wagemutig.

„Ja freilich werden wir heiraten", sagte er prompt.

Trixi überlegte kurz, ob sie weiterfragen sollte, wann es denn sein werde, aber nun verließ sie der Mut. Sie hauchte einen Kuss auf seinen Scheitel.

„Ich habe Hunger, hast du was zu essen da?"

„Gehen wir runter, vielleicht hat Silvia etwas gekocht, oder es ist was im Kühlschrank."

Eng umschlungen gingen sie die Treppe hinunter in die Küche. Silvia war da und auch Richard. „Wollt ihr mit uns essen?" lud Silvia sie ein.

Wie immer, wenn Richard da war, gab es Spagetti. Silvia brauchte nur noch etwas mehr Nudeln einzulegen, dann reichte es für alle.

Richard musterte Silvias Bruder und dessen Freundin. Er hatte sie schon länger nicht gesehen. Dass Trixi dünner war denn je, fiel im sofort auf, aber trotz ihrer Zartheit zeichnete sich das kleine Bäuchlein unübersehbar ab.

„Bei euch tut sich was", sagte er vorsichtig, und, als keiner der beiden reagierte, setzte er hinzu: „Gibt es bei euch bald was Kleines?"

Trixi lief rot an, und Christian versuchte ein Gesicht aufzusetzen, das seinen Stolz und seine Verantwortungsbereitschaft zeigte. Er nickte und legte den Arm um Trixis Taille. Silvia drehte sich vom dampfenden Nudeltopf zu den beiden hin: „Habt ihr schon geplant, wie es weitergehen wird? Ich meine: werdet ihr heiraten? Schaut ihr euch um eine Wohnung um?"

Das waren zu viele Fragen für Christians Geschmack. „Kommt alles noch", sagte er großspurig, „ist alles in Arbeit."

Trixi strahlte ihn an. Das war mehr für heute Abend, als sie sich erträumt hatte. Aber sie kannte ihn mittlerweile gut genug, dass sie ahnte, dass sie selbst zumindest in punkto Wohnungssuche die Initiative würde ergreifen müssen.

Das Geräusch eines Schlüssels war von der Eingangstür zu hören. Das war ja ein richtiger Familientreff an diesem Abend. Herr Weingartner kam überraschend früher nach Hause. Nach einem kurzen Gruß in die Küche wollte er sich gleich wieder zurückziehen, aber Silvia hielt in fest: „Willst du mit uns mitessen, Papa? Es ist genug für alle da."

Als er zögerte, schmeichelte sie ihm: „Komm, setz dich zu uns. Es gibt Neuigkeiten."

Da konnte er nicht widerstehen und setzte sich neben Trixi.

„Na, wie geht's denn so?" fragte er jovial.

Wahrscheinlich verwendete er denselben Ton, wenn er im Büro mit Untergebenen sprach. Trixi errötete wieder. Silvia redete an ihrer Stelle: „Christian und Trixi werden heiraten. Trixi bekommt ein Baby."

Ihr Vater blickte verdutzt von Christian zu Trixi: „Äh, und wann soll das sein?"

Verlegen antwortete Christian: „Das ist noch nicht fix. Das hat Zeit."

„Wieso Zeit? Hat Silvia nicht gesagt, dass Trixi ein Kind bekommt? Da müsst ihr doch so schnell wie möglich heiraten. Das Kind soll doch nicht unehelich zur Welt kommen!"

„Aber Papa, das ist doch heutzutage nicht mehr so. Jetzt ist das Heiraten einfach zeitlich ungünstig."

„Wieso ungünstig?" fragten Silvia und ihr Vater gleichzeitig.

„Weil doch Mama krank ist. Sollten wir nicht warten, bis sie gesund ist? Dann können wir immer noch planen."

„Es ist besser, ihr habt schon einen Termin", sagte die praktisch veranlagte Silvia, „Mama geht es jetzt von Tag zu Tag besser. Ich bin sicher, dass es ihr in ein paar Wochen gut genug geht, dass sie bei der Hochzeit dabei sein kann. Und wenn nicht, ist es auch nicht so schlimm. Wichtig ist, dass ihr beide euch einig seid. Ihr wollt doch zusammen bleiben, oder täusche ich mich?"

„Freilich wollen wir zusammen bleiben, aber es ist doch nicht so dringend."

Christian merkte nicht, dass während der Debatte Trixi die Tränen über das bleiche Gesicht liefen. Richard holte aus seinem Hosensack ein Papiertaschentuch und drückte es Trixi in die Hand. Sie nahm es und lief aus der Küche. Silvia drückte Richard den Kochlöffel in die Hand und ging Trixi nach. Sie rief Richard noch zu: „Sugo ist im Kühlschrank. Musst es nur noch aufwärmen."

Sie holte Trixi ein: „Mach dir nichts draus. Christian ist so. Man muss ihm nur ein wenig nachhelfen. Von selber macht der gar nichts."

Beinahe hätte Silvia gesagt, dass das bei Susanne auch so gewesen sei, dass es immer sie gewesen war, die Vorschläge gemacht hatte und auch die Durchführung begonnen hatte. Stattdessen sagte sie: „Du willst ihn doch heiraten, oder?"

„Ja", schluchzte Trixi, „aber ich will nicht, dass er mich nur heiratet, weil ich schwanger bin."

„Ich glaube, er mag dich sehr. Und er will dich auch heiraten. Dass du schwanger bist, hilft nur, dass ein Zeitpunkt gesetzt wird. Wir machen das schon."

Der letzte Satz erinnerte sehr an die Sprüche, die Christian immer führte, aber Trixi meinte, Silvia zutrauen zu können, dass sie durchsetzungsfreudiger war als ihr Bruder.

Silvia gab Trixi ein frisches Taschentuch und sagte: „Komm, gehen wir essen. Du solltest überhaupt regelmäßig ordentlich essen. Ich hoffe, du magst Spagetti. Richard müsste inzwischen fertig gekocht haben."

„Du hast es gut mit deinem Freund. Er hilft dir so viel."

Silvia seufzte. Bei ihrer Beziehung lagen die Probleme halt woanders, aber es gab sie doch auch.

„Mach dir keine Sorgen, Trixi, wirst sehen, es kommt alles in Ordnung. Papa wird uns mit der Organisation helfen, da bin ich mir sicher. Komm, jetzt gehen wir essen."

Mittlerweile hatte Richard die Spagetti und das Sugo fertig gekocht und aufgetischt. Christian deckte gerade den Tisch. Herr Weingartner suchte Bier im Kühlschrank. „Für mich auch eins", sagte Christian.

Trixi und Silvia setzten sich. Die Männer waren etwas verlegen, aber Silvia sagte nichts, sondern verteilte die Nudeln und das Sugo auf den Tellern. Da Trixi etwas weniger unglücklich aussah, fragten die Männer nichts, sondern begannen zu essen.

Als die Teller fast leer und die Mienen heiterer waren, begann Silvia vorsichtig: „Gell, Papa, Christian und Trixi können doch mit dir rechnen?"

Herr Weingartner stellte sich zunächst verständnislos: „Wobei rechnen?"

„Na, bei der Vorbereitung der Hochzeit. Du kennst dich doch aus. Du hast ja bei Monis Hochzeit auch alles so schön organisiert. Du bist schon in Übung."

„Ist ja gut. Aber dass du mir in ein paar Monaten nicht auch noch kommst. Sonst wird es mir zuviel."

„Sicher nicht. Ich habe noch Zeit", sagte sie mit einem Seitenblick auf Richard, der sich bemühte, einen kleinen Schrecken zu verbergen.

„Aber zum Standesamt und zur Pfarre müsst ihr schon selber gehen."

Christian machte noch einen schwachen Versuch, dem ganzen Aufwand zu entgehen: „Aber ich weiß doch gar nicht, wohin ich gehen muss. Ich weiß nicht, wo das Standesamt ist, und ich weiß nicht, wo die Pfarre ist."

Silvia lachte: „Das ist ja wohl das geringste Problem. Du findest ja als Sanitäter auch überall hin, also wirst du doch auch das Gemeindeamt finden. Notfalls mit Hilfe eines Stadtplanes. Und die Pfarre ist gleich um die Ecke. Sofern du nicht weghörst, kannst du die Glocken hören."

Da schaltete sich Trixi ein: „Ich möchte in meinem Dorf heiraten. Dort ist eine schöne kleine Kirche."

Das Wort „klein" beruhigte Christian einigermaßen. Nur keinen übertriebenen Aufwand! Wenn die Kirche klein war, dann gingen wenigstens nicht zu viele Leute hinein. Vielleicht war Heiraten ja gar nicht so schlimm, aber lieber wäre es ihm schon gewesen, er hätte das alles schon hinter sich. Da fiel ihm noch etwas ein: „Wir haben aber doch gar keine Wohnung!"

„Ich glaube, das Problem können wir auch lösen", sagte der Vater, „unser Mieter hat angedeutet, dass er zu seiner Freundin ziehen will. Da könntet ihr doch für den Anfang wohnen, bis ihr was Eigenes habt. Ich werde mit dem Mieter reden."

Christian konnte sich mit dem Heiraten allmählich immer mehr anfreunden: „Also, dann werden wir irgendwann zum Standesamt gehen und zur Pfarre. In Ordnung, mein Schatz?"

„Nicht irgendwann! Wann ist dein nächster freier Tag?"

„Äh, am Montag, nach dem Wochenenddienst. Aber am Nachmittag muss ich in die Werkstatt."

„Der Vormittag reicht. Ich hole dich ab."

Diese Entschlossenheit zeigte wieder ganz die alte Trixi. Sie hatte ihren Mut und die Tatkraft wieder gefunden. Und ihren Appetit: „Sind noch Nudeln da? Ich habe noch Hunger."

„Ja, bitte sehr. Sugo auch?"

„Ja bitte."

Silvia freute sich, dass Trixi mit Genuss aß und wieder Farbe auf den Wangen hatte. Ihrem Bruder hätte sie am liebsten einen Tritt verpasst für seine Ausreden. Bei einer anderen Frau hätte sie vermutlich auch gezögert, aber sie war überzeugt, dass er mit Trixi eine gute Wahl getroffen hatte, oder eher, dass er mit Trixis Wahl zufrieden sein konnte. So würde es im Hause Weingartner zwei Hochzeiten in einem Jahr geben. Hoffentlich war bis dahin ihre Mutter wieder gesund.

Dank der Hilfe durch Herrn Weingartner und Trixis Initiative wurde die Hochzeit für den Sonntag nach Allerheiligen angesetzt. Trixi entschied sich dafür, das Kleid bei Monis Schneiderin anfertigen zu lassen. Gemeinsam mit Moni suchten sie ein Modell aus, das Trixis Zartheit zur Geltung brachte, gleichzeitig aber Trixis anderen Umständen Rechnung trug. Es war ja zu erwarten, dass sie innerhalb der nächsten vier Wochen an Gewicht zulegen würde.

Letzteres tat sie auch, denn nun schmeckte ihr das Essen. Ihr Arzt musste sie sogar ein wenig einbremsen, damit die Zunahme nicht gar zu rasant erfolgte, nachdem sie solange viel zu wenig gegessen hatte.

Die Wohnung im Parterre des Weingartnerschen Hauses war auch schon frei, denn es hatte sich ergeben, dass der Mieter seinen Auszug schon geplant hatte. Er hatte nur noch nichts gesagt, weil er befürchtete, dass es seinen Vermietern ungelegen käme, wenn er mitten im Semester auszog.

Trixi und Christian richteten sich also provisorisch ein, indem ein Teil von Trixis Möbeln übersiedelt wurde. Die Küche war schon eingerichtet und noch relativ neu. Ein Doppelbett war noch von den Großeltern vorhanden. Es sah etwas altmodisch aus, aber das war den beiden egal. Jetzt, da alles im Laufen war, freuten sich beide auf die Hochzeit. Es war auch schon abzusehen, dass Frau Weingartner bis zu diesem Zeitpunkt aus dem Spital entlassen war. Sie hatte den Rehabilitationsaufenthalt so geplant, dass sie einen Tag nach der Feier abfahren konnte.

Die standesamtliche Trauung fand in aller Stille statt. Beide hatten auf einen Polterabend verzichtet. Am nächsten Tag gab es die kirchliche Trauung in Trixis Heimatort. In letzter Minute hatte die Schneiderin das Kleid an den wachsenden Umfang der Braut angepasst, und nun sah Trixi entzückend aus: immer noch zierlich, aber nun mit einer gesund aussehenden Figur. Beim raffinierten Schnitt des Kleides sah man ihr die Schwangerschaft nicht an.

Sie zitterte vor Aufregung und konnte die Tränen kaum zurückhalten, als der Priester bei der Zeremonie die Worte von den „Kindern, die Gott euch schenken will" sprach. Leise aber fest sprach sie ihr Ja zu den Fragen, die gestellt wurden. Auch Christian war die Aufregung anzusehen, doch seine Worte kamen laut und stolz.

Das Wetter war dem Festtag angepasst, denn nach dem verfrühten Wintereinbruch im Oktober war der Schnee längst wieder geschmolzen und es war nun überraschend warm und trocken.

Das halbe Dorf war auf den Beinen und schloss sich dem Hochzeitszug an, als man zum Mahl in den Kirchenwirt zog. Es war ein ausgesprochen fröhliches Fest, und sogar Christian war froh, dass es nicht im kleinen Rahmen und fast geheim, wie er es sich vorgestellt hatte, ablief.

Und wie es auf dem Land so üblich ist, war plötzlich die Braut verschwunden, und er musste sich aufmachen, sie zu suchen und auszulösen. Die meisten Gäste feierten noch weiter, als er seine Angetraute und sich selbst von seiner Schwester, die noch nüchtern war, nach Hause bringen ließ.

Herr und Frau Weingartner fuhren mit Moni und Robert mit.

Mechthild war zwar sehr müde, aber es ging ihr gut. Ihr Koffer war schon gepackt, und am nächsten Tag brachte Heinz sie ins Kurzentrum.

Der Haushalt der Weingartners blieb noch für weitere Wochen improvisiert. Es würde noch dauern, bis Normalzustand einkehrte, wenn es überhaupt wieder so werden konnte wie vor Mechthilds Erkrankung. Sie würde wohl Schonung brauchen.

***

Christian und Trixi lebten sich ein als Ehepaar. Eine Hochzeitsreise fand nicht statt, sie wollten sie im Sommer nachholen. Grundsätzlich ging das Leben weiter wie zuvor, Christian arbeitete in der Werkstatt, leistete an Wochenenden oder unter der Woche in der Nacht seinen Dienst als Rettungsfahrer. Trixi hatte es nun weniger weit in die Fabrik. Ihre Kollegen beglückwünschten sie zur Hochzeit und redeten ihr zu, doch kräftig beim Schokoladenbruch zuzugreifen, da sie ja nun für zwei essen müsse. Tatsächlich schmeckten ihr nun die Süßigkeiten besser denn je, und endlich musste sie sich Umstandskleider besorgen. Auch die Schuhe passten ihr nicht mehr. Sie borgte sich bei Moni einige Paare aus, denn sie meinte, es lohne sich nicht, auch noch Schuhe zu kaufen, die ihr in ein paar Monaten nicht mehr passen würden. Sie kaufte sich lediglich ein Paar Winterstiefel.

Die Wintermode kam ihr in dieser Saison sehr entgegen, denn es waren Cape-artige Mäntel modern, die ihr sowohl mit Babybauch als auch später passen würden.

Im April kam ihr Sohn zur Welt. Sie nannten ihn Alfred, nach Trixis Lieblingsonkel. Die Geburt war nicht leicht gewesen, aber es musste kein Kaiserschnitt gemacht werden.

Christian war ganz vernarrt in seinen Sohn. Er war bei der Geburt nicht dabei gewesen. Vielleicht, weil er mittlerweile schon zweimal eine Geburt im Sanka erlebt hatte und keine angenehmen Erinnerungen damit verband. Es war zwar in den siebziger Jahren schon möglich, dass Väter bei der Geburt anwesend sein konnten, aber es wurde noch nicht oft in Anspruch genommen, und Christian wollte seiner Frau dabei nicht zusehen. Auch Rooming-In war nur in wenigen Spitälern möglich, aber leider nicht im Landeskrankenhaus, und so war Trixi froh, als sie entlassen wurde und ihr Baby immer bei sich haben konnte.

Sie wohnten immer noch im Haus der Eltern, und Mechthild fühlte sich kräftig genug, Trixi bei der Babypflege zu unterstützen. Sie arbeitete zwar wieder, aber nur halbtags. Sie half diskret, sodass Trixi dankbar war, dass ihre Schwiegermutter in der Nähe war. So hatte sie auch Gesellschaft, denn seit sie in Mutterschutz war, hatte sie oft das Gefühl, dass ihr die Decke auf den Kopf fiel, denn sie sah Christian nicht öfter als in Zeiten, als sie noch nicht verheiratet waren. Mit dem Kleinen war sie zwar rund um die Uhr beschäftigt, aber sie vermisste doch die Anwesenheit ihres Mannes und die Gespräche. Auch wenn sie selbst kaum je zu Wort kam, so rührte sich immer etwas, da Christian das große Wort führte. Wenn der Kleine nicht gerade schrie, war es still in der Wohnung, die sie noch kaum gewohnt war und im Vergleich zu ihrem Zimmer im Haus ihrer Eltern karg und ungemütlich aussah. Wenn sie wenigstens einen Radioapparat hätte, damit es nicht so still war! Sie wäre gerne zu den anderen Familienmitgliedern nach oben gegangen, aber sie befürchtete sie zu stören. Sie fühlte sich immer noch nicht als Teil der Familie. Am besten verstand sie sich mit Moni, aber die kam nur alle paar Wochen, um ihre Eltern zu besuchen. Vor Silvia hatte sie ein wenig Angst, sie verstand ihre intellektuelle Sprache nicht, und ihre Schwägerin schien immer so überlegen. Außerdem irritierte es sie, dass Silvia offenbar mit ihrem Bruder nur schlecht auskam. Hin und wieder störte auch sie das Verhalten ihres Ehemannes, vor allem wenn er nach dem Wochenenddienst beim RK nicht gleich nach Hause fuhr, sondern mit den Kollegen noch auf ein Bier ging. Dagegen hätte sie ja noch gar nichts einzuwenden gehabt, aber ganz offensichtlich führten sie dabei Gespräche, die sie in eine gewisse Stimmung brachten. Christian kam dann ganz aufgekratzt nach Hause, umarmte sie und versuchte sie ohne Umschweife ins Schlafzimmer zu drängen. Sie fühlte sich überfallen und wehrte sich. Christian verstand nicht: „Was ist denn los? Du hast es doch sonst immer gerne gehabt!"

„Aber doch nicht so!"

„Sei doch nicht so zimperlich. Ich bin gerade so in Stimmung."

„Aber ich nicht. Außerdem wird Alfred gleich aufwachen, und dann muss ich ihn stillen. Du weißt, wie er brüllen kann."

„Jetzt redest du dich auf den Kleinen aus. Du willst nur nicht. Ich habe dich nach der Geburt lange genug in Ruhe gelassen, aber jetzt möchte ich wieder was von dir haben."

Trixi wollte Christian nicht ganz vergrämen und ließ sich auf das Bett fallen. Sie verstand ja selber nicht ganz, warum es ihr gar nicht mehr gefiel, wenn Christian sich ihr näherte. Die Hebamme hatte sie vorgewarnt, dass nach der Geburt das Interesse am Verkehr gering sein könnte, aber es wäre gut, sich nicht nur dem Baby zu widmen, damit sich der Ehemann nicht ganz vernachlässigt fühlte. Das fiel ihr jetzt ein, und so dachte sie, dass sich das für eine Ehefrau wohl so gehörte. Hoffentlich gibt sich das wieder, dachte sie, sonst ist Ehe eigentlich gar nicht wirklich erstrebenswert, nur weiß man das vorher leider nicht. Ob es allen Ehefrauen und Müttern so ging? Ihre Mutter fragte sie besser nicht, aber vielleicht die Schwiegermutter. Oder lieber doch nicht, sie sah ja, dass es mit deren Ehe nicht zum Besten stand. Sie hatte auch ein Streitgespräch zwischen Silvia und ihrem Vater mitbekommen, wobei es offensichtlich um die Geliebte ihres Schwiegervaters ging. So gesehen, war sie mit Christian doch ganz gut dran. Sie war überzeugt, dass er nicht fremd ging. Wenn sie nur mit ihm reden könnte, dass er ihr noch etwas Zeit ließ, oder sie nach den Wochenenddiensten nicht so bedrängte. Sie war ja gerne mit ihm intim, aber sie wollte ein wenig verwöhnt werden, mehr Zärtlichkeit von ihm bekommen.

Sie band den Gürtel ihres Wickelkleides fest und ging zu Alfred, der gerade aufwachte und ein paar glucksende Laute von sich gab. Sie nahm ihn aus dem Bettchen und gab ihm die Brust, bevor er losschrie. Er saugte kräftig, und sie war froh, dass sie genug Milch hatte, obwohl sie nach der Geburt schnell abgenommen hatte. Sie nahm sich vor, nicht wieder so dünn zu werden, wie sie vor und in der ersten Zeit der Schwangerschaft gewesen war. Die Anspannung und Enttäuschung über Christian ließen nach und sie genoss die Einheit mit ihrem Sohn. Wieder übermannte sie das Wunder ihres Kindes. Zärtlich strich sie über den Haarflaum, die Wangen und das Händchen. Die kleinen Babyfinger schlossen sich um ihren eigenen Zeigefinger. Schließlich drehte sich Alfred satt und zufrieden von ihrer Brust weg. Ein wenig Milch floss aus seinem Mund. Sie nahm ihn hoch und wartete auf das Bäuerchen. Es war so schön ihn zu halten. Sie wollte ihn gar nicht mehr zurück in sein Bettchen legen. Ob sie ihn zu sehr verwöhnte? Sie wollte keinen kleinen Tyrannen erziehen, aber sie konnte sich nicht von dem warmen Körperchen trennen, dass sich an ihre Seite schmiegte.

Christian, der kurz eingenickt war, wachte auf und fragte, ob es etwas zu essen gäbe. Trixi legte Alfred nun doch zurück in sein Bett und ging zum Kühlschrank.

„Ich habe zu Mittag Eintopf gekocht. Ich kann dir was aufwärmen", schlug sie vor.

„Ist mir recht, Hauptsache, es geht schnell. Ich habe Hunger."

Es ging schnell, und Christian legte beim Essen ebenfalls Tempo vor. Kauend berichtete er Trixi die Neuigkeiten von seinem Arbeitstag.

Die größte Neuigkeit hatte er sich bis zum Schluss aufgespart und erzählte sie dann wie nebenbei: „Papa hat gesagt, dass wir eine geförderte Wohnung haben könnten, und er hat sich auch schon umgeschaut. Im Süden der Stadt werden gerade Wohnungen gebaut, die in einem halben Jahr fertig sein werden. Wir könnten uns anmelden. Was meinst du?"

„Können wir uns die anschauen?"

„Klar", sagte er sofort, obwohl er nicht wusste, wie er das anfangen sollte. Bei den Einzelheiten hatte er seinem Vater schon nicht mehr zugehört, denn er war überzeugt, dass dieser alles unternehmen würde, damit die Sache klappte. Trixi schaute ihn misstrauisch an und beschloss, sich selbst an ihren Schwiegervater zu wenden und nach näheren Informationen einen Termin zur Besichtigung auszumachen. Nur weg aus dieser unbequemen, kleinen Wohnung mit den altväterischen Möbeln. Sie wollte etwas Eigenes haben, und dann würden sie eine richtige Familie sein.

„Ist ein Balkon dabei?" fragte sie noch, obwohl sie wusste, dass Christian sich um solche Details nicht kümmerte.

„Kann schon sein. Wahrscheinlich. Heutzutage bauen sie doch alles mit Balkon."

Trixi glaubte ihm nicht, aber sie hoffte dennoch, dass ihr Wunsch nach einem Balkon und womöglich einem Garten erfüllt würde.

In der Nacht lag sie noch lange wach. Sie kam zu dem Entschluss, dass sie das Heft in die Hand nehmen musste, wenn sie wollte, dass ihre Träume in Erfüllung gingen. Die erste Entscheidung hatte sie schon getroffen. Sie würde mit ihrem Schwiegervater reden, sich die notwendigen Informationen holen und notfalls die Wohnung auch alleine besichtigen und alles soweit verhandeln und abschließen, was sie ohne ihren Mann machen konnte. Sie kannte Christian inzwischen gut genug, dass er mit Beschlüssen einverstanden war, wenn er selbst möglichst wenig Arbeit damit hatte.

Nicht, dass er arbeitsscheu war, nein, er arbeitete wie ein Pferd in seinem Beruf und als Freiwilliger beim RK, aber Veränderungen in seinem Leben waren ihm unangenehm, vor allem, wenn sie mit Entscheidungen zu tun hatten. Das haben Veränderungen aber so an sich, und daher war es ihm lieb, wenn andere die Angelegenheit arrangierten und er nur noch ja oder nein dazu sagen musste. Trixi hatte das in der Zeit ihres Zusammenseins gelernt, und, obwohl man es ihr nicht zutraute, setzte sie sich durch, wenn sie sich etwas in den Kopf gesetzt hatte. Sie verblüffte Christian hin und wieder damit, dass seine zarte, schüchtern und sprachlos scheinende Geliebte ihm plötzlich sehr bestimmt ihre Meinung sagte oder einen Wunsch äußerte, der eher nach Befehl klang. In solchen Momenten tauchte vor Christian wieder das Bild Susannes auf: War Trixi vielleicht Susanne doch auch im Wesen ähnlicher, als es zunächst den Anschein gehabt hatte? Aber das wusste Trixi nicht, allenfalls ahnte sie, dass Susanne immer noch in Christians Sinn herumgeisterte. Vielleicht war das auch ein Grund, warum sie so sehr auf eine eigene Wohnung drängte, sodass die Spuren der Vergangenheit endgültig getilgt wurden.

Sie rückte zu Christian hinüber und strich ihm über den Rücken. „Hm", machte der und legte im Halbschlaf den Arm um sie. Sie kuschelte sich eine Weile an ihn, dann schob sie seinen Arm weg, damit sie eine Weile schlafen konnte, bevor das Baby sie weckte und seine Nachtmahlzeit haben wollte.

***

Silvia grübelte. Nicht mehr so wie früher, als ihre Gedanken im Kreis gegangen waren und in Sinnlosigkeit endeten, sondern es hatte sie eine Art positive Unruhe erfasst. Sie spürte, dass ihr Leben an einem Punkt angelangt war, an dem sie etwas verändern musste. Es war nicht gut, im Haus ihrer Eltern zu bleiben. Bis zu diesem Zeitpunkt hatte sie viele Gründe gehabt, sich keine eigene Wohnung zu suchen: sie konnte Geld sparen, um sich dann gemeinsam mit Richard etwas zu schaffen. Dann war sie wegen der kriselnden Ehe ihrer Eltern geblieben. Sie hatte gehofft, auf irgendeine Weise ihren Eltern helfen zu können, ihr Leben wieder in den Griff zu bekommen. Sie musste erkennen, dass sie deren Leben aber nicht leben konnte. Ihre Eltern würden selber einen Weg finden müssen, wie sie ihr Dasein in Hinkunft gestalten wollten. Die lebensbedrohliche Erkrankung ihrer Mutter hatte alle Kräfte Silvias gefordert, sodass die Planung einer gemeinsamen Zukunft mit Richard in den Hintergrund getreten war. Nun war ihre Mutter gesundheitlich über den Berg und hatte mit ihrem Enkel eine neue Aufgabe gefunden.

Bei all den Ereignissen war Silvia ihr Freund Richard nahe gewesen, hatte sich nie darüber beklagt, dass sie oft wenig Zeit für ihn hatte.

Er schien mit der Beziehung zufrieden zu sein, wie sie war. Würde er mitziehen, wenn sie einen Schnitt in ihrem Leben machte? In ihr drängte wieder der alte Wunsch in den Vordergrund, künstlerisch tätig zu sein. Sie wollte unbedingt malen, aber sie wollte nicht nur autodidaktisch tätig sein, sondern lernen. Dazu musste sie wohl in eine größere Stadt ziehen. Würde er mitgehen, würde er auf sie warten? Sie wusste, dass das in nächster Zeit ein Thema werden würde, aber noch war etwas anderes wichtiger. Es betraf ihr tiefstes Inneres.

Dass sie nun seit Monaten jeden Sonntag zur Kirche ging, hatte eine Veränderung bewirkt, ohne dass sie es zunächst registriert hatte. Sie hatte ja eigentlich gar nichts getan, sie hatte nicht mehr gebetet als früher, genau genommen gar nicht, nicht in der Bibel gelesen, sich nicht darum gekümmert, was der Inhalt des Glaubens war oder was die Messe bedeutete. Sie hatte lediglich ihr Versprechen gehalten, nämlich am Sonntag in die Messe zu gehen. Er war ihr nach anfänglichen organisatorischen Schwierigkeiten nie schwer gefallen, das auch zu tun, und sie fühlte sich wohl und friedlich dabei. Nun wuchs in ihr die Sehnsucht, auch wieder, so wie in ihrer Kinderzeit, zur Kommunion zu gehen. Der Messbesuch schien ihr nicht vollkommen ohne die heilige Kommunion. Aber sie wusste, dass ihr Zusammenleben mit Richard ein Hindernis war. Das innerliche Drängen wurde stärker, sodass sie bereit war, ihre Beziehung zu ihrem Freund aufs Spiel zu setzen.

So sagte sie eines Tages ohne langes Überlegen zu ihm: „Du, ich möchte dich um etwas bitten. Ich möchte mir über etwas klar werden. Dazu brauche ich Abstand. Ich möchte eine Zeitlang nicht mit dir schlafen."

Sie sagte es in einem Atemzug und so ruhig, als würde sie ihm nur einen Artikel aus dem Lokalteil einer Zeitung vorlesen.

Richard sah nicht einmal von der Schallplattenhülle auf, die er gerade studierte, und meinte: „Ja, wenn es dir wichtig ist. Dann soll es so sein."

Für so eine wichtige Entscheidung war es erstaunlich banal abgelaufen. Eine Bergtour zu verabreden war immer mit wesentlich mehr Aufregung und Auseinandersetzungen verbunden. Richard konnte sich leicht zu Enthaltsamkeit bereitfinden, da er dachte, es könne doch nicht lange dauern, bis sich Silvia über etwas klar geworden war, was auch immer das sein mochte. Da sie sich ohnehin nicht jeden Tag sahen, war das überhaupt kein Problem. Dass aus ein paar Tagen Wochen, und aus den Wochen Monate würden, konnte er nicht ahnen.

Und es wurden Monate.

Grundsätzlich verlief die Freundschaft zwischen Silvia und Richard wie bisher, nur ohne intimes Beisammensein. Eigentlich gab es überhaupt keine Berührung und Zärtlichkeit mehr, nicht einmal einen Kuss, denn Richard konnte sich körperliche Nähe nicht ohne die Fortsetzung im Bett vorstellen. Wenn schon Abstand sein sollte, dann ganz. Silvia akzeptierte das, so schwer es ihr fiel, schließlich hatte sie ja darum gebeten. Aber dass es nun gar keine Möglichkeit mehr gab, ihre gegenseitige Zuneigung und Verbundenheit durch leibliche Zeichen auszudrücken, rief ambivalente Gefühle in ihr hervor. Einerseits war sie froh, dass ihr Freund eingewilligt hatte, ohne nach den Gründen zu fragen, andererseits nahm sie es ihm krumm, dass er anscheinend so leicht auf das verzichten konnte, was für beide bisher so eine große Quelle der Freude gewesen war. Wie sollte sie das nun deuten? Als Zeichen seiner Liebe oder der Gleichgültigkeit? Sie konnte ja nicht wissen, wie schwer es ihm fiel, und dass der völlige Abstand für ihn die einzige Möglichkeit war, ihren Wunsch zu erfüllen, vor allem über die lange Zeit, die es schließlich dauern sollte.

Da sich an seinem sonstigen Verhalten ihr gegenüber nichts änderte, nahm sie sein Verhalten für Liebe. Sie plauderten und diskutierten wie immer scherzhaft und schlagfertig, sie planten ihre gemeinsamen Touren zu zweit oder zusammen mit ihrer Bergsteigergruppe, hörten Musik, tranken Tee, kochten und tauschten Bücher aus. Beim letzteren deckte sich ihr jeweiliger Geschmack nicht mehr ganz, denn Richard bevorzugte Literatur, die die schlimmen Seiten der Menschheit zeigte, Pessimismus, Skeptizismus bis zu bitterem Zynismus. Damit war er ganz auf der Höhe der Zeit. Noch vor einigen Monaten hätte Silvia darin mit ihm übereingestimmt, aber die Realität ihres Berufs, der nur mit Humor zu bewältigen war, und Änderungen in ihrer Weltanschauung, über die sie sich selbst noch gar keine Rechenschaft geben konnte, ließen sich nicht mehr mit all den Ismen vereinbaren, in denen Richard schwelgte. Nach all dem, was sie in den letzten Monaten an Schwerem erlebt hatte, wollte sie in ihrer Freizeit nur mehr Entspannung und Lachen. Und sie wollte

Richard zum Lachen bringen. Er wehrte sich dagegen: „Die Welt ist düster, da gibt es nichts zu lachen. Hör auf mit den dummen Scherzen. Die sind nicht angebracht."

Und schon zitierte er witzig-ironische Passagen aus Büchern, die er gerade gelesen hatte, und die seine Weltuntergangsstimmung genau illustrierten. Silvia versuchte ihn davon zu überzeugen, wie viel Positives es gab. Sie merkte nicht, dass sich ihre Rollen vertauscht hatten. Zu Beginn ihrer Beziehung war sie im Negativen verhaftet gewesen, und Richard hatte versucht, sie aus der Depression zu führen. Ihr war damals gar nicht aufgefallen, dass er eine grundsätzlich negative Weltsicht hatte, schließlich hatte diese gut zu ihrer eigenen gepasst. Der Unterschied war lediglich, dass Silvias Depression sich auf sie selbst bezog und Selbstzweifel hervorgerufen hatte, und im Gegensatz dazu verlagerte Richard das Negative nach außen. Selbstzweifel waren ihm weitgehend fremd. Seine Intelligenz erlaubte es ihm, sich über diejenigen zu stellen, die seinen manchmal vertrackten Gedankengängen nicht folgen konnten. Er konnte seine Ansichten immer ausführlich begründen und gegensätzliche Argumente niederschlagen.

Noch tat diese Verschiedenheit ihrer Freundschaft keinen Abbruch, denn sie hatten so vieles gemeinsam, und ihre Debatten waren von vielen witzigen Scherzen begleitet und selten verletzend. In dieser Hinsicht hatte sich Richard sehr gebessert. Er hatte zur Kenntnis genommen, dass Silvia durch ihre Berufstätigkeit nicht wirklich anders geworden war. Hin und wieder entschlüpfte ihm noch eine Bemerkung wie: „Das verstehst du ja doch nicht mit deinem Spatzenhirn", aber das war meist von einem Augenzwinkern begleitet, sodass Silvia meinte, es nicht krumm nehmen zu müssen. Nach außen merkte niemand, dass sich in ihrer Beziehung etwas geändert haben könnte. Der einzige, der sie manchmal forschend ansah, war ihr langjähriger Freund Karli, der einmal zu seiner Frau Anni bemerkte: „Ich weiß nicht, mir kommt vor, dass die beiden nicht wirklich zusammen passen."

Anni zuckte nur mit den Achseln und sagte nichts.

***

Alfred gedieh prächtig, und Trixi kam gut mit ihm zurecht. Es war, als wenn sie immer schon Mutter gewesen wäre, denn sie spürte, was ihr Kind brauchte und versorgte es ohne Nervosität und Hast.

Christian war ein stolzer Vater und verhielt sich, als sei dieses Kind allein sein Werk. Er scheute sich nicht, den Kleinen zu baden und zu wickeln und schob vergnügt den Kinderwagen.

Ein paar Mal waren sie schon zur Baustelle gefahren, um zu sehen, wie weit ihr zukünftiges Domizil schon war. Im Herbst würde es bezugsfertig sein. Christians Vater hatte bei der Antragstellung geholfen, sodass ihnen eine Zweieinhalb-Zimmerwohnung sicher war. Zu Trixis Freude hatte sie tatsächlich einen Balkon und einen Gartenanteil.

Drei Monate nach Alfreds Geburt war es Trixi, als müsste sie trotz aller Freude mit ihrem Baby einmal raus aus dem Alltag und etwas anderes sehen. Sie nahm Alfred auf den Arm und ging hinauf in die Küche der Weingartners, wo gerade Silvia nach Hause gekommen war.

„Nimm Platz. Darf ich Alfred einmal halten?" lud Silvia sie ein.

Silvia nahm das Baby auf den Schoß und Trixi setzte sich.

Trixi kam gleich zur Sache: „Ich möchte so gerne auf Urlaub fahren. Glaubst du, das könnte ich mit dem Baby machen?"

„Ich weiß nicht, woran denkst du denn?"

„Könnten wir nicht zu viert, ja eigentlich zu fünft, irgendwohin fahren, du mit Richard und wir mit Alfred. Wenn du mir hilfst, muss das doch auch mit dem Baby möglich sein."

„Wir haben noch keine Urlaubspläne. Wir sind ja meist auf einer Hütte oder mit dem Campingzelt unterwegs und machen dann Bergtouren. Das geht sicherlich nicht mit dem Baby. Aber wir könnten ja einen Stützpunkt haben und dann kann ja jeder machen, was möglich ist."

„Ich dachte, wir könnten vielleicht einen Wohnwagen mieten. So etwas Ähnliches haben Christian und ich schon gemacht. Damals hatten wir einen Campingbus. Das ist zu viert plus Baby wahrscheinlich zu unbequem, aber mit einem Wohnwagen müsste es gehen."

„Keine schlechte Idee. Das wäre zu überlegen. Papas Auto hat eine Anhängerkupplung, und ich bin sicher, er leiht uns das Auto. Und Christian könnte über die Beziehungen seiner Werkstatt bestimmt einen Wohnwagen auftreiben. Wenn nicht, ist immer noch Zeit, ein Inserat in die Zeitung zu geben. Ich werde Richard fragen, wie er darüber denkt."

„Und ich frage Christian."

Christian war nicht begeistert: „Willst du wirklich mit dem Baby eine Reise machen? Er ist doch noch viel zu klein. Und außerdem zu viert im Wagen, das wird eng."

„Ich bin sicher, es funktioniert. Und außerdem: ich muss einfach einmal wieder raus, ich halte es hier nicht mehr aus!"

Christian war verblüfft über ihren Temperamentsausbruch: „Was hast du denn auf einmal? Was ist denn hier so schrecklich? Du hast doch alles, was du brauchst!"

„Du verstehst das nicht. Du bist ja draußen und hast deine Kollegen. Ich bin hier die meiste Zeit alleine. Die anderen arbeiten ja alle. Von den Nachbarn kenne ich auch niemanden. Meine Freundinnen arbeiten alle und wohnen weit weg."

„Und deswegen willst du auf Urlaub fahren und dir und uns allen so eine Strapaze antun?

„Was ist denn auf der Reise so viel anders als zu Hause? Ich kann Alfred im Wohnwagen genauso gut versorgen wie zu Hause. Und wir sehen einmal was anderes."

„Wenn du meinst. Und Silvia und Richard wollen auch mitfahren?"

„Von Richard weiß ich es noch nicht. Aber mit Silvia wäre es mir angenehm. Ich hätte ja auch Monika gefragt, aber die haben schon eine Fahrt auf einem Kreuzfahrtschiff gebucht."

Christian fielen keine echten Gegenargumente ein, also willigte er vorläufig ein: „Aber um einen Wohnwagen schaue ich mich erst um, wenn ich sicher weiß, dass Silvia und Richard mitfahren."

Richard meinte, es sei einmal etwas anderes, und warum auch nicht. Zeit hatte er ja.

Also war es beschlossen. Frau Weingartner zeigte sich entsetzt über den Plan, mit so einem kleinen Kind auf Urlaub zu fahren, aber Trixi meinte: „Wir fahren doch erst Ende August, dann ist Alfred schon fast fünf Monate alt. Er ist ja so kräftig."

„Wo wollt ihr denn überhaupt hinfahren?"

„Darüber haben wir noch gar nicht geredet. Ich würde gerne nach Kärnten fahren, an einen See."

„Das klingt gut. Das ist nicht so weit, und das Klima ist dort auch gut. Ich kann es dir sowieso nicht ausreden."

Für den Juli hatte Silvia schon einen Plan. Sie fuhr mit Irmgard, ihrer liebsten Kollegin von ihrer Schule, die Romantische Straße in Bayern entlang. Irmgard hatte sich gerade ein Auto gekauft und wollte die erste längere Ausfahrt nicht alleine machen. Da die beiden sich gut verstanden, konnten sie sich eine gemeinsame Reise vorstellen.

Sie fuhren also durch die schönsten Gegenden Bayerns, übernachteten in Rothenburg und Dinkelsbühl, und landeten schließlich in Frenzing. Beide interessierten sich für den dort ansässigen kleinen Verlag. Sie hofften, Literatur für ihren Unterricht zu finden. Sie wurden im Verlagsladen freundlich empfangen und bekamen jede einen Stapel Freiexemplare für die Schule. Silvia kam mit einer Dame um die fünfzig ins Gespräch, die sie zunächst für eine Kundin hielt. Sie stellte sich als Autorin für Kinderbücher vor. Silvia war wie elektrisiert. Da sie einander gleich sympathisch waren, verabredeten sie sich für den nächsten Tag in einem Café. Irmgard hatte andere Interessen, und so traf sich Silvia mit ihrer neuen Bekannten. Sie unterhielten sich lange. Silvia offenbarte ihren geheimen Wunsch, ebenfalls zu schreiben und zu malen. Die Schriftstellerin interessierte sich für Silvias Zeichnungen, da sie plante, für ihre Werke einen neuen Illustrator zu suchen. Sie tauschten Adressen und Telefonnummern aus, und Silvia versprach, Frau Engelbrecht – so hieß die Schriftstellerin – Fotos von ihren Zeichnungen zu schicken. In ihr keimte die Hoffnung, nun ihrem Leben eine ganz andere Richtung geben zu können.

Sie wollte sich aber keine Illusionen machen, denn als Illustratorin hatte sie sicherlich kein üppiges Leben. Das Dasein als Lehrerin war auf alle Fälle einfacher und sicherer, was das Einkommen betraf. Aber halt nicht das, was sie sich seit Kindertagen erträumt hatte.

Irmgard war da anders. Für sie war der Lehrberuf eine Selbstverständlichkeit. Sie konnte sich keinen anderen Beruf vorstellen. Was sie sich vom Leben noch wünschte, waren ein Mann und ein Kind, vielleicht auch zwei Kinder. Den Mann musste sie erst noch finden. Heiraten musste ihrer Meinung nach nicht sein.

Silvia antwortete nur einsilbig, als sie Irmgard wieder traf, nachdem sie sich von Frau Engelbrecht verabschiedet hatte. Sie redete sich auf Müdigkeit aus. Also gingen sie an diesem Tag früher schlafen.

Ein paar Tage hatten sie noch geplant, und so schlenderten sie durch mittelalterliche Städte, besichtigten Burgen und machten sich dann gemächlich auf den Heimweg.

Christian fiel es nicht schwer, einen nicht mehr ganz neuen Wohnwagen aufzutreiben. Finanziell ging es ihm zu dieser Zeit nicht schlecht, auch Silvia hatte genug gespart, nur Richard hatte für so ein Unternehmen zu wenig auf der hohen Kante. Die gelegentlichen Jobs, die er bei diversen Forschungsinstituten hatte, brachten zu wenig ein, also pumpte er wieder einmal seine Mutter an. Da er dieses Semester einige Zeugnisse erworben hatte, seufzte seine Mutter ein wenig leiser als sonst, wenn sie die Geldbörse zückte.

Es wurde ein denkwürdiger Urlaub. Richard und die Geschwister fanden Trixis Vorschlag gut, und so brachen sie in der letzten Augustwoche zum Ossiacher See auf. Alfred konnte schon gut sitzen, daher konnten sie ihn im Kindersitz unterbringen. Der Sitz nahm einiges an Platz weg, sodass Silvia und Trixi im Fond recht beengt saßen. Aber sie mussten ohnehin oft Pausen einlegen.

Zusätzlich zum Wohnwagen nahmen sie noch ein Campingzelt mit, sodass das junge Ehepaar mit dem Baby den Wohnwagen für sich haben konnte. Silvia und Richard schliefen im Zelt.

Trixi und Christian hatten so viel Zeit füreinander wie noch nie. Trixi schien es, als wären sie erst jetzt richtig verheiratet. Christian strahlte sie an, so oft er sie ansah, streichelte sie offen oder heimlich während des Tages und zeigte sich sehr entspannt. Er machte ihr sogar überraschende kleine Geschenke, die er besorgte, während sie noch schlief oder mit der Betreuung Alfreds abgelenkt war. Wenn sie auf die Zeit der Schwangerschaft und des Wartens auf eine Entscheidung von Seiten Christians zurücksah, dann meinte sie, dass sich das Durchhalten in dieser Qual gelohnt hatte. Die mageren Zeiten waren buchstäblich vorbei. Natürlich hatte sie nach der Geburt abgenommen, aber es war ihr genügend Figur geblieben, dass man keineswegs mehr die Rippen zählen konnte. Und das gefiel natürlich vor allem Christian. Wenn er sah, dass sich andere Männer nach ihr umdrehten, dann legte er sofort schützend und besitzergreifend den Arm um ihre Taille.

Alle kümmerten sich abwechselnd um das Baby, Alfred wanderte von einem Schoß in den nächsten und wurde gehätschelt, sodass es letztlich wirklich erholsam für alle war. Christian spottete, wenn Richard den Kleinen herumtrug: „Na, übst du schon?"

Richard sah verlegen drein, und Silvia gab es einen Stich. Sie hatte den Kinderwunsch noch nie so stark empfunden wie jetzt, da sie beinahe wie eine Großfamilie lebten. In der dritten Nacht überwältigte sie der Gedanke vollends. Sie begann zu weinen. Richard stützte sich auf den Ellbogen: „He, was ist los? Was hast du denn?"

„Nichts. Es ist nur so eine Stimmung."

„Ist das wieder so eine Depression, wie du sie schon oft gehabt hast?"

„Wird wohl so sein."

Das war gelogen, denn die Depressionen, die sie, wie es ihr vorkam, vor langer Zeit gehabt hatte, hatten kaum je einen richtigen Anlass gehabt, aber jetzt wurde sie von Trauer erfüllt, dass sie selbst noch kein Kind hatte und ahnte, dass sie noch länger keines oder überhaupt nie ein Baby haben würde. Aber sie wagte es nicht, Richard den wahren Grund zu gestehen, denn Richard hatte sich im Gegensatz zum Anfang ihrer Beziehung immer wieder negativ über Kinder geäußert. So war es ihr recht, wenn er dachte, sie habe wieder einen Anfall von Sinnlosigkeit und Weltschmerz. Er legte den Arm um sie, um sie zu trösten, und sie fühlte sich tatsächlich ein wenig besser. Aber das Unbehagen begleitete sie durch die zehn Tage hindurch, die sie gemeinsam verbrachten. Sie war sich dessen bewusst, dass sie das zurzeit nicht ändern konnte, so schob sie die trüben Gedanken zur Seite, dachte an die Begegnung mit der Kinderbuchautorin in Frenzing und gab sich den Urlaubsfreuden hin. Sie war eine gute Schwimmerin und genoss es, einmal einen richtigen Badeurlaub zu machen, aus dem Zelt raus zum Wasser zu laufen, eine Viertelstunde zu schwimmen und keinen langen Heimweg zu haben.

Alfred bekam Schwimmflügelchen und durfte auch das Wasser testen. Es machte ihm von Anfang an Spaß, auch wenn er ein wenig das Gesicht verzog, wenn er mit dem Wasser in Berührung kam, denn nicht einmal Kärntner Seen sind so warm wie Mamas Badewanne.

Auch beim Bootfahren machte er glucksende Laute vor Vergnügen. Da sich ohnehin alles um sein Wohlbefinden drehte, war er ein pflegeleichtes Kind.

Sie lebten genügsam mit dem, was sie auf dem Campingkocher zubereiten konnten, nur ab und zu leisteten sie sich ein Essen in einem nahen Wirtshaus. Der See war schon Urlaub genug, aber ein paar Ausflüge in die Berge machten sie doch. Trixi hatte ein Tragetuch für Alfred, und wenn sie einen Spaziergang auf einem Weg machten, der nicht kinderwagentauglich war, wechselten sich Trixi und Silvia mit dem Tragen ab. Christian versuchte es auch, aber er schaffte es nicht, sich das Tuch so umzuwickeln, dass Alfred bequem darin saß. Männerkörper sind wohl nicht so recht geeignet für ein einfaches Tragetuch.

Am meisten genoss den Urlaub Trixi, die glücklich war, dass ihr Wunsch in Erfüllung gegangen war und nun noch besser ausfiel, als sie es sich ausgemalt hatte.

Das Wetter spielte mit, es war warm und sonnig, nicht zu heiß, gerade richtig. Die geplanten eineinhalb Wochen passten auch gut, sie fuhren gut gelaunt nach Hause, bevor sie sich wegen der unbequemen Unterkunft gegenseitig auf die Nerven gehen konnten. Silvia spürte, dass Richard diese Art von Ferien wenig angemessen war – ein paar Tage länger und er hätte sich wohl tödlich gelangweilt, was dann alle hätten ausbaden müssen. Um ihm einen Ausgleich anzubieten, schlug sie im Anschluss an den Badeurlaub eine mehrtägige Bergtour vor. Als Christian mit seiner Familie wieder gut zu Hause gelandet war, packten Richard und Silvia also die Bergsachen ein und fuhren per Autostopp in die Dolomiten. Papas Auto konnten sie leider nicht mehr ausborgen.

Der Abenteuerurlaub war ganz nach Richards Geschmack. Sie hatten Glück, dass sie meist nicht lange mit ausgestrecktem Daumen an der Straße stehen mussten, sondern in ihrer Bergsteigerkluft als vertrauenswürdige Autostopper eingestuft wurden und trotz der großen Rucksäcke immer wieder mitgenommen wurden. Sie brauchten nur zwei Tage bis Cortina d'Ampezzo. Zunächst biwakierten sie in einem Heustadel, dann brachen sie zu einer Schutzhütte auf. Sie machten nur leichte Bergtouren, da sie kein Kletterseil mitgenommen hatten.

Silvia empfand das Ganze als arge Strapaze, sie konnte auf den Schutzhütten und in den Heustadeln schlecht schlafen und fühlte sich bald erschöpft. Aber sie liebte die Berge und konnte sich nicht vorstellen, dass man Bergsteigen auch bequemer haben konnte als mit Nächtigungen in staubigen Lagern oder im Heu, oder womöglich auf freiem Feld, was ihnen auch nicht erspart blieb, als sie einmal beim Autostopp weit abseits von jeglicher Unterkunft abgeladen wurden. Mit öffentlichen Verkehrsmitteln zu fahren und in einem Gasthaus oder gar in einem Hotel zu übernachten fanden beide spießig, außerdem fehlte Richard das Geld dafür. Einen Vorteil hatten die primitiven Biwaks: die beiden waren meistens nicht alleine, da brauchbare Schlafplätze in Bergsteigerkreisen allgemein bekannt waren, und so gab es keine Gefahr, dass Richard sein Versprechen, von intimem Beisammensein Abstand zu nehmen, brechen konnte. Manchmal rückte Silvia im Dunkel der Nacht an ihn heran und streichelte seine weichen Locken, aber dann schob er ihre Hand weg. Wenn er sie nicht ganz haben konnte, dann ertrug er auch kleine Annäherungen von ihrer Seite nicht.

Alles in allem war diese Tour ein würdiger Abschluss für die Ferien, das Arbeitsjahr konnte wieder beginnen.

Dieses Schuljahr ging Silvia lockerer an, denn Manches war schon Routine, und außerdem hatte sie ja neue Pläne. Neben den üblichen Aufgaben, die das Schuljahr einleiteten, ging sie daran, von ihren Zeichnungen Fotos zu machen. Sie schickte sie an Frau Engelbrecht.

Nach ein paar Tagen läutete das Telefon. Frau Engelbrecht war am Apparat: „Spreche ich mit Fräulein Silvia Weingartner?"

„Am Apparat." (Silvia war ein wenig irritiert über die Anrede „Fräulein", aber die Anruferin war eine ältere Dame und konnte sich wohl nicht an die neue Sitte gewöhnen, jede weibliche Erwachsene mit „Frau" anzusprechen, auch wenn sie unverheiratet war.)„Hier ist Barbara Engelbrecht. – Hallo?"

Silvia antwortete nicht gleich, sie hielt kurz den Atem an. Wenn Frau Engelbrecht anrief, musste das etwas Gutes bedeuten, sonst hätte sie wohl nur einen höflichen, aber ablehnenden Brief geschrieben. Nur nicht gleich das Großartigste erwarten, redete sie sich selber zu, bevor sie sich wieder meldete: „Ja, hallo, ich meine, Grüß Gott. Sie haben die Fotos bekommen?"

„Danke vielmals. Wie geht es Ihnen?"

„Danke gut. Und Ihnen?"

„Mir geht es ebenfalls gut. Ich arbeite gerade an einem neuen Buch. Es ist fast fertig. Ihre Zeichnungen haben mich sehr angesprochen. Der

Stil passt zu meiner Schreibweise. Wenn ich Ihnen das Manuskript schicke, könnten Sie sich vorstellen Illustrationen zu machen? Haben Sie Zeit?"

Silvia schnappte noch einmal nach Luft. Natürlich hatte sie Zeit. In diesem Schuljahr wurden ihr zu wenige Deutsch- und Geschichtestunden zugeteilt, um eine volle Lehrverpflichtung zu ergeben.

„Ich habe tatsächlich heuer mehr Zeit. Ich würde das gerne versuchen."

„Damit wir uns klar verstehen: es geht nicht um einen Versuch. Ich traue es Ihnen zu. Wenn Sie sagen, Sie möchten es machen, dann machen wir einen Vertrag. Also schauen Sie sich das Manuskript an, machen Sie ein paar Skizzen, und dann schauen wir, ob wir uns einigen können."

Das klang sehr geschäftlich, aber Silvia wusste, jetzt musste sie zupacken, so eine Chance kam nicht so schnell wieder.

„Ich habe schon verstanden. Ja, ich möchte das machen."

„Gut, in einigen Tagen werde ich das Manuskript fertig haben. Dann schicke ich es Ihnen mit den Vermerken, wo ich mir vorstelle, dass Illustrationen hinein kommen sollten. Ist Ihnen das recht?"

„O ja, das ist mir recht. Danke vielmals."

Sie verabschiedeten sich, und Silvia musste sich erst einmal beruhigen. Dann rief sie sofort Irmgard an, denn die war im Grunde der Auslöser für die Reise nach Frenzing gewesen. Wenn sie nicht dorthin hätte fahren wollen, hätte sie Frau Engelbrecht nie kennen gelernt.

Irmgard freute sich mit ihr und war auch sofort überzeugt davon, dass Silvia das gut machen würde. „Und das sage ich nicht, weil ich deine Freundin bin", fügte sie hinzu.

Silvia wusste, dass sie ihr glauben konnte.

Nach diesem Gespräch wunderte sie sich, dass sie bei dieser wunderbaren Nachricht nicht zuerst ihren Liebsten angerufen hatte. Sollte man solche Dinge nicht zuerst mit dem Freund besprechen?

Richard reagierte weder sehr überrascht noch freudig. Er sagte nur: „Hm, hm, ja, dann mach das halt. Warum auch nicht? Du kannst das sicher."

Dann fragte er, ob er zum Abendessen kommen könne: „Gibt's Spagetti?"

„Kann ich machen. Kommst du um sieben?"

Silvia hätte sich mehr Enthusiasmus von seiner Seite gewünscht. Aber so war er halt. Er hielt zwar zu ihr und unterstützte sie in ihren Aufgaben, aber es schien ihn nicht sonderlich zu berühren.

Er war ausnahmsweise pünktlich. Damit hatte wiederum Silvia nicht gerechnet, und so waren die Spagetti noch nicht zugestellt. Sie kochten also gemeinsam und scherzten und neckten sich.

Zu Silvias Freude ermunterte er sie, über ihr neues Vorhaben zu berichten, und wie sie dazu gekommen war, ein Buch zu illustrieren.

Während sie die Spagetti wickelten, schilderte Silvia die Reise entlang der Romantischen Straße im Detail, erzählte von Frau Engelbrecht und vom Telefongespräch.

„Das ist schön für dich", fasste Richard alles zusammen, „du wirst also jetzt Kinderbuch-Illustratorin."

So weit hatte Silvia noch nicht gedacht. Aber der Gedanke war recht verlockend.

„Kann sein. Ich möchte mich da nicht festlegen. Wer weiß, ob ich genug Aufträge bekomme, damit ich davon leben kann. Ich werde wohl eher im Lehrberuf bleiben. Ich muss ja keine volle Verpflichtung nehmen."

Richard war offensichtlich mit den Gedanken mittlerweile ganz woanders. „Gehen wir in dein Zimmer und hören wir noch ein wenig Musik."

Silvia verstand. Für Richard war ihr Vorhaben ein weiterer Punkt, mit dem sie sich von ihm entfernte. Wie sollte sie ihm klarmachen, dass das ihre Liebe zu ihm nicht beeinträchtigte?

Sie legte seine Lieblingsplatte auf und ihre Anliegen vorläufig auf Eis. Sie schmeichelte ihm wie in den ersten Tagen ihres Kennenlernens.

„Hör auf", sagte er nicht unfreundlich, „ich möchte mich nicht verlieben."

„Warum denn nicht? Das ist doch was Schönes!"

„Es ist anstrengend, und ich will mich nicht anstrengen."

Werden Frauen und Männer jemals einander verstehen, fragte sich Silvia im Stillen. Richard fragte sich grundsätzlich dasselbe, fügte aber den Wunsch hinzu, Frauen möchten sich doch im Denken dem Manne anpassen, auch wenn sie dies nie in vollkommenem Maße schaffen würden.

Silvia hingegen fasste es als ein Abenteuer auf, ihren Geliebten immer besser kennen zu lernen und immer neue Facetten zu entdecken. Sie war überzeugt, dass das eine Lebensaufgabe sein würde und freute sich darauf.

Ein paar Tage später kam aus München ein dicker Brief mit dem Manuskript von Frau Engelbrecht. Silvia las es aufmerksam durch. In der Geschichte ging es um Tiere, und das freute Silvia besonders, weil sie gerne Tiere zeichnete. Sofort ging sie daran, für die markierten Stellen im Text entsprechende Zeichnungen zu entwerfen. Es ging ihr leicht von der Hand. Sie deutete die Farben nur an, fotografierte die Entwürfe und schickte die Originale nach München an die angegebene Adresse. Sie bedauerte, dass sie wieder ein paar Tage warten musste, bis die Fotos entwickelt waren. Wenn es nicht um die Farben gegangen wäre, hätte sie die Zeichnungen in einer Kopieranstalt einfach kopieren können, aber Farbkopierer waren zu dieser Zeit noch Zukunftsmusik. Also blieb ihr nur das Fotografieren.

Wieder gab es eine schnelle Rückmeldung per Telefon. Frau Engelbrecht war zufrieden und forderte Silvia auf, die Zeichnungen im Detail auszuführen. Sie solle sich ruhig Zeit lassen.

Silvia kaufte also Aquarellpapier und Künstlerfarben, denn bisher hatte sie nur das Material verwendet, das sie seit ihrer Schulzeit kannte. Dann machte sie sich an die Arbeit. Sie konnte es kaum erwarten, dass sie mit ihren Arbeiten für die Schule fertig war, damit sie ans Zeichnen gehen konnte. Sie war so vertieft, dass sie kaum bemerkte, dass sich im Hause Weingartner Veränderungen ergeben hatten. Sie ergaben sich auch nur allmählich. Doch irgendwann stellte Silvia mit Erstaunen fest, dass ihr Vater öfter an den Abenden zu Hause war, und das auch noch nüchtern. Ihre Mutter kommentierte das trocken: „Wird ihm wohl die Lotte den Laufpass gegeben haben."

Das war aber offensichtlich nicht der Fall, denn manchmal hörten sie, wie Herr Weingartner am Telefon sagte: „Geht leider nicht, habe keine Zeit, muss mich um die Familie kümmern."

Das war eindeutig etwas Neues. Er verbrachte auch plötzlich Zeit mit Alfred, den er nach erster zögerlicher Annäherung gerne auf den Schoß nahm, oder er spielte mit ihm auf dem Fußboden. Trixi freute sich über die Besuche, denn es gab immer noch Zeiten, in denen sie sich einsam fühlte, auch wenn Christian seit ihrem Kärntner Urlaub nicht mehr so viel Zeit mit den Kollegen in Bars verbrachte.

Eines Tages im November kam Christian mit einer Neuigkeit: „Was meinst du, beim RK haben sie mir angeboten, dass ich vollzeitlich angestellt werde und nicht mehr als Freiwilliger arbeiten soll."

Trixi konnte zunächst die Bedeutung dieses Angebots nicht recht einschätzen: „Bekommst du dann Geld dafür? Du kannst aber dann nicht mehr in der Werkstätte arbeiten."

„Natürlich bekomme ich ein Gehalt. Es ist nicht viel, das heißt, ich werde weiter in der Werkstätte arbeiten müssen. Es verschieben sich halt die Zeiten. Und es wird weniger Nacht- und Wochenenddienste geben."

Trixi hörte vor allem das letztere. Da würden sie vielleicht endlich mehr Zeit füreinander haben. Christian bekam ja schon gar nicht mehr mit, wie sich Alfred entwickelte.

„Du sagst doch zu, oder?"

„Ja, das mache ich." Er verschwieg, dass er bereits zugesagt hatte.

„Ich habe noch etwas für dich."

„Spann mich nicht auf die Folter. Zeig's mir!"

„Jetzt und hier kann ich es dir nicht zeigen. Da musst du morgen mit mir kommen."

„Sag's mir!"

„Nein, morgen wirst du es sehen."

Christian genoss die Spannung und die Ungeduld seiner Frau.

Am nächsten Morgen brachte er ihr das Frühstück ans Bett.

„Ich habe doch nicht Geburtstag", begann sie.

„Das ist Teil der Überraschung. Ich habe heute frei."

Trixi erinnerte sich an die versprochene Neuigkeit: „Ich kann jetzt nicht frühstücken, ich muss Alfred anziehen. Du wolltest doch mit mir irgendwohin fahren."

„Lass den Kleinen bei Mama. Dort, wo wir hinfahren, ist es kalt. Du musst jetzt essen."

Sie gab nach, er setzt sich zu ihr und sie frühstückten gemeinsam. Trixi platzte fast vor Neugier, aber Christian ließ sich kein Wort entlocken. Sie begann erst etwas zu ahnen, als sie die Stadt Richtung Süden verließen, aber nun sagte sie nichts, denn sie wollte Christian die Freude nicht verderben. Wahrscheinlich war das Haus fertig und sie konnten ihre zukünftige Wohnung ansehen. Es kam aber noch besser, als sie es erwartete.

Sie mussten tatsächlich nicht mehr über Bretter balancieren, als sie das Haus betraten. Ein Vertreter der Wohnbaugenossenschaft empfing sie und führte sie zu ihrer Wohnung. Er drückte Christian die Schlüssel in die Hand und ließ ihnen den Vortritt.

„Bitte, schauen Sie sich noch einmal um, ob alles passt. Die Papiere haben Sie ja schon. Ihre Frau muss noch unterschreiben."

Trixi war baff. Christian hatte hinter ihrem Rücken alles arrangiert.

„Trixilein, wie gefällt dir unsere neue Wohnung?"

„Ein Wahnsinn!"

Mehr brachte sie im Moment nicht heraus. „Wann können wir denn einziehen?"

„Nächste Woche. Der Strom muss erst angemeldet werden und die Heizung angestellt. Wir wollen doch nicht frieren."

„Nächste Woche schon? Ich muss doch packen! Wie soll ich das schaffen?" Trixi packte einen Moment lang Verzagtheit.

„Erstens haben wir nicht viel zu packen, zweitens habe ich drei Tage frei von der Werkstätte. Im RK fange ich erst im Dezember an, und Nachtdienste habe ich derzeit nicht. Außerdem werden uns Moni und Robert helfen. Petzi hilft uns auch beim Transport."

„Sie können jetzt schon einiges hierher transportieren, Sie haben ja schon die Schlüssel", mischte sich der Herr der Wohnbaugenossenschaft ein, „und falls Sie am späten Nachmittag kommen, die Stiegenhausbeleuchtung und die Garage funktionieren schon. Nur in der Wohnung werden Sie eine Taschenlampe brauchen. Es wird ja jetzt bald dunkel."

So viel Hilfe beruhigte Trixi einigermaßen. Obwohl sie die Wohnung gerne noch genauer angesehen hätte, drängte sie aufs Heimfahren, denn sie wollte Alfred nicht so lange alleine lassen.

„Er ist bei Mama in guten Händen. Die kann ihn doch auch füttern", protestierte Christian, gab aber nach.

Alles geschah wie geplant. Als sie sich ein letztes Mal im Haus der Weingartners umsahen, spürte Trixi doch eine Art Trauer. Obwohl es alles andere als bequem gewesen war, hatte sie doch hier die erste Zeit ihrer Ehe und mit ihrem Sohn verbracht, war ihrer Schwiegermutter sehr verbunden gewesen und hatte auch ihre anfängliche Scheu vor Silvia überwunden. Sie würde sogar Silvias Kater Kasperl vermissen, obwohl sie immer sorgsam darauf bedacht war, dass er ihrem Kind nicht zu nahe kam. In alter Gewohnheit scheuchte sie ihn ein letztes Mal die Treppe hinauf.

Es war ihr bewusst, dass nun ein neuer Lebensabschnitt begann.

Vor dem neuen Haus warteten schon Moni und Robert. Sie packten gleich zu, als Christian den Kofferraum öffnete. Trixi spitzte die Ohren, als Robert zu Monika sagte: „Du nimmst aber nur die ganz leichten Sachen!"

War bei Moni etwas unterwegs? Sie bezähmte ihre Neugier, Moni würde es ihr schon sagen. Und das tat sie auch, als sie dann gemeinsam Tee tranken. Moni spürte, dass Trixi schon eine Ahnung hatte, also sagte sie: „Du hast es schon gemerkt, oder?" und als Trixi nickte, sagte sie weiter: „Weißt du, wir wollten ja nicht so schnell Nachwuchs haben, aber mir war so unbehaglich mit der Pille, ständig Kopfweh und Schmerzen in der Brust. Der Arzt sagte zwar, das käme sicher nicht von der Pille, aber die Zustände verschwanden, als ich die Pille absetzte. Ja, und dann passierte das eben."

„Passieren ist gut. Ist ja toll, dann sind wir zwei, und Alfred bekommt einen Cousin oder eine Kusine. Da können wir mit den Kindern dann gemeinsam auf den Spielplatz gehen."

Trixi freute sich beinahe noch mehr als Monika. Sie würde nicht mehr allein als Mutter sein.

Aber bis dahin dauerte es noch. Allerdings brauchte sie ohnehin Zeit um sich hier einzugewöhnen, und sicherlich gab es in einem neuen Haus ja auch junge Familien.

„Jetzt fehlt noch, dass Silvia heiratet und ein Kind bekommt. Oder umgekehrt", witzelte Trixi.

„Die mag nicht heiraten", antwortete Monika, „immer, wenn Mama was vom Heiraten gesagt hat, ist sie ziemlich wütend geworden. Und was Kinder betrifft, so hat sie genug davon in der Schule. Außerdem zeichnet sie gerade für ein Kinderbuch. Ich glaube, das nimmt sie total in Anspruch, da denkt sie an gar nichts anderes. Mir tut Richard richtig leid, er hat ja gar nichts mehr von ihr."

Die Wohnung war schnell eingerichtet, denn viel hatten sie nicht aus dem provisorischen Domizil zu übersiedeln. Mit dem Geld, das Trixi von ihren Eltern zur Hochzeit bekommen hatte, waren die fehlenden Möbel angeschafft worden. Bis sie geliefert würden, schliefen die beiden auf Luftmatratzen auf dem Fußboden. Aber das störte sie nicht, denn nun waren sie in ihrem eigenen Heim, und Unbequemlichkeit hatten sie schon im Urlaub im Wohnwagen geübt.

Mit ihrer Bemerkung über Richard hatte Monika genauer ins Ziel getroffen, als ihr bewusst war. Während Silvia dankbar war, dass Richard ihren Wunsch nach Distanz akzeptierte, und meinte, es mache ihm nichts aus, tat er alles, damit sie nicht merkte, wieviel es ihn kostete, sie zu sehen und darauf zu verzichten, ihr seine Liebe, wie er sie verstand, zu zeigen. Für ihn wäre es sicher etwas anderes gewesen, hätte sie von vornherein gesagt: bitte, schränken wir uns ein, lass uns schauen, ob wir zusammenpassen, ob wir heiraten wollen, und dann können wir uns einander ganz hingeben. Aber so schien es von ihr eine Laune zu sein, dass sie sich ihm zunächst hingegeben hatte, und sich nun aus unerfindlichen Gründen verweigerte. Auf die Idee, dass sie möglicherweise Ja sagen könnte, wenn er ihr einen Heiratsantrag machte, kam er nicht. Schon deswegen nicht, weil er die Abfuhr vom letzten Mal noch in Erinnerung hatte. Was sie bezweckte, war ihm ein Rätsel. Er hing an ihr, konnte sich keine andere Frau vorstellen, also nahm er den beinahe unerträglichen Zustand hin. Sie hatte gesagt, sie müsse sich über etwas klar werden. Was konnte das bloß sein? Und wann war es soweit, dass sie es wusste? Würde sie ihm dann auch sagen, worum es sich dabei handelte?

Richard versuchte sich abzulenken, indem er sich seinem Studium widmete. Das war auch keine schlechte Methode, mit Liebeskummer fertig zu werden, denn so erwarb er einige wichtige Zeugnisse, die ihm den Zugang zu einem Pflichtseminar ebneten.

Schandenhalber bot Silvia Trixi und Christian ihre Hilfe beim Übersiedeln an, aber weil Monika sie informiert hatte, wussten die beiden, dass Silvia nicht nur in der Schule sehr belastet war, sondern auch mit dem Zeichnen so beschäftigt, dass sie zeitweise nicht ansprechbar war. So lehnten sie dankend ab. Sie kämen schon zurecht. Sie hatten tatsächlich viele Helfer, sodass sie sich schon daheim fühlten, und als die neuen Möbel geliefert waren, sah es wirklich wie ein Heim aus.

Silvia war dankbar, dass man sie beim Übersiedeln verschont hatte. Sie schaute, dass sie in der Schule über die Runden kam, ohne dass man ihr Nachlässigkeit und mangelnde Vorbereitung vorwerfen konnte, und dann ging der größte Teil der Zeit aufs Zeichnen und Malen auf. Sie studierte und zeichnete Tiere und Landschaften, machte Studien, skizzierte und malte und verwarf mehr Bilder als sie letztlich behielt. Richtig zufrieden war sie nie, aber sie musste sich für jeweils eine Version entscheiden, sonst würde sie nie fertig werden.

Sie zeigte die fertigen Bilder Richard, dem grundsätzlich alle Bilder gefielen. Sie bat ihn um Kritik, aber da begann er auszuholen und ganze Vorträge über Kunst zu halten, über das Innenleben des Künstlers, Farbenlehre, Perspektive und Darstellung von Bewegung in der Malerei über die Epochen hinweg. Das fand Silvia zwar interessant – so genau hatte sie sich mit der Malerei noch nie beschäftigt – aber unbrauchbar für ihre momentanen Zwecke.

Nachdem sie fünf Bilder fertig gestellt hatte, nahm sie die Mappe mit den fertigen Bildern und den Entwürfen in die Schule mit, um sie dem Kollegen, der sie einmal ermuntert hatte, zu zeigen.

Zuerst zeigte sie die Mappe natürlich Irmgard, ihrer Freundin. Die war begeistert. Der Kollege, der bildnerische Erziehung unterrichtete, war kritischer. Er setzte die Bilder zum Text in Beziehung und gab Silvia Hinweise, wie sie noch genauer auf den Text abstimmen konnte, wo die Farbperspektive nicht stimmte, und in welchen Bereichen die Komposition unklar war. Alles in allem meinte aber auch er, dass die Bilder wirklich gut seien, aber alles könne verbessert werden, sogar bei großen Künstlern. Er fügte hinzu, sie könnte auch eine große Künstlerin werden. Schließlich meinte er, dass sie sich aber von seiner Kritik nicht allzu sehr beeinflussen lassen sollte, sondern weiter frisch von der Leber weg zeichnen, ganz egal, ob nun Fehler in den Bildern waren oder nicht. Sie sollte nicht einmal die Teile ausbessern, die er beanstandet hatte, denn sonst müsste sie die Bilder ganz neu malen. Sie würde sich nur verkrampfen, und die Bilder würden ihre Frische verlieren.

Noch vor Weihnachten waren die Bilder fertig. Silvia beschloss, sie persönlich zu überbringen. Sie telefonierte mit Frau Engelbrecht, und die freute sich sehr, Silvia wiederzusehen.

Silvia fragte Richard, ob er mit ihr kommen würde. Richard sagte gerne zu, denn sie würden doch wenigstens während der Bahnfahrt endlich einmal Gelegenheit haben, für sich zu sein und zu reden.

Am Samstag vor dem vierten Adventsonntag fuhren sie also nach München. Es schneite ein wenig, hatte aber aufgehört, als sie München erreichten. Frau Engelbrecht erwartete sie auf dem Bahnhof. Silvia machte sie mit Richard bekannt. Frau Engelbrecht lud beide zu einer Brotzeit in ihr Haus ein, aber Richard wollte sich München ansehen. Sie vereinbarten daher einen Treffpunkt für die Rückfahrt und die beiden Frauen fuhren alleine los.

Frau Engelbrecht hatte schon einen Imbiss vorbereitet und servierte ihn mit Kaffee, bevor sie die Bilder ansah. Sie sagte lange nichts, sondern ließ jedes Bild lange auf sich einwirken. Ihrer Miene konnte Silvia nichts entnehmen. Sie wurde immer nervöser. Sie erschrak, als Frau Engelbrecht in die Stille hinein sagte: „Meine liebe junge Freundin, ich würde Ihnen raten, sich Ihrer Kunst viel intensiver zu widmen. Sie sollten an eine Kunstakademie gehen oder wenigstens Kurse besuchen, zum Beispiel an einer Volkshochschule. Ihr Talent muss ausgeweitet werden."

Silvia verfiel, ganz offensichtlich war die Schriftstellerin mit ihrer Arbeit nicht zufrieden. Sie wollte etwas sagen, sich gewissermaßen für die offensichtliche Stümperei entschuldigen, aber da sprach Frau Engelbrecht schon weiter: „Sie haben genau das getroffen, was ich mir zu meiner Geschichte gedacht habe. So und nicht anders möchte ich es haben. Lassen Sie mir die Bilder da. Sie haben doch Fotos oder Kopien gemacht, oder?"

„Fotos."

„Gut. Ich werde gleich am Montag nach Frenzing fahren und die Bilder meiner Lektorin bringen. Sie wird Ihnen dann den Verlagsvertrag zuschicken. Der Verlag wird Ihnen nicht viel bezahlen, weil Sie noch keinen Namen haben, aber das kann sich bald ändern."

Silvia kam nun mit dem Geschäftlichen in Berührung. Das hatte bislang keinen Eingang in ihre Überlegungen gefunden. Wie gut, dass sie eine erfahrene und mütterliche Freundin in Frau Engelbrecht hatte!

Diese schenkte Kaffee nach, und sie begannen von allen möglichen Dingen zu reden. Frau Engelbrecht erzählte, wie sie dazu gekommen war, Kinderbücher zu schreiben, nachdem sie Jahre lang als Journalistin eine Gesundheitsseite in einem Klatschmagazin betreut hatte. Das Geschichtenschreiben war ein privates Vergnügen gewesen, sie wollte nur ihrer kleinen Nichte eine Freude machen, aber ihre Schwester schickte die Geschichte an den Verlag in Frenzing, und das Manuskript wurde sofort angenommen. „Das bringt mich auf eine Idee", sagte sie plötzlich, „haben Sie nie daran gedacht, selber eine Geschichte zu schreiben? Ihre Zeichnungen wirken so erzählerisch."

Silvia gestand, dass sie einige Geschichten geschrieben und illustriert hatte. Sie waren aber gut verstaut in einer Mappe.

„Wenn Sie das nächste Mal wiederkommen, müssen Sie mir diese Geschichten zeigen. Ich will mir ja keine Konkurrenz züchten, aber neugierig bin ich schon. Es könnte ja etwas Verwertbares dabei sein."

Silvia war in Hochstimmung, als sie Richard auf dem Bahnhof traf. Auch Richard war in gehobener Laune, aber nicht wegen Silvias Erfolg. Er stellte ihr ein Mädchen vor: „Das ist Elisabeth. Wir haben uns im Englischen Garten getroffen. Sie wird mit demselben Zug fahren wie wir. Da könnten wir doch alle in einem Abteil fahren."

Silvia hatte nichts dagegen, allerdings fand sie die leuchtenden Augen ihres Freundes befremdlich. Nicht, dass sie Angst hatte, er könne sie betrügen, denn dann hätte er sie wohl nicht mit Elisabeth bekannt gemacht. Aber kurz kam ihr der Gedanke, Elisabeth könnte ihre Nachfolgerin bei Richard werden. Sie wunderte sich, dass diese Vorstellung keine Eifersucht bei ihr auslöste. Liebte sie ihn nicht mehr?

Während der Fahrt wurde sie von Müdigkeit übermannt. Sie lehnte sich zurück, es waren so viele Eindrücke gewesen. Schlafen konnte sie nicht. Sie ließ die Ereignisse Revue passieren. Was war nicht alles innerhalb eines Jahres geschehen – die Hochzeit ihres Bruders und die Geburt ihres Neffen, die Genesung ihrer Mutter, ihr schwerer Entschluss, mit Richard nicht mehr zu schlafen, aber gleichzeitig die Freude, wieder zur Kommunion gehen zu können, Reisen, die Begegnung mit Frau Engelbrecht und nun war ihr erster Verlagsvertrag in Vorbereitung. Hatte sie eben „erster" Vertrag gedacht? Das bedeutete ja, dass sie damit rechnete, dass es in dieser Art weiterging. Und warum nicht, dachte sie hoffnungsfroh. Darauf hatte sie genau genommen seit drei Jahren hingearbeitet, ohne allerdings ein Ziel vor Augen zu haben. Plötzlich erinnerte sie sich, was Frau Engelbrecht zuallererst gesagt hatte, als sie ihre Bilder betrachtete, und Angst stieg in ihr hoch: sie war Autodidakt, hatte überhaupt keine Ausbildung, wie sollte sie in der Welt der Autoren und Künstler bestehen? Sie musste dem Rat der erfahrenen Schriftstellerin folgen und eine Ausbildung nachholen, wenn sie ernsthaft in diesem Metier arbeiten wollte. Sie spürte, dass sie das mehr als alles andere in der Welt wollte. Dafür würde sie sogar eine Trennung von Richard in Kauf nehmen, wenn er nicht mitmachte. Sie löste sich vom Wirbel ihrer Gedanken und hörte ein wenig dem angeregten Gespräch Richards mit Elisabeth zu. Die beiden hatten sich viel zu erzählen. Sie beachteten Silvia nicht. Silvia wurde ein wenig von Wehmut erfasst, kehrte aber zu ihren Überlegungen zurück. Planen wollte sie nicht, am besten war, alles einfach kommen lassen. Der nächste Schritt war der Vertrag für das gemeinsame Werk mit Frau Engelbrecht. Dann musste sie ja wohl auch an Weihnachten denken. Sie war nun mit ihren Eltern zum ersten Mal alleine. Vielleicht spielte sich das Fest daheim nicht mehr so ab wie in früheren Zeiten, als es immer Streit und Ärger gegeben hatte. Ihr Vater war tatsächlich häuslicher und friedlicher geworden. Er hatte wohl gesehen, was er an seiner Frau hatte, als die Gefahr bestand sie zu verlieren.

Es kam Silvia auch in den Sinn, dass Weihnachten mehr bedeutete, als eine Fichte oder Tanne zu schmücken und Geschenke auszutauschen. Es war das Fest der Geburt Christi, dessen, den sie in der heiligen Kommunion Sonntag für Sonntag empfing. Eigentlich wusste sie von diesem Christus nur mehr das, was ihr vage aus dem Religionsunterricht der Schule in Erinnerung war. Nun spürte sie das brennende Verlangen, diesen Jesus Christus näher kennenzulernen. Sie konnte gar nicht mehr ausmachen, wonach sie mehr Sehnsucht hatte, mit dem Zeichnen und Schreiben voran zu kommen, oder Jesus kennenzulernen. Vielleicht hing das sogar auf geheimnisvolle Weise zusammen. Sie beschloss, sich eine Bibel und Literatur über Religion und Glauben zu kaufen.

Übermüdet nickte sie ein. Sie erwachte erst, als der Zug am Zielbahnhof hielt.

„He, du Schlafmütze, aufwachen, wir sind da und müssen aussteigen, sonst landest du auf dem Abstellgleis!" Die Stimme ihres Freundes weckte sie. Sie sah sich um und merkte, dass sie allein im Abteil waren. Elisabeth war schon ausgestiegen, ob in einer früheren Station oder erst jetzt, das hatte Silvia offensichtlich verschlafen.

Als Richard sie nach Hause begleitete, erzählte sie ihm, wie es bei Frau Engelbrecht gelaufen war. Richard hing seinen Gedanken nach.

Hier sprach eine Silvia, die er nicht kannte. Er hatte schon mitgekriegt, dass sie öfter zeichnete und schrieb, aber er hatte sie in erster Linie für eine Intellektuelle gehalten, der Wissenserwerb und Wissensweitergabe über alles ging, aber als Geschichtenerzählerin hatte er sie nicht eingeschätzt. Geschriebenes oder künstlerisch Hervorgebrachtes kritisch zu beurteilen, das konnte er sich vorstellen, aber sich selber freiwillig in Phantasiewelten zu begeben, ging über seinen Horizont, oder eigentlich empfand er es als Niederungen, in die er sich selbst nicht begeben würde. Über die Welt der Märchen, in die Silvia jetzt offensichtlich hinuntergestiegen war, war er persönlich schon längst hinweg. Als Hobby gut und schön, aber es ernsthaft zu betreiben, war schon etwas gewagt.

„Du hast aber nicht vor, das zu deinem Beruf zu machen?"

Er formulierte es als Frage, aber es war doch als Feststellung gemeint. Die prompte Antwort frappierte ihn: „Ich getraue mich noch nicht darüber nachzudenken, aber seit der Begegnung mit Frau Engelbrecht scheint es mir nicht mehr so abwegig zu sein. Aber ich will jetzt noch nicht darüber reden. Es muss sich alles erst setzen. Sag mir lieber, wie hast du den Tag verbracht? Bin ich dir nicht abgegangen?"

Richard war in der Schilderung seines Tagesablaufs eher zugeknöpft. Das war ungewöhnlich, aber Silvia war so voll von ihren Erlebnissen, dass es ihr nicht auffiel. Sie waren auch schon bei ihrer Haustür angelangt und beide zu müde, um sich noch lange mit Gesprächen aufzuhalten.

Nur noch kurze Zeit bis Weihnachten. Die Vorbereitungen für das Fest überlagerten die Ereignisse der letzten Tage. Ein bisschen mulmig war Silvia schon zumute beim dem Gedanken, dass sie mit ihren Eltern am Heiligen Abend allein sein würde. Sie versuchte, Richard einzuladen, aber für ihn war klar, dass er mit seinen Eltern und seinem kleinen Bruder feiern würde. So richtete sie sich darauf ein.

Ihre Mutter beschäftigte sich mit der Küchenarbeit, Silvia und ihr Vater bemühten sich gemeinsam, den Baum aufzustellen. Es ging diesmal ohne Geschimpfe und Türenknallen ab. Herr Weingartner hatte auch keinen Anlass, so wie früher das Haus zu verlassen. Er suchte auch keinen. So blieb der einzige Unsicherheitsfaktor Kasperl, dem der Baum und der Schmuck ungemein gefielen, sobald er sich nach der Hektik des

Dekorierens wieder hinter der Couch hervorgewagt hatte. Vielleicht hatte er auch von früher das viele Geschenkpapier in Erinnerung, mit dem sich so herrlich spielen ließ, auch wenn man schon ein gesetzter Kater war.

So viel Papier wie früher gab es allerdings nicht, denn bei der Feier zu dritt reduzierte sich auch die Anzahl der Geschenkspackerl. Für Kasperl war es auch schon schön, unter dem Baum zu sitzen und von diesem neuen Beobachtungsposten aus zu lauern und alles zu beobachten.

Der Abend verlief entspannt. Mechthild rief nacheinander Monika und Christian an und wünschte ihnen ein frohes Fest.

Gegen elf erklärte Silvia, dass sie in die Mette gehen würde. Ihre Eltern schauten ein wenig erstaunt auf, denn Kirchgang war in ihrem Haus schon lange obsolet, man ging nicht einmal zu den „heiligen Zeiten" zur Messe. Silvia hatte ihre neue Mode so diskret gehandhabt, dass es bisher gar nicht aufgefallen war. Frau Weingartner sagte jetzt nur: „Aber zieh dich warm an, es hat zu schneien aufgehört, und es wird kälter."

Viel Schnee gab es nicht, eher Matsch, aber nun war die Nacht sternenklar. Silvia genoss den kurzen Weg.

Während der Messe durchzog sie eine bisher unbekannte Freude. Ist das schön, dachte sie, Danke! Ach, wenn sie das doch mit Richard teilen könnte! Sie kannte seine Einstellung zur Kirche, er war zynisch, und gegen sein Aufzählen der schlimmen Dinge der menschlichen Seite der Kirche hatte sie keine Gegenargumente. Taten sie ihr doch selbst weh. Und was sie in der Messe erlebte, konnte sie nicht schildern, es war eine Art Empfindung, die sie am ehesten Frieden nennen würde. Erwähnte sie das, dann kam prompt die Antwort, Frieden kann ich auf dem Berg viel besser haben. So blieb sie sprachlos, so wie sie es auch in dieser Weihnachtsmette nicht benennen konnte, was und warum sie es fühlte. Sie wusste eigentlich auch nicht, wem sie ihren tief empfundenen Dank entgegenbrachte. Sie hatte gelernt, dass Jesus, die zweite Person Gottes, in der Messe gegenwärtig war, aber das war vorläufig für sie reine Theorie, nicht ein wirkliches Gegenüber, kein Gesprächspartner. Aber sie war glücklich mit dem, was sie in der Messe erlebte. Erst viele Jahre später kam ihr die Erkenntnis, dass Gott ihr wirklich als Person gegenübertrat. Es sollte noch ein langer Weg mit vielen Irrtümern und Umwegen werden. Jetzt war sie von Freude erfüllt, welche sie an die Kindertage erinnerte, als sie über das Kind in der Krippe staunte, das man den Mensch gewordenen Gott nannte.

Eines wurde ihr klar: so, wie mit einem kleinen Kind ein neues Menschenleben begann, so begann ganz offenkundig für sie selbst in dieser Zeit ein neuer Lebensabschnitt. Und wenn sie es genau betrachtete, so war sie in den letzten Monaten überhaupt ein neuer Mensch geworden. Sie hatte einen neuen Lebensinhalt gefunden, dachte anders als früher, fühlte anders. Besonders das letztere verblüffte sie; schon länger waren die ihr schon vertraut gewordenen depressiven Zustände ausgeblieben. Sie hatte das zur Kenntnis genommen, aber nicht darauf vertraut, dass das so bleiben könnte, sondern dass eben die gute Phase diesmal länger anhielt. Weil aber ihr ganzes Empfinden und ihre Weltsicht anders geworden waren, musste sie doch daran glauben, dass die Depressionen verschwunden waren. Das Wort „Heilung" stand vor ihr. Sie nahm es an, ja sie fühlte sich gesund wie nie, innerlich und äußerlich. Auch ihr familiäres Umfeld erschien ihr gesünder, ihr Bruder hatte das Eheglück gefunden, in ihrer Schwester wuchs neues Lebens heran, ihre Eltern vertrugen sich besser, als sie sie es je bei ihnen erlebt hatte, ihr Vater war die meiste Zeit nüchtern. Silvia drängte sich das Wort Wunder auf. War das eines? Dann gab es also auch heutzutage Wunder, und sie erlebte gerade eines.

Sie hätte am liebsten getanzt, und als sie nach der Mette die Kirche verließ, tat sie das auch. Als sich die Messbesucher zerstreuten, blickte sie zum Sternenhimmel auf, hob die Arme und hüpfte ein paar Schritte und drehte sich tanzend um sich selbst. Sie musste ihrer Freude Ausdruck verleihen, nun war es ihr gleichgültig, ob ihr jemand zusah.

***

Im Februar begannen neue Kurse an der Volkshochschule, und Silvia schrieb sich in einem Mal- und Zeichenkurs ein. Der Beginn war zäh, und sie hätte beinahe aufgegeben, denn sie meinte, hier nichts lernen zu können, aber die Kursleiterin musste wohl erst die Studenten kennenlernen, bevor der Kurs richtig in Schwung kam und Struktur bekam. Im Laufe des Semesters lernten die Teilnehmer genaues Schauen, verschiedene Techniken des Zeichnens und Malens, bekamen eine Ahnung von

Perspektive und Farbenlehre, übten sich in Stillleben, und der Höhepunkt war Portrait und Figur nach echten Modellen. Das interessierte Silvia am meisten. Leider waren es nur jeweils drei Stunden pro Woche am Abend. Daneben blieb ihr noch Zeit, weiterhin in die Berge zu gehen. Bei einer der gemeinsamen Schitouren des Bergsteigervereins stellte sie überrascht fest, dass auch Elisabeth, die neue Bekannte von der Bahnfahrt von München, mit von der Partie war. Richard hatte sie für den Verein begeistern können. Sie stellte sich als gute Schifahrerin heraus und freundete sich rasch mit den Gruppenmitgliedern an. Silvia gab es einen Stich, ihr schien, als seien Richard und Elisabeth „zufällig" ziemlich oft zusammen, sie fuhren hintereinander in der Schispur, sie saßen anschließend im Gasthaus nebeneinander oder vis à vis, und immer wieder unterhielten sie sich und lachten. Richard lachte mit Elisabeth auf einer Schitour mehr, als in den letzten Monaten zusammengenommen. Silvia nahm sich vor, mit Richard zu sprechen und die Angelegenheit zu klären. Sie wollte sich nicht mit Eifersuchtsgedanken beschweren.

Am nächsten Tag verschob sie das Vorhaben, es schien ihr nicht mehr wichtig. Die Arbeit in der Schule und das Zeichnen nahmen sie ganz in Anspruch, und als sie das nächste Mal mit Richard zusammen war, hatte sie ihr Anliegen tatsächlich vergessen. Richard war wie immer, hielt lange Monologe über Gott und die Welt, stellte seine Thesen über den Fortgang der Gesellschaft und über die Schlechtigkeit der Menschheit auf, und aß und trank mit Appetit, was Frau Weingartner ihnen vorsetzte. Er verhielt sich Silvia gegenüber nicht anders als bisher, stellte keine Fragen nach ihrer Arbeit, erkundigte sich lediglich, ob sie die Bücher, die er ihr geliehen hatte, schon fertig gelesen hatte. Silvia hatte nicht. Da rutschte es ihm heraus, dass er sie bald wieder haben wollte, denn er hatte vor, sie Elisabeth zu leihen. Silvia wurde hellhörig, aber sie sagte nichts, sie wollte sich nicht blamieren. Vielleicht sah sie ja Gespenster. Sie traute ihm nicht zu, dass er sie betrog, möglicherweise hatte er diesbezüglich eine andere Hemmschwelle als sie selbst, jedenfalls hatten er und Elisabeth einander nicht berührt, sondern sich nur gut unterhalten. Silvia suchte den Fehler bei sich, wahrscheinlich war sie in der letzten Zeit keine gute Gesprächspartnerin gewesen. Sie bemühte sich also, seinen Gedankengängen zu folgen. Es fiel ihr schwerer als noch vor etlichen Wochen, als sie seine Vorstellungen noch teilte. Es ging ihr auf, dass sie seine negative Weltsicht nicht mehr anziehend fand.

Sie ertappte sich dabei, dass sie ihm immer öfter widersprach, nicht mehr wie früher spielerisch um eines Bonmots willen, sondern ernsthaft und mit dem Willen, ihn von seinen Ansichten abzubringen. Für Richard war es immer noch eine Art Sport.

Seufzend räumte sie den Tisch ab. Einerseits war es beruhigend, dass er immer noch der „Alte" war, das heißt, für ihn war sie fraglos noch immer die Lebenspartnerin, aber so sehr sie ihn immer noch liebte, es war ihr bei immer mehr Facetten seines Charakters unwohl zumute. Es war wohl so, dass man, wenn man länger mit einem Menschen zusammen ist, auf Seiten stößt, die schwerer anzunehmen sind. Die Verliebtheit lässt einen am Anfang nur die Schokoladenseite sehen, später lernt man den anderen dann genauer kennen und muss lernen, wie man sich mit den Eigenschaften arrangiert, die nicht so angenehm zu ertragen sind. Silvia fasste neuen Mut, sie wollte immer mehr über ihren Geliebten erfahren, um ihn besser lieben zu können, damit er das Leben schön fände.

Sie verabschiedeten sich an diesem Abend zärtlich, und beide bedauerten insgeheim, dass sie an ein Versprechen gebunden waren.

Mit April begannen die schönen Frühjahrstouren, und die Gruppe fuhr auch übers Wochenende weg. Für Silvia wurde es schwierig, am Sonntag zur Messe zu gehen. Sie erlaubte sich, den Gottesdienst an einem Werktag nachzuholen. Ein Wochenende auf dem Berg mit herrlichem Firnschnee war einfach zu verlockend. Die Hüttenabende mit ihren Freunden gehörten ebenfalls dazu. Anni und Karli waren wieder einmal dabei.

„Was meinst du, ist Silvia nicht viel netter geworden?" fragte Anni ihren Mann.

„Irgendwie gelöster, kommt mir vor. Dabei hat sich doch in letzter Zeit in ihrer Familie einiges abgespielt."

Karl wandte sich direkt an Silvia: „Wie geht es eigentlich deiner Mutter? Die war doch sehr krank?"

„Das ist ja schon über ein Jahr her. Mama hat sich gut erholt und arbeitet wieder, aber nur mehr halbtags. Sie hilft meiner Schwägerin mit dem Kleinen."

„Wie alt ist er denn jetzt?"

„Er ist gerade ein Jahr geworden und läuft schon. Und im Juli bekommt meine Schwester ein Baby."

„Und was ist mit dir? Wie geht es dir in der Schule?" Anni hätte ja gerne gefragt, wann denn Silvia heiraten würde, aber sie fand das nicht passend.

„In der Schule geht es ganz gut. Ist ja nicht gerade mein Traumberuf, aber ich kann mich nicht beklagen."

„Und was ist dein Traumberuf?" wollte Anni wissen.

„Ich habe da schon Pläne, aber ich will nicht über ungelegte Eier sprechen."

Natürlich machte das die anderen neugierig, aber Silvia ließ sich nicht entlocken, dass demnächst das mit Barbara Engelbrecht gemeinsam verfasste Buch erscheinen würde. Sie hatte schon einen Probedruck bekommen. In einer Woche wollte sie wieder nach München fahren und die Schriftstellerin besuchen.

Sie hatte es geschafft, neben Schule und Zeichenkurs, zwei ihrer Märchen in Form zu bringen und Zeichnungen dazu anzufertigen. Die wollte sie Frau Engelbrecht zeigen.

Silvia und Barbara – sie duzten sich mittlerweile – waren sich einig, dass der Probedruck in Ordnung war und sie konnten das „Gut zum Druck" geben.

Silvia brannte schon darauf, Barbara ihre eigenen Geschichten zu zeigen. Barbara fand, die Geschichten seien es wert, einen Versuch zu wagen. Sie solle sie ruhig mit den Fotos der Bild-Entwürfe an den Verlag schicken und sich außerdem auf sie berufen, sonst würden sie womöglich ewig liegen bleiben.

Das tat Silvia und erhielt nach kurzer Zeit nicht nur ihr erstes Honorar für die Illustrationen von Barbaras Buch überwiesen, sondern auch das Angebot des Verlags, eines ihrer Bücher ins Verlagsprogramm zu nehmen. Es war das erste Märchen, das sie während des Studiums, als sie bei Dr. Franzen im Büro arbeitete, geschrieben hatte.

Voll Freude rief sie sofort Barbara an. Die freute sich mit ihr. Silvia vertraute ihr an, dass sie gerne für ein Jahr nach München gehen würde, um an einer Kunstschule zu studieren. An die Akademie der Bildenden Künste wagte sie nicht zu denken, denn sie glaubte nicht, dass man sie nehmen würde. Barbara stimmte ihr zu. Sie war überzeugt, dass Silvia auch auf einer privaten Kunstschule alles lernen könnte, was sie für ihre Tätigkeit brauchte. Es war natürlich eine finanzielle Frage. Sie machte ihr einen Vorschlag: „Wenn du eine Wohnung brauchst, könntest du eine Weile in meiner Dachkammer wohnen. Ich verlange nur eine geringe Miete."

Silvia zögerte. Sie wollte von Barbara nicht abhängig sei, aber es war sicher nicht leicht, in München eine Wohnung zu finden. „Danke für das Angebot. Ich nehme es gerne an, bis ich selber etwas gefunden habe."

Barbara verstand, dass Silvia keinen „Familienanschluss" wünschte, so sagte sie: „Du hast da oben deine Ruhe, kannst kommen und gehen, wann du willst. Mit dem Kochen ist es ein wenig schwierig, aber du kannst eine Herdplatte anschließen. Wenn es dir nicht unbequem ist, kannst du ab und zu meine Küche mitbenützen. Wir werden uns schon nicht in die Quere kommen. Ich kann dir ein Schrankabteil in meiner Küche zur Verfügung stellen."

„Das wäre wunderbar. Aber mach dir nicht zu viele Umstände. Es soll ja auch nur zur Überbrückung sein."

Silvia setzte nun alles auf eine Karte. Sie suchte für das nächste Schuljahr um einen unbezahlten Bildungsurlaub an, der ihr auch sofort gewährt wurde.

Beim nächsten Besuch in München legte sie an einer Kunstschule ihre Mappe vor, und konnte sich für den Herbst als Studentin der Malerei und Grafik einschreiben.

Wie gut, dass sie bei ihren Eltern geblieben war und damit genügend Geld sparen konnte, um eine Zeitlang finanziell über die Runden zu kommen. Falls es doch nicht reichen sollte, so war sie zuversichtlich, dass sie einen Job finden würde.

Ihre Eltern fanden ihre Pläne gut. Ihre Mutter bot sogar an, sie finanziell zu unterstützen, falls sie es brauchte. Silvia hoffte, dass das nicht der Fall sein würde. Ihre Mutter nahm ihr auch eine weitere Sorge ab: sie würde für Kasperl sorgen, denn ihren geliebten Kater konnte Silvia nicht mitnehmen.

Nun musste sie noch Richard informieren. Als sie ihm gegenüber stand, wusste sie plötzlich, dass sie ihm mehr mitteilen musste als ihr Vorhaben, eine Zeitlang in München zu studieren: „Richard, ich möchte meine Freiheit wieder haben."

Das klang theatralisch, aber diese Redeweise war beiden aus den gemeinsamen Jahren geläufig.

Er verstand sofort, was sie damit sagen wollte. Dass sie aber dabei schon Elisabeth in Warteposition sah, kam ihm nicht in den Sinn, denn er hatte die gegenseitige Anziehung nicht bewusst wahrgenommen. Seine erste Reaktion war ein letzter Versuch, seine Überlegenheit ihr gegenüber auszuspielen: „Du kannst doch nicht alleine leben. Auch wenn wir uns trennen, sollten wir in Verbindung bleiben."

„Ich kann alleine leben, und ich habe es auch vor. Ich werde im August nach München ziehen und mindestens ein Jahr dort bleiben. Ich werde Malerei und Grafik studieren. Ich bin schon angemeldet."

Das kam ihm nun wirklich überraschend. Er traute es ihr einfach nicht zu: „Du geborener und geübter Angsthase, das wird schiefgehen. Du wirst spätestens nach einem Monat mit fliegenden Fahnen zurückkommen."

„Werde ich nicht. Und wenn, mein Zimmer bei Mama und Papa bleibt mir."

Er spürte, dass es nichts mehr zu sagen gab. Sie wirkte so entschlossen. Er gab ihr stumm die Hand und drehte sich zur Türe. Für ihn hatte sich der Abschied in keiner Weise angekündigt. Nun aber reimten sich ihre eigenartigen Verhaltensweisen zusammen. Es war für ihn offensichtlich, dass sie sich ihm verweigert hatte, weil ihr die Malerei und eine damit verbundene unsichere Zukunft wichtiger waren als die einzigartige Beziehung, die sie miteinander gehabt hatten. Konnte sie die gemeinsamen Jahre mit den wunderschönen Erlebnissen so leicht beiseiteschieben? Hatte er etwas in ihrem Wesen übersehen? Er war sich so sicher gewesen, sie in- und auswendig zu kennen. Ihr gemeinsames Leben konnte doch keine Lüge gewesen sein! Er steuerte die nächste Telefonzelle an und rief Elisabeth an.

Silvia hatte sich die Trennung nicht überlegt, ihre Handlung erschien ihr selber in diesem Moment spontan, aber hinterher wusste sie, dass sie richtig gewesen war. In ihr mischten sich für einen Moment Trauer und Aufatmen. Das Aufatmen setzte sich durch.

***

Im Juli gebar Monika ein Mädchen. Monika bat Silvia, die Taufpatin zu sein. Silvia sagte mit Freuden zu. Kurz bevor sie nach München aufbrach, wurde das Baby getauft. Es wurde Anna Silvia genannt.

Drei Tage später packten sie und ihr Vater das Auto voll. Herr Weingartner hatte darauf bestanden, sie nach München zu fahren.

Frau Engelbrecht begrüßte sie herzlich: „Willkommen in deinem neuen Leben!"

Tief in ihrem Innern wusste Silvia, dass dieses neue Leben schon längst begonnen hatte, und zwar in jener Nacht, als sie um die Gesundung ihrer Mutter betete.

Epilog

Silvia blieb viele Jahre in München. Sie schloss den Kurs für Malerei und Grafik nach ein paar Jahren mit gutem Erfolg ab. Sie fand immer wieder Arbeit als Babysitterin, Nachhilfelehrerin und schließlich einen Halbtagsjob in einem Büro. Sie illustrierte weitere Bücher für Frau Engelbrecht und schrieb selbst noch viele Kinderbücher. Reich wurde sie dabei nicht. Aber sie konnte davon leben.

Monika bekam noch zwei Kinder, einen Sohn und eine Tochter. Als die Kinder in die höhere Schule kamen, ging sie ins Berufsleben zurück.

Auch Christian und Trixi bekamen weiteren Nachwuchs. Da ihre Kinder in größeren Abständen geboren wurden, blieb Trixi zu Hause.

Susanne hatte mehrere Bekanntschaften, heiratete aber nicht. Sie arbeitete als Physiotherapeutin und eröffnete ihre eigene physiotherapeutische Praxis. Sie schrieb Artikel für ein Kulturmagazin. Sie und Christian begegneten einander nie wieder, aber Susanne erkundigte sich hin und wieder im gemeinsamen Bekanntenkreis nach ihm und seiner Familie.

Richard und Elisabeth heirateten nach einigen Jahren, ließen sich aber nach vier Jahren Ehe wieder scheiden. Er vollendete sein Studium, trat aber bald im Büro seines Vaters dessen Nachfolge an. Er heiratete noch einmal. Seine zweite Frau gebar ihm eine Tochter. Er nannte sie nach seiner Mutter.

Silvia kehrte nach vielen Jahren in ihre Heimatstadt zurück. Sie heiratete spät. Ihre Ehe blieb kinderlos. Die Inspiration für ihre Bücher fand sie bei ihren Nichten und Neffen.

Zeitfracht Medien GmbH
Ferdinand-Jühlke-Straße 7
99095 Erfurt, Deutschland
produktsicherheit@kolibri360.de